修脑师

亢霖◎著

浙江人民出版社

目 录 | c o n t e n t s

楔子

“这个手术，我不能亲手为你做，”医学博士程庆的声音很轻，却在空气里引发了炽热的震响，“但我会一直监看，我会一直在，会陪你走完这个有风险但值得的历程。你会彻底改变，你会重生。”

“学长，我懂。”斜躺在手术椅上的女子面色苍白，脸上却挂着温暖的笑容。无影灯自上而下，划出一圈柔和的光晕。

“有你，有朋友们，我才感觉到，我谭一青不是一个无关紧要的人。”她微微屈伸了一下右臂，手腕处，是痊愈不久的伤口。

程庆不忍再看那疤痕，那是几个月前她的又一次决绝留下的——那一次，她在浴缸里割腕，她再一次被救活了，她身体上的伤痕痊愈了，但是……

“我知道，在你们眼里，我一定很傻，”谭一青的眼角泛出泪光，“我又让你们担心了。现在好了，我要把自己交出去了，交给这个神奇的手术了。”

是时候了，程庆想，是时候彻底清除掉她灵魂里的伤痕，让她从此有一个干干净净的人生了。

“学妹，虽然之前已走过流程，但是我们还要再做最后一次确认，向你重复一遍手术的注意事项。”

“好的，程庆学长。”

“你是作为志愿者，而不是普通患者，自愿尝试这项尚处于试验阶段的手术。对手术的功能和试验性质，你完全知情对吗？”

“是的。”

“手术将在你的脑部进行。如果成功，你将摆脱……摆脱掉现在这种沉重的痛苦，代价是，你的记忆会随之丢失一些，丢失一些对你而言可能很重要的事情……你，对这种情况完全知情并接受？”谭一青含笑道：“我的痛苦，不就是那些事情吗？学长，我接受，我要……要丢掉那些了。”

她的咽喉在颤动，程庆知道，那是哽咽，是无数伤心过往在此刻的回响。

“学妹，现在我再重复一次最重要的一点——关于手术的风险。如果手术失败，你可能会面临死亡，或者更糟——用比较通俗的话说，你的脑子会和身体脱节，你可能会变成一具……嗯，总之，是一个你绝对不会喜欢的样子。请原谅我用这种说法，但这不是危言耸听。现在，你仍然可以反悔。”

谭一青微微摇头：“不会反悔了。现在的我已经不会害怕任何一种死亡，不管是肉体的，还是灵魂的。”

“那么，请你重复一下这项手术的学名，以确认你完全知情。”

“修脑术，对吗？”

“对。”程庆长嘘了一口气。

“修脑术，一个多有气质的医学名词呀，”谭一青喃喃道，“我真的准备好了。”

“手术马上开始，我该离开了。”

“等一等，还有一件事情。”

程庆回过头来：“学妹，要不要再考虑一下？”

“不需要再考虑什么，”谭一青说，“我是想，在最后的时刻，和他告个别。”

她终究会这样，程庆想，这在预料之内，无须解释。他掏出手机，翻至一张照片。

那是一张男子的照片。

谭一青定睛看了一会儿，笑道：“丁学松呀，这一次，就真的要跟你告别了，从此，我的世界里不再有你了。”她笑着，含着泪，将手机交还给程庆。

照片上，那个叫丁学松的男子，嘴角和眼神流露出自己和谭一青都很熟悉的气息。程庆想，谭一青就要告别这个人了，而自己，却还将他牢记在心。

程庆将手机收起：“学妹，我们对这次的修脑术还是有一定的把握的。它不仅会治好你的……你的病，它还会彻底改变你的人生，相信我。”

在最后时刻，谭一青冲程庆握一握拳头，这是一个让人感动的手势。“相信我”三个字萦绕在他的耳畔，但他可以相信自己吗？不久前才有过少数临床案例的修脑术，这一次，会成功吗？

修脑术不仅可以改变谭一青一个人。如果这项前所未有的技术能够继续向更高阶段发展，那将实现对人类大脑记忆的全方位操控，到那时，人的经历、见识和性格都可以被重塑。

如果这一切都成为现实，那么，这个世界将会变成怎样？

一、误诊

1

通过从门诊到住院部的走廊时，丁学松听到痛楚的哭喊声。

这种哭喊在一般人听来是凄厉的，但在丁学松这样的医生听来，却很寻常。医院本就是个见惯生离死别的地方。不能说医生、护士麻木没有同情心，只是他们见多了，就觉得寻常了。

人一旦觉得某件事寻常，也就埋下了漠不关心的种子。

但在这个上午，丁学松决定停一下。

顺着走廊的分岔，转过一个大理石柱的拐角，丁学松看到正在哭泣的人。

深褐色的长椅前，有一男一女两个人。中年女子没有坐在椅子上，而是瘫坐在椅前的地上，年轻的男子从旁边伸手拉搀。哭声是中年女子发出的。

丁学松没有很快走近他们，却被眼尖的中年女子一眼看到。她马上改变了瘫坐在地的绵软姿态，挣脱了年轻男子的搀扶，半走半爬到丁学松面前，扑通跪下："大夫，求求您，救救我儿子吧……"然后再次恸哭。一旁的年轻男子赶紧走上来，一边呜咽，一边向丁学松说明情况。

凭借多年经验，丁学松很快从对方断断续续、语无伦次的叙述中大致了解了情况：中年女子早年丧偶，独力抚养到十三岁的儿子患有脑膜瘤，原本被安排在当地的医院接受切除手术，但切开脑颅后，主刀医生却因为肿瘤位置和形状复杂而不敢下手，于是只好重新缝合。中年女子和弟弟（身边的年轻男子）不远千里，慕名来到清淞医院就诊。院方在对患者进行了简单的检查后告知他们，可以手术，也有治愈的希望，但是目前手术床位紧张，主刀医生人手不足，因此需要排队等候，这个等候时间是两个月。

年轻男子说："大夫，我外甥的脑瘤长得快，刚发现时才核桃那么大，现在已经有馒头那么大，再过两个月，就会长到西瓜那么大，到那时候他就没命了呀！"

中年女子边哭边说："大夫，我知道咱们医院有个小丁飞刀，是个神医，再难的病，只要他一手术就会好。我不知道您认不认识他，也不知道像我们这种普通老百姓，有没有法子请他帮忙手术。但他和您一定都知道，救人一命，胜造七级浮屠。我儿子只有十三岁，他跟我姓，姓郝，叫郝蕴，我相信他一定会交好运，渡过这个难关的，大夫，求求您……您认识小丁飞刀吗？"

小丁飞刀——一个多么奇怪的称呼，虽然已经被别人这么叫了多年，但此时从患者家属这里听到，丁学松仍觉得有些别扭。这绰号显然是人们对丁学松这个不到四十岁，就在以神经外科为重点，享誉全国的清淞医院取得现在的成就和地位的年轻医生的盛赞。

但他是冷静的，面对悲不自胜的病患家属，平淡应答："我不认识丁医生，不过医院很多大夫都能做这个手术，可能是病人太多了，所以得排队等待。我记住您的情况了，会想办法的。"

年轻男子说："太谢谢您了，我叫郝涛，给您留下电话吧，如果有消息，请您赶紧给我打电话呀。"

丁学松转身离开，不再回头，不忍再看中年女子彻底绝望后又重燃希望的神情，也不忍看到郝涛谦卑讨好的模样。这样的神情、模样，他这些年来在病人和病人家属身上没少见，但这个上午，他尤其不忍。

这算是步入中年的心境吗？

小丁飞刀这个美称代表着丁学松在清淞医院的特殊地位，不到四十岁，却在以中老年医生为骨干的神经外科医生群体里被列为权威，这在同行业里是罕见的。丁学松更喜欢将小丁飞刀后面的两个字去掉，只剩下“小丁”，因为有一位老一代的漫画家笔名就叫“小丁”。丁学松喜爱老漫画家“小丁”那些针砭时弊的漫画，并由此想到一种形象的比喻——漫画家手里的画笔，就是针对社会的手术刀。

他是一个握着真正的手术刀的人，却不大愿意面对社会。

他更擅长的是面对病床、面对透视下的脑颅，即便是被切开的脑颅也不打紧。对普通人来说，那当然是触目惊心的血腥场面；对他来讲，那是一个他游刃有余的世界，那其中有着他可以信赖的温情。相较而言，社会却是变幻莫测、难以看清的。

他太成功了，因此更需要谨言慎行，低调做人，注意跟周围人尤其是跟同事、上级间的相处。比如，马上要会面的一位同事、一位主管领导。

他走路，乘电梯，目的地是一间离病房不远的办公室。在那里，清淞医院神经外科主任郭临已经在提前等候。

此时不到十点，窗外阳光明媚，光线透过树叶的缝隙洒落在丁学松刚刚走过的医院大门一带。一个穿警服的人走出门来，钻进路边一辆挂警号车牌的吉普车，负责开车的人没有马上发动车子，问道：“朱队，怎么样，顺利吗？”

被称为“朱队”的朱警官慢腾腾地点点头：“顺利，看个病算什么，分分钟搞定。”

开车的同事偏过头道：“你真有那么严重的病呀？不像啊！”

朱警官恼怒道：“你什么意思呀！谁会拿自己的身体，尤其是脑子开玩笑呀！我现在这个样子你看着没啥，那是因为咱们当警察的，临危不惧，泰山崩于前而色不变……”

同事吐吐舌头："好吧好吧，不该拿这事儿跟你逗闷子，我也就是知道您这病虽然严重，但……不致命，所以调侃一下。看来挨一刀你是免不了啦，别人替不了。"

朱警官将车窗摇下，探出头去，望着院内矗立的医院大楼，既像在跟同伴说话，又像自言自语："看那个楼上，不知多少人在挨一刀呢，在楼外，还有好多人想挨挨不上呢！"

朱警官和同事启动车子离去了。此时，在医院大楼里，丁学松推开一间办公室的门："郭主任，您找我？"

清淞医院神经外科主任郭临比丁学松大十几岁，看上去却像他的同龄人，黑发和圆脸掩盖了实际年龄，大框的黑边眼镜和自然的笑容，让丁学松觉得他是个让人舒服的人。不过，处处让人舒服，就又有一种隐隐的、让人说不出来的不舒服。

"丁小刀，看气色，昨晚休息得不错呀。"只有郭临把小丁飞刀简称为丁小刀。

"郭主任，别逗了，我哪有什么气色可言呀？"

郭临眨了几下眼睛，透出一丝顽皮："怎么，觉得是时候结束孤枕难眠的日子啦？虽然你好像不是太难眠。"

丁学松也拿出一点儿顽皮："您怎么知道我还是孤枕呢？"

"好吧好吧，就不八卦了。有正事儿。"郭临从抽屉里取出几张底片，递给丁学松。

丁学松粗略看了一眼，是核磁共振的脑部底片，正面、侧面均有。多年的实战经验让丁学松的眼睛像是有了过滤功能，他马上找到重点，用手指轻弹一下底片上的某个位置："是这里吧？"

郭临点点头："没错，这对你丁小刀来说太简单了，是脑膜瘤。幸运的是，病人很早就有了反应，检查得早，发现得早。"

丁学松说："那您这是在考我喽？找我确认一下？"

"笑话，谁敢考你呀？找你来是要跟你商量一下手术的事情。"

2

在丁学松来以前，郭临已经担任清淞医院神经外科主任多年，他是清淞医院神经外科的中生代领军者，一度被称为"清淞第一刀"，且被众人看作副院长、院长的接班人，可就在所有人都认定清淞医院今后的几十年都该是郭临的天下时，青年才俊丁学松异军突起。丁学松师从老一辈神经外科专家，但在早年初入行时，郭临对他的指导、提拔也不可讳言。只是郭临也没想到这个年轻人会进步得那样快，后来竟使得自己从当年的"清淞第一刀"，逐渐变成"小丁飞刀那个科的主任"。同为医生，郭临对此不可能没想法，但这没有影响他对丁学松的态度。虽然两人关系微妙，但总的来讲，丁学松打心底里肯定这位郭主任，觉得他这样的做人境界也算可以了。

丁学松此时纳闷儿的是眼前这个病例。从底片上来看，病灶简单，虽然不能用伽玛刀等方法解决，还得动手术刀，但这在清淞医院只是个简单手术，普通医生都能轻松完成。郭临找他"商量"，不知有何用意。

郭临不再绕弯子："这一次，能不能请你亲自操刀？"

郭临开了口，丁学松不会不接受，只是迟疑道："好的，但是……"

郭临说："这种手术，你大概好多年没做过了吧。"

这是事实。清淞医院传统悠久，实力雄厚，本就是个医界的品牌，这些年来，却常被称为"小丁飞刀那个医院"。丁学松已经很少做普通手术了，只有重大、复杂的手术才会由他接手，一般的都是从旁指导、建议。

郭临说："其实也没啥复杂原因，就是医院的一个关系户，人家指名要你小丁飞刀出马。”

病人到清淞医院来，谁不希望由小丁飞刀主刀？可小丁飞刀只有一个。清淞医院这样的医院，在全国一共没几所，每天不知有多少病人千里迢迢赶来。病人们不懂，总希望自己的病是由最好的医生动手术，但其实以医院现在的水平，医生们对这种一般性的手术都能胜任。

想起刚才在走廊长椅前碰到的那一对姐弟，丁学松鼻腔中不禁泛出一丝酸楚。

他不愿拖泥带水，应道：“好，不必多说了，您决定了，我就准备手术。”

郭临说：“不妨事，说清楚些也没事儿，这个关系户，是个警察。”

“警察？”

“对，区分局的。”

丁学松明白了一大半，公安局跟清淞医院是近邻，在各类事务上互有照应。三年前，丁学松还为一个头部受伤的警员亲自操刀，当时他生命垂危，因此手术痊愈后又让小丁飞刀的名声在警界传播开来。人家现在指名让他做手术，不足为奇。

郭临说：“那个警察说，想请你看看他脑子里有什么秘密。”

郭临是开玩笑，但在那一瞬，丁学松莫名地打了个寒战。

不知为何，丁学松最近多了些从前不会有的敏感，为了掩饰，他笑道：“您干脆让我给他换一个脑子得了。”

郭临说：“这个可难了，这年头，什么都换得快，就是脑子最难换。”

两人轻松谈笑。之后丁学松稍稍严肃一些：“郭主任，这个手术没问题，但我想提点儿个人条件。”

郭临以为丁学松还在开玩笑，说：“别扯了，你，我还不了解？能有什么条件？别拿大哥开涮。”

“真有。”丁学松将刚才郝涛留下的电话，以及病人郝蕴的病历号快速写在便笺上，“这个病人，您看看有没有办法给早点儿安排手术，谁做都行，只要能早点儿。”

“你的亲戚，还是同学？”

“不认识，刚才在走廊里碰到的。”

郭临用食指和中指轻推眼镜：“丁小刀呀，这么多年下来，你还真没丢了那份初心。可你也知道，病人都是排队的，他一靠前，别人就靠后了，除非……除非是领导、关系户。”

丁学松说：“要是天下所有人都是领导就好了。这个病人就算作我的关系户吧。”

郭临有些感动：“好，好，我来安排……不过，我交代的这个警察病人，你也不能耽搁。”

丁学松很快见到了病人，就是那个乘着吉普车来过医院的朱警官。

在丁学松眼里，朱警官是个有些精神不振的中年人，鬓角有一点儿卷曲，加上没穿警服，让人完全看不出来是个警察。丁学松想，他可能也是受了疾病的煎熬。

朱警官像看穿了他的心思，说：“好多人都说我不像个警察。”

“哪里，哪里……”丁学松算不上擅言辞的人，加上他最近心情和身体上都莫名增加了许多敏感，此刻就更有些言语迟缓。

朱警官说：“说我不像个警察，算是夸奖了。多数时候，我也不穿警服，穿便衣。警察这行当，其实要细分，有的人得有个警察的样子，甚至有几分威严。像我这样的，越不像才越好。”

说话间，朱警官仍然懒洋洋的。丁学松心下明了，这是个要慎重对待的病人，应道：“您肯定是个很好的警察，还很乐观，这次治疗……一定没问题的。”

朱警官说：“哪里！病这个东西，可真不分你是不是好警察。就算我能抓住一百个贼，也躲不过一场病呀。不过看到您，我就踏实了，可能您比我还像警察。”

丁学松愣了一下：“这话怎么讲？”

“我是指您的雅号，小丁飞刀。”朱警官咧嘴笑了一下，“听上去与其说是医生，不如说更像是道上的。”

这时候，丁学松已经觉得跟这个警察打起交道来很轻松了。这个人一直两眼惺忪，有时会笑一下，再缓缓地敛起笑容。丁学松有些庆幸，这样的病人是治疗上障碍最少的一种，他从大牛皮纸袋里抽出核磁共振的底片，一边看，一边问：“什么时候发现的？”

朱警官说：“一个月前，总头晕，也没当回事儿。半个多月前的一天，从地上一站起来，一下子就瞎了，眼前一片漆黑。开始我以为是眼睛的问题，一查，原来是脑子。以前老开玩笑说谁脑子进水了，没承想这下真进了。”

丁学松敲打了一下底片：“在这里，瘤子不大，就是有点儿压迫神经。失明也是假性的，但这个东西一直在长，长大了就不好说了。您懂的。”

“哈哈，您懂的……您还真是个有点儿幽默感的医生。我们分局领导还是关心我，说一定得让您小丁飞刀出马，有了您，就什么都不怕了……”

丁学松一边擎着底片，一边面对病人，冷不丁脱口而出：“不对。”

朱警官仍然松松垮垮的：“有什么不对的？”

丁学松迟疑了一下，说：“没什么，想起一个以前的病例。”

朱警官走后，丁学松又仔细看了看底片，随后拨通内线电话，找到负责朱警官前期诊断的主治医生。

对方赶紧问：“丁教授有什么指示？”丁学松说：“指示没有，只问问病人朱警官的检查情况：在核磁共振后，有没有给他做穿刺取样，确定脑膜瘤是良性还是恶性？”年轻医生小心翼翼地答道：“没做穿刺，因为从影像检查和其他方面都可以判断，这个肿瘤为恶性的概率极低。所以决定不做穿刺，避免病人在术前遭到更多损伤。”丁学松一边听，一边喃喃道：“好，好……”

对方不明就里，直接追问有什么不妥之处。丁学松说：“没有，没有……”

放下电话，丁学松又拿着那张普通医生都能一眼看明白的底片，仔细端详。他的眼睛盯着底片，脑海里涌现的，是朱警官那张懒散的面孔。

他犹豫着，但又不能确定自己犹豫的是什么。

3

通常，在病人接受手术之前，院方要和病人家属进行术前谈话，由家属在手术同意书上签字。这种谈话一般由从前期检查开始就负责这位病人的主治医生进行，而不是丁学松这样的主刀医生出面。

但是这一次，丁学松本人出面了。

病人这方面也不寻常，术前来谈签字的，不是他的妻子之类的家属，而是朱警官本人。

这种情况在医院倒也不算特别罕见。丁学松也只是出于对这个朱警官的兴趣，小心翼翼地问道：“您的太太没有来？”

“她呀，最近不在家，外出了。”朱警官眯着眼睛，仍是一副没睡醒的样子。

对方像不愿多谈个人隐私。丁学松却得尽责，小心陈述：“开颅手术对一个病人，乃至一个家庭来讲，是很重要的事情。按道理必须经过家属同意。您……有儿女吗？”有此一问也是例行公事，既然没有家属来，就已经说明了一切。

果然，朱警官答道：“我没有孩子，当初就没想要，后来倒是有点儿想要，但要不出来了，弄成了一辈子丁克。啊，忘了您也姓丁，我不是说您。丁教授，其实这些我都懂，但现在我情况特殊，确实没有家属。局里已经为我雇了护工，可以在手术后照料我。我们领导、同事要来，我也没让，毕竟他们算不得什么正经家属呀。您就把我本人当家属吧，我自己签字。有什么说什么吧。”

在这种情形下，医院一般不会轻易手术，因为假如术前或者术后出现问题，病人那边无人能够配合解决。但朱警官本就是个特殊的病人，还有他背后——公安局这个单位，算个保证。因此站在院方的立场，也就接受了这个建议。

接下来谈到手术风险。医院一般都会将丑话说在前面，为降低自身风险，他们难免会将各种危险讲得有些夸张。之所以要跟家属谈，原因之一是病人本人一般很难承受这种压力，为此，医院有时甚至还需要向病人隐瞒病情。家属也常常会闻之色变，难以接受，甚至会改主意放弃手术。现在直接面对病人，丁学松尽量用词委婉，但该说的话都说到了。

朱警官仍是精神不振的样子，像在谈论一个引不起他兴趣的话题：“知道了，没问题，就这么办吧。”

丁学松对这个警察好感渐增，但另一个内心隐藏的想法在他身体里猛然抽动了一下，让他有些凝重。

“喂喂，”朱警官在他对面轻唤一声，“您怎么直勾勾地盯着我，好像马上就要在我脸上开刀似的？”

丁学松有些尴尬，说：“见笑了，我们医生有时候不自觉地观察病人，有职业病。”

签字之后，朱警官住回病房。丁学松没再探视。直到术前两天，丁学松才前往病房。已经剃掉头发的朱警官身着淡蓝色病号服，坐在床边的椅子上，见到丁学松进来，站起身来：“我一切都好，就等着您下刀了。”

剃成光头后，朱警官显得比原来精神不少。两人交流不多，丁学松只站着说了几句就转身离开了，临走前他说：“一切都会顺利的。”其他宽慰、鼓励，对这个警察而言毫无必要。

但走到病房门口时，他又站住了，转身看着朱警官，说：“您觉得，真有必要手术吗？”

对于丁学松的询问，朱警官显得有些莫名其妙，没有回答。这个懒洋洋又很会讲话的警察表现极度震惊的方式，可能就是沉默了。

此刻，在丁学松心中，这重病房门被当作两个世界的分界线。一旦开门离开，另一个世界就被牢牢地关上了。现在是捅破窗户纸的最后机会，即便他没有十足把握，但要再不行动，可能一切就晚了。

当然，他还是得跨出这个病房，把沉默站立的朱警官抛在了身后，直接去找主治医生。不待年轻的医生起身，他直接开门见山：“朱警官的手术暂停，明天重新安排核磁共振检查，不，先做X光。”

对方站起来，说：“可以，但这些检查已经……”

丁学松摆手示意对方无须多言，他一向待人和善，少有这样的手势。第二天，剃了光头的朱警官重新接受脑部CT检查。他沉默地按照医生的吩咐躺上病床。同样沉默的丁学松一脸严肃，这使得主治医生、负责操作CT的医生和其他在场者也都严肃起来。但当屏幕上病人脑部断层扫描的影像逐渐清晰起来时，除丁学松之外，盯着屏幕的几人都不由得发出轻声的惊叫：

“啊！怎么会……怎么会这样？”

清淞医院前所未有的低级误诊事故，差点儿就发生在这个寻常的秋天。金黄色的枫叶在住院部外缓缓下坠，和地面上成排的一串红混杂在一起。此刻，院方没人有心思观赏这样的美景，院领导、神经外科负责人和医生护士们都为这次前所未有的纰漏而紧张、后怕。当然，肯定也有人偷偷地幸灾乐祸——这在哪个单位都不可避免。

让院方上下庆幸的是，这起事件可以算是严重纰漏，却不能算作事故，因为它最终没有造成严重后果。最终没有发生的事故，就不是事故，这是高风险的医疗行业里的共识。在最后的时刻，医院的招牌小丁飞刀——丁学松力挽狂澜，是不幸中的万幸。

根据记录显示，患者朱警官所接受的前期检查确实是严格照章进行的，只是没有给他做CT而直接进行了核磁共振检查，取得了一个显示出患者脑部存在肿瘤的片子，然后医院方面根据这个检查结果进行诊断并安排手术。然而问题就在于，这个片子并不是朱警官本人的。

在即将手术的时刻，主刀医生丁学松突然要求全面复查，先做CT，然后再做核磁共振检查，结果发现，朱警官脑部根本没有肿瘤。而此前的核磁共振底片，经过仔细比对后，发现根本不是朱警官的脑部资料。简单地讲，就是片子搞错了，把别人的片子当作了朱警官的。

如果没有这次复查，清淞医院就给一个没有脑部病灶的人进行了脑瘤手术。尽管大家私下议论，以小丁飞刀的功力，即便是真打开了病人的脑袋，发现里面没有瘤子的事实，也就是再缝上，让那个警察白挨一刀，不至于发生更大问题。但如果这一切真成为事实，将是医界的一个大笑话，对医院声誉的损害是严重的。

丁学松怎么会仅凭肉眼观察，就能发现底片并非朱警官的脑部，他本人也说不出所以然，只说："看着他的头，不像那片子上的。"这种观察能力让人难以想象。此后，在一个小范围里，关于小丁飞刀的神话更神乎其神——原来他不仅是"飞刀"，还是"神眼"。当然，医院方面不希望这起事件被流传太广。既然事故没有发生，就当从来没有存在过吧。丁学松本人是个负责的医者，不会为了提升自己的声誉，就刻意宣扬于医院不利的事。他的姿态让院长和神经外科主任郭临非常感动。

至于患者朱警官，他本就是个豁达的人，既然最终没挨上那不该有的一刀，他也不予追究，他不仅接受了院方的致歉，还在与丁学松沟通后，表示不在其他场合提及此事，避免流传。经过重新检查，朱警官的眩晕和短暂失明症状是由轻微的增生性贫血造成，与脑部病变无关，治疗难度也不大。贫血这个病因，从他的外表完全看不出来，已有新称号"神眼"的丁学松也没这个眼力。朱警官眯缝着眼说："其实没什么大不了的，医生和警察这两个工作很类似，都太悬了，出点事儿就人命关天，可完全不出事儿也不可能。这次算结局圆满了。"

4

尽管没有酿成事故，负责朱警官前期检查的主治医生还是陷入空前巨大的压力之中。他怎么也想不通，严格按程序进行的检查结果会弄错，患者的核磁共振底片怎么转眼就成了另一个人的？他向医院提出休假调养，并请求处分。

医院方面迅速展开了一次全院排查，主要目的是查出那份被当成朱警官的底片是哪个患者的，避免再生差错。然而，经过几次细致排查，包括对一些病人重新复查，竟发现所有病患资料都能一一确认对应，没有谁的底片缺失遗漏，也没有哪个人被张冠李戴。

那份被误认为是朱警官的底片竟然在本院没有真正的主人。

怎么会凭空多出一份底片来？这个病人在哪里？

医院方面为此又折腾了一番，弄得焦头烂额，也仍然没有查出所以然。底片的一角那枚清淞医院检查专用的水印，也表明不是从外流入。

到底是哪里来的底片？真是见了鬼了。

困扰是巨大的，然而困扰终会被时间冲淡。日子一久，医院的运行一切正常，没再发生什么事故或差错，院方上下也就逐渐放下纠结，或者假装忘却了。只有那份底片和相关的"误诊"资料，被继续留存在备询病历库里，病历袋上打着一个大大的问号。

这次事件中有一个大赢家，就是丁学松。但他非但没有一点儿自得，而且不开心的程度不次于那个负有责任的年轻主治医生。他内心的灰暗有所增加，或者说，他一直就是个内心灰暗的人，只是一直伪装成一个成功又励志的人。

只有回到一个很少有人去的地方，他才更像本来的自己。

丁学松的住处在南郊，虽有医院就近提供的住房，但他宁可付出更多的时间和精力，也要让居住地和工作单位远远隔开。丁学松还没结婚，但这个住处已经不止他一个主人了。

这里还有一个人，一个他唯一愿意卸下外壳，完全以本来面目示之的人。

丁学松没有掏钥匙，门是从里面被打开的。他走进屋，坐上沙发，一边喝着已经照例倒好的一杯温度适宜的白开水，一边像初识一样，定睛看着为他备水的人。

对方说："看什么？这么久了，还没看够呀？"

丁学松说："看不够，永远也看不够。"

对方低下头，羞涩而甜蜜地笑了一下："你们院里弄错底片的事情，告一段落了吧？"

丁学松说："搞不清楚究竟是怎么回事，也许永远搞不清楚了。像许多人莫名地得了病，又莫名地好了一样。"

对方又笑了，像是在笑一个孩子的幼稚："瞧你，一个这么牛的大医生，谁能想到你这么灰心，简直像个失意落魄的哲学家。好在只有我能看到。"

丁学松的眼睛水汪汪的："要是没有你，这将是个永远值得怀疑的世界。"

对方羞涩地低下了头，丁学松仍然仔细地看着，像看着一件易碎的瓷器。

她确实像瓷器，光滑而秀美。她比不算老的丁学松还年轻许多。丁学松喜欢她贴着两耳侧整齐垂下的短发，喜欢她的样子，也喜欢她的名字——成齐。他喜欢这样一直看着，看得久了，慢慢地反而觉得自己看不清她了。就像盯着一个熟悉的汉字太久，也会觉得不认识了一样。看得久了，这个名叫成齐的女子也变得让他不认识了，她的样子似乎也要被他忘记了。

近在咫尺，却感觉忘记了对方的样子，是什么使人产生这样一种奇异而美妙的感觉呢？

答案只有一个，那就是爱情。

在爱情中，他也在犹疑，为什么那件东西，她再也没有在他面前拿出来过？他不会问这其中的原因。也只有这个东西，他不会跟她提起。如果他们有一生时间来相处，他这一生也不会提，只用眼睛询问，哪怕她永远不懂。

成齐说："我是习惯了你这样一直看着。但天天看，难道不会看烦吗？"

丁学松说："烦呀，我早烦了。但是如果不看，我更烦。"

初识时，他把她看得很清，记得也很清，因为那时她跟普通人没有区别。只要是普通人，他连有没有病都能直接用眼睛看出来，更不用说简单的外表。

直到某一天，她变得不再普通。当然，是对他来讲不普通了。

一旦不普通了，她的样子就变得模糊、混沌起来。他没法儿告诉她，他之所以使劲地看着她，不是为了把她看得更清楚，而是为了把她看得更模糊。他看不清她了，也记不起她的样子了，但他心里越发明白，她是这个世界上他最想看的人。

许多年过去了，他以为这样的情形不会再有，让他有这样的感觉的人他不会再遇到。

不知从哪天起，他就看不清她了，他区分不出了。其实两个人的关系又能有什么明确的界限呢？能明确的，只有初识的时光。现在他都快忘了一个事实：成齐曾经是清淞医院的实习生。那时，她每次碰到他，会摘下耳机，夸张地笔直站立："丁老师好！"随后，咯咯地笑两声。

许多次这样的问候后，丁学松终于主动找话说："你的耳机挺好看，哪儿买的？"

"这个呀，"实习生成齐爽朗地一把从头上摘下来，"这个很普通呀！丁老师，您要是需要，我帮您淘个更特别的。"

丁学松不经意地捻动着耳机盖上的小小银环："这个小银环，是耳机上原来就有，还是你自己挂上的？"

成齐有点儿羞涩："您还真是个细心的人。我没有您那么细心，是自己挂的。至于是哪里来的，我已经忘了。"

丁学松不想让人看出他内心藏着的秘密，转移话题："你好像是学心理学的吧？弄这些东西，肯定都有道理呀，用来心理暗示什么的。"

"哇，真的没有呀！这就是个普通的耳机。就算是有，也是我自己不知道的，潜意识嘛。"成齐嘟起了小嘴，夸张地做出有点儿委屈的样子。

在那一刻，丁学松的心变得很柔软。她不会知道，那寻常的小小饰物，会唤起一个男人潜藏在身体里的过往——那是被他刻意搁置在内心深处的过往。因为那过往，他多年来陷在灰暗里，直至那灰暗成为他的一部分。不管事业多成功，表面看上去有多风光，那种灰暗都是外在的光芒无法消融的。

如果没有成齐，那灰暗还将在他身体里盘踞下去。当然，他不会仅仅因为一样小东西就爱上一个人，后来他一遍遍看着她时，那东西已经不在了，像是完全消失了。她甚至再也没有戴过耳机。像他一样，她恋爱了，许多习惯也就变了。

他也不会再提起。他可能会在岁月的流逝里，向她敞开自己的世界，但他不会提起这个。他愿意将此作为他和她之间的一点儿秘密，一点儿涉及过去的痛和爱的秘密。

5

在成齐出现之前的漫长岁月里，旁人眼里的丁学松是个有光环的人，在跟他关系比较近一点儿的旁人眼里，他却是个寂寥的人。

有人说：职场得意，情场失意。丁学松则不是失意，而是根本没有情场。

他不喝酒，有时却会坐在窗前，用手掌比出酒杯的形状，做一饮而尽的动作，然后笑自己。在那笑里，他觉察出自己嘴角的干燥和咸涩。

在外人看来，丁学松肯定不是个多愁善感的人，丁学松也不认为自己天生就内心灰暗。

一切自有源头，有缘，也有孽。

在成齐之前，丁学松经历了超过十年的感情空窗期。其间，他由青涩的年纪抵达中年的边缘。

但他也曾是个年轻的男孩，有过不甚平静的青春。

现在的他，有时还被人半开玩笑地称为“老男孩”。事实上，早在十几年前，还在读研究生的他就已经可以算个大男孩了。

那一天，有个女孩从远处走来，对他说：“大男孩，你好啊。”

那是过去的年代里的一些过去的人和事。他不愿意再提起那些名字，在心里，在回忆里，他把这个叫他大男孩的女孩称作“粉色女孩”。

被粉色女孩喊了一声，丁学松从一堆外文资料里抬起头来。医学专业的课业负担沉重，丁学松总被旁人认为是脑力超常，但只有他自己知道这好成绩是怎么来的。他抬起疲累的眼睛，向眼前这个瘦削但顺眼的女孩打了招呼：“是你呀，你好。”

粉色女孩说：“我现在是大二了，在药学系，不知你还记得我吗？”

丁学松早就认识粉色女孩，因为早前一些原因，他不能不在意这个学妹，但他对她没有更特别的感觉。

粉色女孩是直接的，说中午有个新上映的港片，要不要一起去看。丁学松觉得看个电影也没什么，就答应了。电影看完了，粉色女孩跟他一起沿着铺石子的窄胡同回学校，出了胡同过马路时，她不经意地拽住他的胳膊。丁学松也觉得没什么，就由她拽着了。

过了马路，粉色女孩突然说：“大男孩，我做你的女朋友，咱们谈恋爱吧。”

丁学松很意外，本能地答道：“不，不行，不可能。”

丁学松不讨厌粉色女孩，但他在初识时就能判定，她不是他喜欢的类型，按照今天的说法——她不是他的菜。人和人之间就是这么微妙，丁学松必然不会爱上粉色女孩，就像粉色女孩必然会爱上丁学松一样。

粉色女孩直接得到“不可能”的答案，先是大方地笑了一下，马上就不大方起来，捂着脸快步走开了。丁学松在原地站了一会儿，他没有回学校，而是向另一个方向迈出了步子。

丁学松确实还有另一个答案。在粉色女孩之前，他早就认识了另一个人——绿色女孩。

绿色女孩在邻校。丁学松是一个将多数精力都放在学业上的人，但他仍然找了各种机会跟她一起活动过几次，这在他来讲是少见的。但是，她会有感觉吗？

粉色女孩突然的表白，让丁学松感动又惭愧。他为粉色女孩的勇敢而感动，为自己的迟疑、拖延而惭愧。竞争是激烈的，如果一直没有行动，难道绿色女孩不会像一片绿叶一样，被别人摘走吗？

他走进邻校，先去宿舍，又转了几个自习教室，才看到正戴着耳机的绿色女孩。在那个年代，大学生都用耳机连着盒式机听歌、学英语。绿色女孩的耳机盖上，挂着一个小小的银色圆环，发出银色的光。

那是个很普通的小饰品，但在丁学松看来，却散发着最美丽的青春气息。他知道，那都是因为佩戴的人。他分不清，是因为她的样子让那个小东西更显可爱，还是那个小东西让她在他眼里更加楚楚动人。

他不知道，多年之后，这些堆积在他身体里的记忆，会被一个类似的小饰品重新唤起。

那时，他是需要鼓起勇气的。他说：“我有个重要的事情要问你。”

绿色女孩摘下耳机：“你说什么？你再说一遍。还有，你怎么大中午跑来……”

丁学松回想着刚才粉色女孩的话语、样子，不自觉地复制道：“女孩，我做你的男朋友，咱们谈恋爱吧。”

绿色女孩眼睛瞪得大大的：“我可以考虑一下吗？”

丁学松说：“可以呀，完全可以。你要考虑几分钟？我可以在这里等着。”

绿色女孩没有笑，垂下眼睑：“那，大概得半个小时。”

丁学松说：“咱俩商量一下，五分钟行吗？”

绿色女孩说：“好吧，五分钟。”

丁学松像一块岩石，僵直地站在绿色女孩面前，等待五分钟过去。

但只过了十几秒，绿色女孩就抬起头：“好吧，可以。”

于是，在念硕士研究生的第二年，丁学松开始了他的初恋。室友知道后，往他的胸脯上推了一把，说：“老天，你终于搞定了，我还以为你永远不会行动呢。算你小子运气好，多好的妞儿呀。”

这个室友就是程庆。

从本科到研究生，程庆都跟丁学松混在一起，后来还一起读了博士。每当看到程庆微鼓的腮帮子，丁学松就会觉得，生活还是蛮有趣的。

程庆既羡慕，又有些幸灾乐祸地看着丁学松：“这下，生活要大变样喽。你小子还没恋爱过吧？有你累的。”

丁学松的日常生活确实有了大变化，他每天都会去邻校，在女生宿舍楼下等待绿色女孩，等着听到她的鞋子踩在地上轻轻的“嗒嗒”声；他在食堂里跟绿色女孩面对面坐着，吃着馒头，会突然一起笑出来；他和她在两校相隔的一条石子路上一起走着，一直走到被一面低矮的红色断墙阻住去路。丁学松没有因为恋爱耽误学业，相反，他还在那个时候完成了他的第一次主刀手术。那是他一生中最像做梦的一段日子。

也许这样的日子，注定是短暂的。

第一次看到绿色女孩跟一个男生并排走在林荫道下的背影，丁学松不以为意，这算不上什么，他还暗暗自勉：男人要大气。

他相信，信任是维护两人关系的关键。

又一次，丁学松独自去一家面馆吃晚饭（这是前一段时间里从来没有过的事情），一眼看到靠窗桌前的绿色女孩，不用细看，他就知道，坐在她对面的，跟上一次是同一个人。他本想转身离开，又改了主意，坐下来点了面条。

绿色女孩倒是招呼他，向他介绍那个人，说是“高年级学长”，向那人介绍他，说“这是丁学松”，对方起身客气道：“久闻大名。”

丁学松觉得别扭，为什么只说“这是丁学松”，而不说是她的男朋友呢？

他匆匆吃完面条，借故离开，绿色女孩倒是将他送出面馆门，坦然道：“咱们回头再说。”

丁学松也坦然道：“没事没事，你先忙。”

他不高兴起来，第一次觉得自己有些虚伪、猥琐。程庆像是看出了什么，说：“哥们儿，有的事儿，不能不介意，也不能太介意。”

丁学松不愿跟程庆讨论这些。他仍然和从前一样跟绿色女孩相处，共享一些时光。但共享的时光明显减少了，这倒是可以从双方当时的学业上找到原因，比如他要更多地参与医院里的实践工作，而她要准备大实习。

但原因果真如此吗？

那段时日里，粉色女孩又时常出现在丁学松的周围，她不再提以前的事情，只向他请教一些专业问题，或者邀请他一起去听个讲座之类。她很坦然，很阳光。这让丁学松觉得自己也应该阳光，不能拒人于千里之外。有时候，他还有些暗暗享受她的关怀、照料。

但他的心病并没有解除，而且在一个地方加重了。

那个地方与学业无关，与兴趣有关，是市美术馆。

二、危机

1

年轻时，丁学松并非那种没有生活情趣的人。他虽然对美术钻研不深，但也有特别钟情的画家，那一次，马蒂斯作品展竟然来到他所在的城市举办，他当然不会错过。

原木他会拉着绿色女孩一起去看，因为艺术本就是他们之间的一个主要话题。但此时情势微妙，于是他决定一个人前往。

美术馆不算太大，最大的展厅在二楼，彼时，那里当然是用来陈列马蒂斯的作品了。他迈入装饰着小幅画像的展厅，还没开始看画，就看到了比画作更触动他的事情——绿色女孩和那位“学长”正站在一幅鲜红的油画前，小声地指点品评。她微笑着点头的侧脸，看上去是那么动人。

那幅油画名为《红色的和谐》，是马蒂斯的代表作之一。第一次看到真迹，丁学松本该是激动、兴奋的，但这是一个错误的时刻。他甚至不愿多看那油画一眼，他也无法像上次在面馆那样，继续“坦然”地留下了。从二楼走下时，他的脚步沉重响亮，甚至引起了楼下大厅里一些人仰头观望。

信任的确是维护两个人关系的关键，但信任是无条件的吗？

丁学松暗下决心，他不要做一个纠缠不清的男人。他要像个真正的外科医生，果断、精准，切除不该留下的东西，哪怕它与身体相连，哪怕会有疼痛。

那段日子里，粉色女孩继续在他身边闪动，这也不算意外。意外的是，她还向他发出邀请："马蒂斯的作品来展出了，我想去看，你愿意一起去吗？"

丁学松站在《红色的和谐》前，觉得那满眼的红色像要将自己吸入另一个世界。他听到自己浑浊的喘粗气般的呼吸声，那声音与另一个同样不均匀的声音混在一起，那是站在他身边的粉色女孩的呼吸声。

那个阴天的下午并不是丁学松刻意的选择，但那个无人的自习教室是他提议的。绿色女孩是平静的，丁学松也是平静的。

丁学松说："我们分手吧。"

绿色女孩的脸更白了，她手里正拿着那只耳机，使劲揪拽了一下，小小的银色圆环被拽得抖动起来，也许这就是始终平静的她能做出的最强烈的反应了。

如当初一般，她轻轻答道："好吧，可以。"

她同意了，一切结束，丁学松站起来。但是他感觉自己的身体重了起来，重到好像全身的肌肉和骨头都化作了石头。

绿色女孩说："我知道，你早晚是要离开的，其实谁都知道，就这样，也好。"

丁学松不完全明白绿色女孩在说什么，但是也不想弄明白了。反正一切都结束了，他不记得当时的自己是怎样拖着像灌了铅一样的身体挨回了宿舍。那时，他已经是个优秀的见习医生了，医生对于人的情感本应该能以更"科学"、更理性的态度看待的。正像他的同学程庆所说的："爱情也不过是体内激素按比例分泌的产物。"但在这个时候，他能勉强维持表面的冷静，却无法做到真正的"理性"。他没料到，痛苦竟然这样猛烈，他的周围像结了冰，他的身体里似乎正由内而外地刮着刺骨的寒风。

失去她，就真的是世界末日吗？

连着许多天，丁学松像行尸走肉一般，身体是僵直的，连眼珠都不想多转一下。每当他闭上眼睛，就进入了更黑暗的、更广阔的疼痛。他没有泪水，那不是因为自制，而是因为眼睛的干枯。

原来这就是失恋，这就是初恋，这就是体内激素分泌的结果。

当他睁开眼，眼前晃动着一只削好的苹果。

粉色女孩坐在他的身边，手指轻轻捻动苹果柄儿："吃点儿水果吧，补充维生素。"

丁学松默默地接过苹果，默默地咀嚼。他不拒斥她的给予，实际上她早就在打理他的很多事情，如果不是她，他大概连饭也不会吃了。

粉色女孩偏着头，说："大男孩，你跟过去相比，一点儿变化都没有。"

丁学松细细地嚼着苹果，让咀嚼的声音在耳边轰鸣。

粉色女孩说："即便是很短的时间，也会让人觉得特别漫长。"

丁学松的苹果吃完了，把目光转向在宿舍里缓缓移动的阳光，灰尘正在其间飞舞。

粉色女孩换了坐姿，背对着他："大男孩，以前问过的事情，可不可以再问一次？"

丁学松仍是仔细地看着那些在阳光里盘旋下坠的灰尘。

粉色女孩抬起头，背对丁学松，冲着他对面的墙壁，大声说："大男孩，我做你女朋友，咱们谈恋爱吧。"

丁学松觉得阳光有些刺眼，他重新闭上眼，沉默了一会儿，机械地吐出几个字："不，不行，不可能。"

粉色女孩不再背对着他，转过身来，目光仍是暖暖的。她说："你这个人，失魂落魄的时候，也仍是冷冰冰的样子。"说着，她像看到什么有趣的事情一样，快活地笑了几声。

丁学松也跟着笑了两声。

粉色女孩说："挺好，在年轻时能相信爱情，是件挺好的事情。我信。大男孩，你现在也信了吧？”

粉色女孩离去了。受了打击以后，她还能保持快活的样子，这让他钦佩，也让他心安。但是，无论她在与不在，他失恋的痛楚都没有减轻。

但是他能将这痛藏起来，并带着这种痛继续生活下去。毕竟，这种事情人人都可能遇到，稀松平常。除了粉色女孩，也没人太关心他的内心。这其中也包括像程庆这样的“铁哥们儿”，毕竟，能有谁会真的特别在意他人的精神世界呢？

可是，程庆带来了让他再也坐不住的消息。

程庆说：“是昨天晚上的事情，是超大剂量的佐匹克隆，因为手表从床上掉下来，才被同宿舍的女生发觉。现在正在附二医院洗胃。”

在周围人眼里，粉色女孩是个乐观、活泼还不乏幽默的人，这样一个人会突然吃安眠药，这任谁也想不到。在医院醒来时，她还笑着感谢大家，说添麻烦了。

没人问她为什么，但有了解和亲近她的人说：“她相信爱情，为了爱情，她可以付出一切。”

丁学松从程庆那里听到消息，又确认粉色女孩脱离危险后，才松了一口气，重新坐回椅子，但是他没有坐稳，重重地跌在地板上。

丁学松晕倒了，这是他此生的第一次休克，很多年后，他还有一次更特殊的昏迷。此前此后，医生丁学松都是不可能晕倒的。

这次晕厥从病理角度来讲并不严重，在被程庆扶上床后不到五分钟，他就醒了过来。但就是从这次苏醒起，他身上的某些地方起了变化——失恋的痛感没有消失，倒像是变成一种慢性病，在他此后的人生中长久地盘踞下来。

在往后的十几年里，他很清楚，那场青春期留下的慢性病始终存在，他学着与它和睦相处，甚至开始学着控制它，但他无法消灭它。他常会想起粉色女孩那番关于相信爱情的论断。只是不管信与不信，他觉得自己不会再恋爱了。

或者说，他觉得自己已经丧失爱的机能。

直到实习生成齐出现，直到他看到她那只挂着银色圆环的耳机。

2

在漫长的单身岁月里，丁学松在事业方面突飞猛进。其实一切也并非像旁人看上去那样一帆风顺，中间还是有波折。他的优势在于够年轻又够“老”——他既对激光器、超声外科吸引器乃至手术机器人等新技术的接受没有障碍，又有足够的传统手术经验。早在硕士阶段，他就亲自操刀了自己的第一起手术，那是在导师的监控下完成的，而他最不让人失望的一点，是初试身手就犹如一个老手。其实他是暗中练就了一种被他称为“仿真”的本领。那就是在脑海里从环境、器械到病人都尽可能地模拟真实的手术场景。因此，在内心的手术室里，他早就是老手了。

然而，在读完硕士、博士后刚进入清淞医院时，他还是经历了一个社会“新人”的低潮期，在相当长的一段时间里，他没有为病人手术的机会，甚至连做临床主治医生的机会都没有。他明白，初入职场就是这样，就算没有人刻意排挤你，新人也一定要“熬”。

直到有一天，医院接到一个特殊病例。

患者是外地某大学校长，症状是偏瘫和不定时轻度昏迷，病因是脊髓瘤。肿瘤的形状和位置很特殊，当时的神经外科骨干医生郭临判定，这将是难度最高的脑外科手术之一，即便是在清淞医院，对于这种手术，也只有郭临的导师熊老一人有把握。

许多年后，医院上下提起此事，都认定脑外科一代宗师熊老的突然中暑，是老天有意给小年轻丁学松的一个机会，也有人赞赏当时的院领导敢于把这样一台手术交给一个年轻人的魄力。总之，结果皆大欢喜，清淞医院、患者和丁学松三赢，小丁飞刀的名号也由此诞生。丁学松从此踏上坦途。

对这些过往的回首，成为他跟成齐之间的一个话题。除成齐以外，他是不会在任何人面前把这些事情作为谈资的。他是真的在热恋中，所以对她无话不谈。清淞医院是他们相识的地方，医院的事情作为谈资也没有什么不妥。成齐虽然早就结束实习期，离开医院，但那段日子里埋藏着两人最初的交集。

丁学松问成齐："你是学心理学的，那时候为什么要到神经外科来实习呀？"成齐说："听上去是怪，其实也不怪呀。人脑跟电脑是一样的道理呀，脑外科处理硬件，心理学处理软件。我去神经外科正合适。"

这时候，丁学松脑海里突然亮了一下：

人脑和电脑！

硬件和软件！

他仿佛看到另一个奇妙、广阔的世界。那是一个比起脑外科他可能会更加热爱的世界，但那其中似乎也有着更多让他害怕的东西。随即，亮光消失，那个世界对他重新关上了大门。

一切回到现实世界，现实中，自有更安全、更美好的记忆。对那时的初识，他们总有说不完的细节。成齐说："现在再向你表示感谢，是不是太晚了呢？哈哈。当初，如果不是你，我恐怕去不了清淞医院实习，咱们也不可能……"

丁学松真的快要忘记成齐的来历了。那个阶段，清淞医院正在谋划大的发展，来这里工作、进修、实习的人很多，丁学松也有一些关系，于是也介绍了一些人进来，这其中就包括心理学硕士成齐，但成齐本人，他原本不认识。他对着眼前的女友打趣道："看来，我这个管硬件的，也为软件人才的成长做过贡献呀。"

成齐说："两个人的脑子，要是像软件那样，能直接连通就好了。"

这样的表达总让丁学松觉得自己的身和心都变得柔软。成齐的陪伴，并没有完全治好他的慢性病，但是，他可以恋爱了。成齐是对症下药，那药，就是她自己。

一个人，竟然可以是另一个人的一味药。

想到这里，丁学松总会在心里生出淡淡的恐惧，但更多的，是满溢的温情。那一缕细小的恐惧，被他归为慢性病的症状。

他是幸福的，因为他真的爱她，这个比他小十几岁的女孩身上似乎有着他难以估量的宽度和深度，总能让他安全着陆。

他看着她说："这世界要是只有两个人，就好了。"

她说："这世界不止有两个人，但是有两个人，足够了。"

过了几天，她说："这世界其实有三个人，除了该有的两个人，还有一个，叫病人。"这时，她的脸上露出顽皮的神情，她又变回了那个活泼的实习生。

丁学松说："放心，我忘不了我作为一个医生该干什么。"

成齐说："现在真有病人需要手术，希望请小丁飞刀亲自出马。"

来清淞医院的病人谁不希望接受小丁飞刀亲自手术呢？

丁学松询问病情。成齐虽是心理学专业，但在医院实习许久，所以除了不会亲手动手术，其他工作她基本上都接触过。丁学松和成齐都能判定，这又是一起简单的脑膜瘤手术，是一起医院所有脑外科医生都能胜任的手术，当然，这是指在无事故的情形下。

事故？

不久前，一次匪夷所思的误诊险些在一个警察身上酿成事故。那样的事情，发生概率极低。

但即便是极低的概率，不还是发生了吗？

所以，这样看来，一个简单的手术要求小丁飞刀出马，也不算是无理取闹了，更何况因为那次神奇的事件，小丁飞刀已经成了小丁神眼。

丁学松本人并不拒绝经手一些普通手术，只是近年来医院方面安排他做临床治疗和学术研究的带头人，所以非高难度的复杂手术或者重要的手术，不再由他出手。而上次对朱警官的手术也是跟医院的对外关系有关，这一次……

丁学松和成齐在一起有段日子了。成齐一直很懂事，她没有向他这个男朋友提过任何要求，从没走过这个“后门”。这一次她会提出来，事情当然不会那么简单。

然而丁学松本就不是个对什么事情都要寻根究底的人。在这场难得的热恋中，他更珍惜两人间的默契。成齐说：“找你，是因为……”丁学松打断了她：“不用多说了，因为你，就足够了。病人不是这世界上的第三个人吗？另两个人得管管呀！”

丁学松又要亲自操持一个普通的脑膜瘤手术了，这个消息在小范围里，称得上是个新闻。听众不仅关心“女朋友的关系”这样的内幕，还关心什么样的患者能享受如此待遇。

丁学松反而不像旁人那样对患者有多大兴趣。直到术前十来天，他才见到患者。当天成齐没来医院，只是跟丁学松通了个电话。跟患者打照面时，丁学松稍怔了一下，觉得这人有点儿说不出来的特别。

病人显得特别客气，一见面就给丁学松深深鞠了一躬：“谢谢大夫，谢谢大夫。”他的妻子一边把他拉起来，一边说：“这可不是普通大夫，这是丁教授。”他又连连说：“谢谢丁教授，谢谢丁教授。”

他抬起头以后，丁学松看到一张瘦削的脸，那张脸上最醒目的是眉毛，特别浓厚。他寒暄道：“不客气，这是我们医生应该做的。”病人又连说了数声谢谢。

病人对医生千恩万谢，原本不足为奇，但这个人身上却有着明显的不统一，言语动作看似极其谦卑，但脸色和气质上又透着些冷淡，仿佛包括他的病在内的一切都与他本人无关似的。此外，他还有个微微勾头的动作，流露出独特的腼腆。

研究病人的性格不是医生的本分，丁学松会想到这些离题万里的问题，让他觉得不只是这个患者有点儿奇怪，这一天也有点儿奇怪。

好在病情不奇怪。丁学松安排好手术日程后，告知成齐，成齐在电话里说："谢谢你。"

3

在这个清晨，唐亚坚早早抵达办公室。这一天，有这座城市难得的好天气，朝霞居然就在宽大的落地窗外清晰地展开，犹如一幅鲜艳的油画。唐亚坚在这油画前伫立了几秒，又拿起一张纸巾，擦拭了几下宽大的办公桌面。

办公室的门被轻轻敲动了几下，唐亚坚以意料之内的口吻应道："进来吧。"

一个女子推开门，站在门边打招呼："早上好，唐董。"

唐亚坚无奈地摇摇头："林敏，现在还不到七点半，除了你和我，这里一个人也没有，你一定要这么正式吗？"被称作林敏的女子点头道："当然，唐董。在这里，您是老板，我是您的员工，我是来上班的，提前一点儿来，是为了跟老板商量工作事宜，不是吗？"

唐亚坚不情愿地点点头："好，好，我也会记住你这些话。林敏……其实叫你林敏，我都不习惯，你哪里只是林敏……"

林敏说："唐董，在这里，我只是林敏，除了林敏，我不是任何人。""好，好……"唐亚坚有些失神，又有些不好意思，"谈正题吧。事情准备得如何？不会有纰漏吧？"

林敏说："一切环节都反复推敲了，各种可能性也都想到了。不过，唐董您知道，没有百分之百成功的事情，这本就是一场冒险，'冒险'的意思就是有风险。”

唐亚坚点头：“当然是冒险，我们，要一起去冒一次值得的险……对了，对这件事，程庆博士——程总现在的态度，你觉得是不是完全变化了，还是仍有保留？我倒是跟他沟通得不错。”

林敏说：“程总本来就很积极，这一切，还不是因为他想要才做的？只是开始时，他反对咱们现在的计划。但现在他不仅完全不反对了，而且还成为主导。应该说，就这件事情而言，现在咱们的行动是在他的规划之下。”

“没错，程博士是个非常难得的人，他正在向着他的理想迈进。当然，这也是我们的理想。”唐亚坚轻轻敲打了一下桌面，“对了，医院方面有什么动静吗？”

“医院很平静，很正常，只是前不久有个警察去看病，差一点误诊。”

“警察？”唐亚坚若有所思。

林敏一直没坐下，她笔直地站着：“是，丁学松医生及时防堵，才没有让那个警察白挨一刀酿成事故。应该单纯的就是一个警察关系户去看病，没有什么其他背景。再说，我们又没有犯罪，也不会犯罪，跟警察不会有瓜葛。您说对吗，唐董？”

唐亚坚会意地笑道：“我们当然不会犯罪，尤其是程庆博士，他那么理想主义的人，更不可能与罪犯共事。”

“程总确实很理想主义的，有时候……像个大孩子。”谈话间林敏一直是平静的，几乎没有表情，这时候却微微露出一点儿羞涩。

唐亚坚说：“是，没有几个人会比你更了解他。你是那么了解程博士，又那么了解那个丁学松……”

林敏打断他：“不，我怎么可能了解丁学松？我根本就不认识他，您忘了？”

唐亚坚猛醒：“对，对，起码到现在为止，你还没有见过他，完全是陌生人，没错，没错……”

林敏要离开了，转身前她说：“我要去准备一下了。唐董，您更得准备一下，回头见。”

林敏在身后把门带上。唐亚坚重新站起来，面向窗外油画般的朝霞，不由得喃喃道：“好美呀，真的是好美呀！”

在同一个城市，迎着同一片朝霞，丁学松在迈进住院部的楼门时，被台阶轻绊了一下，那天边的美景让他有些走神。这一天，他要就几天后的手术再确认一下各个环节。他是主刀医生，本来只负责最后实施手术，而手术前后的检查、手续等，由专职的主治医生进行。但这一次他本人过问得很细。成齐的委托，还有那个患者的独特，让他比平时更上心。在跟前期主治医生查对一番后，丁学松说：“辛苦了，一切应该都搞定了。”

年轻的主治医生说了句题外话：“丁教授，今天的朝霞太美了，自我到这个城市以来，还从没见过。”

这又一次提醒了丁学松，他顺着窗户向外看，不由得赞叹道：“美，美得简直像末日。”

这句话让他自己和旁边的年轻医生都有些惊讶，他也不明白自己怎么会这样说，好在两人也都不在意，说笑几句就过去了。

几天后就是手术日期。病人从病房被推进手术室时，丁学松本人专门到门口迎接，这也是少见的。他上前握住病人的手：“一切顺利，放心。”病人点点头。在这个点头的动作中，丁学松又看到那种独特的腼腆。

进入手术室，病人马上被扣上麻醉面罩，这面罩不会让病人全麻，它的作用是让病人的神志逐渐模糊，消除紧张，进入半睡眠状态，随后医生再通过注射对病人进行全身麻醉。

丁学松当然对这个过程了如指掌。麻醉面罩戴上后，病人会觉得吸入一股有异味的气体，随即那气体仿佛钻入脑部，像酒精一样扩散开来，接着，病人就像喝醉酒一样，感到有些头晕……

头晕！

丁学松猛然醒了醒神，刚才分神之际，他也感到一股类似醉酒的头晕袭来。马上就要进行手术了，他得保持头脑清醒，精力集中，身体状况也不能出问题。他当然没什么问题，如果有，医生的职业敏感早就会自动报警。刚才的头晕，应该是偶尔的一点儿不适，不会有问题。

病人已经接受了麻醉针注射，迅速进入全身麻醉状态，只见他双眼紧闭，浓粗的眉毛被遮挡起来。丁学松回想起这个人的病情，条理十分清楚。他安心了，一切正常。

助手开始在病人的头皮上钻孔，这个病人需要先打穿颅骨，掀起小块颅骨，再由主刀医生实施手术。外科手术，尤其是脑外科手术，如果外行人看到手术的场景、过程，肯定胆战心惊，但是对于丁学松这样的医生来说，却是家常便饭。如今，医学进步迅速，许多脑部病灶已经可以通过伽马刀、吸附术甚至机器人进入脑部作业，无须进行真正的开颅手术。但有些病症仍须打开脑颅，用手术刀来解决。

口罩和橡皮手套的味道、触觉是丁学松熟悉的，接近手术床时，迈步踩在地板上的感觉，也是他体验过千万次的。丁学松回到往常的自信中，刚才那没来由的不适感，应该纯属心理作用。只要到了手术台前，他就是一个常胜将军，驾轻就熟，游刃有余。

无影灯柔和的光线画出一个光圈，将丁学松、病人和助手们包围起来。在这样的光圈里进行的，一般都是最紧张、危险的事情，但在丁学松看来，这却是最安全的范围。

助手已将脑颅切开，输血设备也开始运转，只等小丁飞刀下刀了。

丁学松的工作预计只需要一分多钟就可完成，其他包括止血、缝合、重症监护等在内的后续事宜，无须他这位主刀医生进行。那时，他当然可以继续关心，那是在关键工程已经由他完成之后。

一分多钟过去，一个手术的主要内容就结束了，这是一个普通的手术。

一分多钟。

丁学松从助手手中接过脑膜刀、肿瘤夹钳，开始这对他构不成考验的一分多钟。

一分多钟。

丁学松突然听到一种奇怪的、巨大的轰鸣声。这是哪里来的声音？怎么像是时间在步步逼近？

仔细分辨，果然跟时间有关，是墙上挂钟的声音。

不对，手术室里的挂钟是完全无声的，哪会有这种接近于轰鸣的声音？

丁学松警觉起来，马上意识到不能让这些奇怪的现象影响手术，得迅速集中精力。就在努力集中精力的一霎，他眼前一黑，像突然到达了另一个地方。

4

这是一种恐惧又奇妙的感觉。似乎过了好久，似乎又只是一瞬之间；像跌入了无边黑暗，又像上升到了另一个模糊但不乏快乐的世界。在那个世界里，他只能看到影影绰绰的人和事，但不知是出于什么心理，他又不急着马上看清。

然而在真实世界里，确实只有一刹那。丁学松清醒过来，猛然醒悟：不好，现在是在进行手术，怎么突然间人事不省了？

张眼一看，周围的一切跟刚才一样，又不一样，手术床依然横陈在前，病人依然横卧，助手们依然按各个固定位置围拢在旁。但气氛变了，连无影灯似乎都透着诡异、焦躁的光。负责传递手术器具的助手声音颤抖："丁教授，现在……现在怎么办？"

怎么办？

在短暂的时间里，丁学松无法一下子领会这个问题的含义。用余光扫过周围的人，虽然每个人都戴着口罩，但透过每个人的眼睛、手臂的姿态，他已经觉察到，手术室里的紧张氛围达到了顶点，大家甚至说不出话来了。刚才那个助手还能发问，是故作镇静。

这个时候，丁学松敏锐的洞察力、辨别力完全恢复了，他意识到，刚才发生了不该发生的事情。

显然，这个不该发生的事情是自己造成的。

丁学松手里仍然紧握手术器械，准确地讲，是一把脑膜刀。这种传统工具，他用起来得心应手。本来他是要用一分多钟的时间，切下患者脑组织表面的一个肿瘤，这是一个简单的操作。

显然，现在的局面已经不是这样了，而且已经无法挽回。

丁学松用肉眼就能精准辨别出被打开后的大脑结构、脑组织，以及脑血管的位置、密度、分布。这时，他清晰地看到，脑瘤确实被切除了，干干净净。他刚才居然在突然人事不省的刹那，操刀实施了手术。

然而，被切除的不仅是一个橘子大小的良性肿瘤。

脑外科手术之所以被视作医学手术中的金字塔，主要原因是医生活动的区域是人体中最重要，也是最脆弱的大脑。传说中，三国时代的神医华佗为曹操的头风提出的治疗方案，是打开颅壳，取出风涎，这其实就是一种脑外科手术，结果被曹操认为是要谋害他。事实上这种疑忌是完全正常的，在脑袋里动刀，非同小可，处处都是要害，取下的东西只要稍有不对，就可能终结一切。脑外科医生最核心的能力就是“区分”，要分毫不差地区分病灶和健康组织，这种区分不只体现在眼睛的分辨，还要百分之百地落实到操作上。有的手术难以施行，就是因为脑瘤的位置跟健康组织的纠缠过于紧密，或者过于贴近脑中枢神经等要害部位。像丁学松这样的顶级专家不同于普通医生的地方，就在于能进行更复杂、更艰难的手术，切除掉其他医生认为无法切除的病灶，且不损及健康的脑组织。

清淞医院的脑外科医疗水平是一流的，眼前这个病人的病情算不上复杂，本来无须丁学松本人，其他医生都可以干净利落地完成手术，让病人恢复健康。

现在，最让人意想不到的事情发生了。

最优秀的医生丁学松犯下了无可挽回的低级错误，在实施手术的一系列关键动作中，他确实把肿瘤切除了，但未能做到精准区分。事实上，刚才的手术动作根本没做区分，而是将肿瘤连同肿瘤以外的脑组织，甚至包括一部分脑干，都一刀取下了。

现在，丁学松没有任何晕眩的感觉了，头脑也更清醒了。他知道，一起院史上从未有过的重大医疗事故发生了，就在刚才，就在自己手中。

那一瞬间究竟发生了什么？为什么会有那个无缘无故的一瞬间？既然昏迷了，怎么没有停止手术，还进行了切除动作？

细究这一切已经晚了，后果已经酿成，这是无法挽回的。

在刚才那一刹那，眼见丁教授做出了所有人意想不到的手术动作，大家都吓傻了。显然，在他们眼里，丁学松在进行手术前没有任何不适的表现，却在下刀时，做出了令人惊骇的切除。众人一时被眼前的景象冲击到不知如何应对，只有一个反应最快的助手定下心神，意识到大错已经酿成，紧张地发问。

被切除的脑组织包括一部分脑干，那个部分只要停止工作，一般就会被确认为脑死亡，现在居然被直接切除了。丁学松像听到另一个人说话一样，听出自己回答里的冰冷、无望：“不用再想办法了，没有用了。”

发问的助手很有责任心，也相对镇定。他做出了最后的努力——紧急离开手术室，拨通了内线电话。

闻讯赶来的，是除丁学松外，清淞医院另一个深具权威的医生——神经外科主任郭临，比他更年长、更有成就的专家目前都不在一线了，不可能迅速赶到。

郭临已经了解状况。虽然基本上已经没有再实施手术的必要，但是他仍以全副装束进入手术室。口罩之上，他用眼睛跟僵立的丁学松示意，仍是惯常的温和，像普通的打招呼。

然而，丁学松能从这个眼神示意中清楚地知道，这一刻起，他已经被打入另册了。

郭临指挥其他医护人员继续忙碌，这种忙碌不需要也不会再让丁学松参与了。丁学松大致知道郭临在忙些什么。他不能说郭临完全是在做样子，摆姿态。医者仁心，肯定要尽最大努力挽救病人。作为医院重点科室的中坚领导，郭临不可能在事故发生后没有动作，一定要知其不可为而为之，用最后的忙碌和各种急救措施（其实已经没有什么真正有效的急救措施）来度过这最后一段时间，之后，医院就自动进入重大医疗事故的善后阶段。

清淞医院院史上最严重、最低级、最匪夷所思的医疗事故终于发生了，其荒唐程度让听者瞠目结舌。“严重”和“荒唐”主要表现在两个方面：一是事故情节。一起简单的脑膜瘤切除手术，医生竟然直接将粘连中枢神经的脑干部位切除，导致病人直接死亡，这种低级失误简直像是“蓄意谋杀”。二是当事人。这起事故竟然由事业发展如日中天的小丁飞刀酿成，在最不可能的人身上发生了最不可能的事情。如果再补充一个细节，更加令人心悸——死亡的病人还是经由丁学松女朋友的关系，才由他亲自操刀的。

事故发生后的一段时间里，周遭人等一度像在梦中，无从应对。病人家属已经准备打官司，提出经济赔偿（要求的金额巨大）、追究事故责任人等一系列要求。病人的妻子来医院“沟通”，本意是到院里来“声讨”，甚至闹场的，却在刚一张口说了“你们医院”四个字之后，就倒地昏死过去。生离死别的惨烈场面，医院的医生们不陌生，然而这次太特殊、太意外，病人的痛苦和愤怒异于常态。

5

院长、神经外科主任郭临等人连续开长会，商讨事故的善后办法，除了厘清责任、安抚家属，还要评估事故对医院声誉造成的损失。数十年累积下来的口碑，也许不至于在一起事故中就损毁殆尽，但最起码，医院，尤其是小丁飞刀的“神话”被打破了。从此，清淞医院跟过去不一样了。

本来，按照惯常的事故责任追究程序，应该通过问询手术责任人丁学松，还原当时的过程、细节。但这次局面非常奇怪，没有谁来盘问丁学松。从院长到科室主任郭临，都以一种严肃又异样的眼光看着他，却不跟他多说一句话。

丁学松恍若梦中，觉得一切是如此地不真实。

可一切就摆在面前，不容置疑。

从别人眼光里，丁学松看到，根本的变化已经发生，一个新的、与过去不同的命运，甚至身份，已经降临在自己身上。

丁学松现在完全处于他的正常状态，头脑清醒，判断力敏锐，动手能力也在最佳状态，如果再做手术，做一百个也不会失败一个。

但他不会有机会上手术台了，起码暂时不会有。

他觉得自己一直在想着什么，又什么也没想。

其实他确实在想着，是在默想，逼真地回到了那个刹那，那致命的一分钟“昏迷”。那真是一种前所未有的、如入深渊的境地。不，那似乎不是前所未有的，似乎……

许久以前的，被他刻意搁置多年的记忆重现了。那也是一次昏迷，一次真实而严重的昏迷。那时，他深陷失恋的痛楚，听到另一个女孩寻死的不幸消息，他也像突然坠入深渊一般，失去了意识。那是一个既恐怖又美妙的世界，跟这次手术中突然失去意识很相像……

那究竟是一个什么样的黑洞？

作为一个医生，丁学松深切懂得一个道理。为了统一认识，人们用“昏迷”、医学上用“休克”来统称一种生理现象。其实每个人昏迷的感受是不一样的，尤其是神经中最细微的体验，就像人的相貌一样天差地别。那种恐怖和美妙融合的难以言传的感觉，就是他丁学松式的昏迷吧。昏迷不是什么好事情，但他作为脑外科医生，本能地对研究自己和他人的昏迷有兴趣。这么多年来，他一次次面对被打开的人脑，看着其中的纵横交错，在尽到医生职责的同时，他偶尔会思索那些沟沟渠渠里究竟埋藏着什么秘密，它们跟每个人的爱与怕、痛与恨、命运与沉沦有什么关系。

但他不会更深入。他早就关闭了一种思路，锁上了一扇门，早到他还不是一个医生的学生时代。他不会忘了他年少轻狂时曾有的尝试，也不会忘记为什么要放弃那种尝试。他要做一个医生，而不是一个玄想家。

也许有一天，他不是作为一个医生来面对这个藏在颅壳里的世界。

但现在，一切想法都变成了梦魇。

清淞医院的头号脑外科医生丁学松是在一夜之间被拉下神坛的。所谓一夜之间，绝非夸张。因为在此之前，他刚刚凭着敏锐的观察力，成功阻止一起低级事故。谁也没想到，他自己会马上犯下更低级的一个，将他本人和医院一道拖入深渊。

丁学松明了众人目光的异样之处，那目光与其说是看着一个犯错的同事，不如说是看着一个罪犯。

医院的损失巨大，但也不是没有应对医疗事故的机制，院长亲自出面和家属沟通，商讨赔偿方案，并多次讨论院方、肇事医生的责任追究问题。作为事故责任人，丁学松本人像摆设一样出席了几次善后会议，但基本上没有给予发言机会，尤其是与家属的会面，一次都没有参加。最后，医院方面与家属达成赔偿金额的协议，而事故原因以“主刀医生突然发生身体病变，导致手术失败”的结论告终，病人家属没有向法院起诉，医院方面和丁学松本人摆脱了承担更多法律责任，包括之前家属声言的“要坐牢”的风险。

在事故的善后处理过程中，丁学松本人没有完全消极地等待。虽然没有在会议上公开发言，但私下里，他先是找神经外科主任郭临，然后又直接找到院长，表示个人愿意承担责任，给家属一个交代。院长说：“这个不必了，虽然手术是您做的，但我们毕竟是一家医院，由组织出面承担比较妥当，也更利于安抚病人……死者家属。”

丁学松又提出由他本人承担病人的经济赔偿，院长从黑框眼镜上方看了他一眼，说：“丁教授，您的责任心和好意，院里知道。但可能因为您以前从来没有出过事故，所以不太了解。这种经济赔偿按规定都是由组织上来解决的，有专项的应急经费，虽然咱们医院多年来没有动用一次。您可能要承担一些责任，但不是以这种方式。”院长微抿一下嘴唇，仍直视丁学松，“我们会跟病人商量，赔偿金额不公开，如果真要个人承担，可能承担不起呀。”

从院长办公室出来后，丁学松觉得身体内部涌起一股久违的寒意。

冰冻多年的身体记忆重现了——正是青春时代那段特殊日子里的痛楚，那算是他的过往里最黑暗的一段日子，年深日久，阴影虽然没有完全消失，变成了慢性病，但已经可以控制了。在碰到成齐后，他更是得到了药。

成齐，他怎么面对她？

走在医院里，丁学松却没有了方向。不知不觉间他来到了一个地方，见到了一个自己最熟悉的人，对方对他露出笑容，门牙间的缝隙让丁学松觉得有些刺眼。不过，最近他连笑容也很少能看见了，而眼前这个人不但对他笑，而且笑容很体贴。

这个人是神经外科的主任郭临，从行政编制上来讲，丁学松这个超级医生是受他领导的，只不过此前小丁飞刀的光芒太盛，这种上下级关系被淡化了。

郭临说：“丁教授，一切都过去了，过去了。您不要包袱太重了。从现在起，您先休息一阵子吧，等过些日子，咱们从长计议。”

虽然有体贴的笑容，但是郭临不再称呼他为“丁小刀”了，这就是变化。所谓“休息一阵子”的意思，丁学松也明白，就是从今天起暂时不用来上班了。他刚才是下意识地来到郭临这里，下意识其实也是有逻辑的。既然事故善后事宜已经处理完毕，接下来就是医院对他这个责任人的处理了。这个决定，院长没有向他宣布，现在按规矩由郭临向他宣布了。

当然，这样的宣布还有许多未明之处。

丁学松问道：“那么，大概要我休息多久呢？”

“不着急，不着急，您先安心休养一段时间吧。这么多年下来，您还没有过整段时间的休假，这次就多休息一阵子吧。”

如果没有具体时日，就是无限期“休息”了，这应该算是医院对一个医生、单位对一名职工最严重的处理措施之一了，再严厉一点儿，就是开除、解雇了。院长说，他不必个人承担家属要求的法律责任、赔偿责任，但需要负他该负的责任。就是指这种方式吧？

丁学松愿意让事情更明确些，问道：“那么，这该算是停职反省了吧？”

“没那么严重，没那么严重……”

“没那么严重”的意思，即“就是这么回事”。丁学松知道，对于一个医生最严厉的处罚现在降临了，那就是他暂时（如果不是永远的话）不能再做一个医生了。

三、迷途

1

由郭临办公室出来，丁学松的手机振动起来。作为一个医生，丁学松有让手机处于静音振动的习惯。他拿在手里，看着，屏幕上的姓名和号码在跳跃。

是成齐。

这段时间里，他不知多少次看着她的名字在手机屏幕上显现，然后变成"未接来电"。她当然知道已经发生的一切，当然明白他为什么不接电话，但仍然不断打来。

身体里的寒风劲吹起来，那正是青春期失恋时的痛楚。他轻轻地咳嗽两声，觉得整个心脏快要被呕吐出来了。

但他没有再晕倒，他可能再也不会昏迷了。当然，只是可能。

他不知道她是不是还在那个离医院很远的住所，那本是他们最甜蜜的小窝，以前，他总会像奔向天堂一般赶赴那里，最近他一次也没有回去过。出事后，他一直住在医院宿舍。成齐虽然打了许多电话来，却没有到医院来找他。成齐是他的女朋友，在这个医院里实习过，认识许多人，在事故中死去的患者又是经她介绍的。她此时出现在医院，会引来更多口水和纠葛，所以她不会来。这是默契，虽然她打了许多电话来，期望和他语言交流。

但丁学松却不想再有语言交流了。

那默契，现在更像一把手术专用的电锯，从上到下切割着他。

他没有办法面对她了。

在她之前，他一个人面对着生活的深渊，是她把他拉了出来。阳光重新洒在他的身上，他感到前所未有的幸福，快要从青年时代的阴影里完全摆脱出来了。虽然他本就是个能照顾好自己的人，但从她那里来的照料，远超照料本身，这里包含着只有他和她才能懂的许许多多。

她从未向他提出更多的要求。

他没有提结婚，她也不提，只淡淡地守候着他，这其中更有他所不能言传的感动。他期待她提出点儿什么要求，终于提了，还是他的工作范围之内，一个帮助别人的手术。他做过不知多少手术，怎么会在她托付的事情上失手呢？

她从未向他提出更多要求。

他没脸再见她了，其实，他更是没脸见自己了。

既然医院方面让他长期休息，那他就彻底长期休息吧，面对这个世界也长期休息。当然，他是不会轻生的。

原来的住所不能再回去了。他往相反的一个方向，找另一个很远的房子租下来。这样一个地方，她找不到，其他人也找不到。如果他自己也找不到自己，大概就是一种解脱了。

他想把自己丢掉，需要方法，因为小丁飞刀的头脑太清醒了，现在更是清醒得可怕。

方法也总会有的，在躲进无人知晓的小房间的第二天，他到街边的小卖部买了一瓶烈性烧酒。付钱拿货时，他低着头，不愿意对方看到自己的正面，其实，店家也根本没心思注意这个沉默的买主。

他扭开瓶盖，往嘴里使劲灌了一口，像是火焰钻进了身体，他的胸口钻心地痛了起来。像刻意寻求这种痛一般，他又忙不迭地往嘴里倒了一口。

从前，丁学松基本上是不喝酒的人，只在应酬场合喝一点儿啤酒。参照医学的基本原理，对越是不曾用药的身体，药物的效果越是明显，酒精也是同理。现在，他要变成一个泡在酒里的人。

又一天，他买了一瓶高度数的白酒。他不问牌子，只问度数，喝到半瓶时，呕吐起来，吐完之后，又抓起瓶子继续喝，仿佛要把世界上所有的熊熊烈火都喝进肚子里。起码，在丁学松的感觉里，那些顺着咽喉、食道滑进胃里的液体，是一口口滚烫的火焰。

但是，继续喝下去，那些液体变凉了，甚至变得清凉。当更多的酒精涌入体内时，丁学松觉得每个毛孔都张开了，浑身轻飘飘的。多数时候他只能坐着、躺着，也可以努力站起来，但总是摇摇晃晃，随时都要跌倒的样子，尽管如此他却有一种飞翔的感觉。

飞吧，从此以后，离开地表，离开这些改变不了的事情，在飞行中度日。

又一天，丁学松提回两瓶白酒，再次呕吐，再次昏睡不醒。又一天晚上，他换了品种，改要了十瓶啤酒。

丁学松将啤酒和白酒混在一个玻璃杯子里，一饮而尽，放下杯子时，对面窗户上映出一个陌生男子，满脸乱糟糟的胡茬儿，眼神里露出惊恐和落寞，身体摇摇晃晃，接近人事不省的边缘。

丁学松被这个状态不佳的人吓了一跳，随即反应过来，那正是自己，窗子在对面楼体的衬映下，有了镜子的功用。在镜中，他是标准的酒鬼形象。

成齐这几天不再来电了，可能已经绝望了。反正又没有结婚，放弃一个彻底失败的、“溃烂”的男人，也不算什么惊天动地的选择。她可能免不了要痛苦一番。然而这点儿痛苦又算得了什么呢？在巨大的、无可逃避的命运里，一时的痛苦是最小的事情了。

自己现在不就在痛苦之中吗？酒精下肚后，不是又有了亢奋的、飞了起来的感觉，并且不再痛苦了吗？

但痛苦又更猛烈地到来了，他只有再让酒精下肚，再度亢奋，也更加溃烂。

如果有她在，自己肯定不会变成现在这个样子。

但不会再有她了，有她的日子已经结束了，不只是她，其他的也都结束了。

丁学松并非不明白那些励志的大道理，什么“一个男人要面对挫折”呀，什么“哪里跌倒就在哪里爬起来”呀之类。肯定还会有人做深刻状，分析丁学松这个人的过往：像他这样的尖子生，就是一切都太顺利了，什么都排第一，年纪轻轻就暴得大名，得到别人奋斗半辈子可能还得不到的东西，所以才一遇打击就一蹶不振。有的人会一边说着这些话，一边在心里暗爽，尤其是一些同行。

他们不懂得，有些人从来不是表面那个样子。有的人外表成熟老辣，身体里却住着一个孩子；有的人胸中的寒冷从不示人，一迸发就会覆盖整个世界。更何况，医生的失败是以别人的生命为代价的，如果这一切都没有发生，那个因为手术失败而逝去的病人，现在应该在康复之中，已经能够下地走路了，如果不是因为丁学松的操作失误，他或许还能和他的妻子共同度过许多时光。这些，哪里是仅仅用一个医生的职业成败就能一语带过的？

如果没有这起事故，自己和成齐仍然会幸福地在一起，自己仍然可以像看着一件瓷器一般，目不转睛地盯着她看，直到她“抗议”为止。

他不能再与她见面了，因为他再也不能胸怀坦荡地看着她了。

2

喝酒成了丁学松的功课。他不再用杯子，而是举起酒瓶塞进口腔。歪七竖八的酒瓶就是他的手术记录，一次次呕吐和昏睡就是他的生活。他不再是一个医生，他是一个酒鬼。

沉寂许久的电话又震动起来，事实上最近除了成齐，再没人来电，连个骚扰电话也没有。

如果是成齐，他当然还是不接的。不需要有什么悲壮的分手仪式，让一切无疾而终吧。

但不是成齐。

从号码的前几位来看，是医院来的，但不是神经外科的，也不是郭临办公室的。医院里找他有什么事情吗？是通知他下一步的安排吗？

丁学松接起电话，对方语气机械："是丁教授……是丁学松吗？"

"是，我是丁学松。"

"我是院人事办公室，主要通知您……通知你一下。因为重大医疗事故，你被医院解职了，另外，经卫生厅批准，根据有关规定，暂停你的医师执业资格两年。"对方停顿了一下，语气变得缓和，这显示着他并非语言机器，"丁教授，有空的时候，麻烦您来办一下离职手续吧。"

挂了电话，丁学松松了一口气。真正的决定终于来了，那种"休息休息"的暧昧状态结束了。当然，当时声称"没那么严重"的郭临没有出面，院长更不会出面，由人事办向他宣布。此时面对这个曾经的医疗骨干是很让人尴尬的，他们都避开了。

真要从此离开清淞医院了？真要从此不做医生了吗？

也许应该大哭一场，但他觉得眼睛干涩，没有泪。头脑也是干枯的。头脑是最近被酒精洗空的。

那么，是不是还可以洗得更空？

丁学松已经是个酒鬼了，起初他还保有最后一点儿审慎，把酒买到家里喝。后来，他经常出现在附近的饭馆和街道上，反正附近也没有认识他的人，认识他的人也不知道他来了这个地方。于是，这一带经常可以看到一个摇摇晃晃、衣衫不整的男子，提着酒瓶出没于街巷里弄，不时往嘴里灌上一口。

酒喝在丁学松嘴里，味道也在改变。起初，他是一个基本上不喝酒的人，酒精落肚，犹如滚烫的火焰，喝下去后有起飞般的感觉。渐渐地，酒喝在嘴里越来越像寡淡的水，没了滋味。丁学松找到更烈的酒，一开始喝的时候确实有效果，但很快地，效果就打折了。

有没有比酒更有力量的东西呢？

丁学松知道有答案，答案触手可及，就在某个角落里。但他不想看清，也不想走近。

但有人会把他拉到答案跟前。有一天，有人站在巷口，冲他招手：“先生，请您过来一下好不好？”

丁学松觉得那个向他招手的人眼熟，是那种见面次数不多，但因为某种特别的原因而让自己印象深刻的人。

但那个人却像是对他毫无记忆，又招了一次手：“先生，我可能有您想要的东西。”

丁学松不由自主地跟了上去。

这一天，丁学松找到酒精的升级版，更陷入诱惑的深渊。

药物依赖性是指药物与机体相互作用所造成的一种精神状态，有时也包括身体状态，它表现出一种强迫性的连续或定期使用该药的行为或其他反应。药物依赖性分为身体依赖性和精神依赖性，其中精神依赖性是指一种对药物快感的渴求，是一种精神上不能自制的强烈欲望，驱使人周期性或连续性地服药。

作用于中枢神经系统的药物（包括中枢抑制药和中枢兴奋药），具有让服用者产生药物依赖性的特点，这类药物包括吗啡、海洛因、镇静催眠药等。

这就是毒品的作用原理。

作为医生，丁学松知道，当医生变成病人，他就会去做一些当他作为医生的时候认为不对的事情。医生病了，往往治不好自己，比病人更像病人。

作为医生，丁学松知道，人类产生酒精依赖和药物依赖的生理根源在同一个区域，在大脑的深处，那里的沟壑，比现在正在穿行的巷子更曲折、更复杂。

他跟着那个人走进一条巷子，又拐进另一个巷子，经过几个拐弯后，他们在巷子深处的一个小平房前站住，那人侧着身子，拿出一个银灰色的小塑料包。

丁学松知道，那包里有答案。

果然，阴天的灰暗天光也足以让他看清均匀分布在掌心上锡纸表面的白色粉末。那人说：“这个纯度非常高，老看到您喝酒，要不要换个口味？”

但丁学松没有马上对那个塑料包做出反应，因为他看清了这个人，也认出了这个人。

“你是郝涛吧？”

不算太久之前，丁学松在医院里碰到一对痛哭的姐弟，为了患脑瘤的孩子忧心如焚。他当时没有向对方透露身份，却帮忙安排了手术。他清晰地记得，患病的孩子叫郝蕴，孩子的舅舅叫郝涛，正是眼前站着的这个人。

他不会认错。

对方矢口否认，面无表情：“您认错人了，我不叫郝涛。”

那孩子应该已经安排了手术，但治疗的费用不低，他们肯定也不是生活富裕的人，那么……

在很短的时间里，丁学松猜测可能发生的一些事情，猜测眼前这个人出现在这里，又拒不相认的原因。他不再追究，只问那个塑料包多少钱。

对方的报价令人吃惊：“五块钱。”

看到丁学松意外的样子，对方挤出一点儿干瘪的笑意：“这是第一次，对新客户优惠，以后不会这价钱。”临走前，不大不小的声音从丁学松身后传来：“人活着，都不容易，都有难处。有需要，接着找我呀。”

这些话，算是郝涛的一种暗示——是在向他承认身份吗？

天更阴了，外面暗，屋内就更暗了。摊开的白色粉末似乎在闪着光。丁学松坐着，面对那些粉末，像面对手术台前被切开的脑颅，而手中的吸管，则像手术专用的外科吸引器。

他真的要走上这条路吗？

他攥着吸管，将脸渐渐贴近桌面。只要鼻孔吸一下，他就可以进入另一个境界。

在沙发的一角，电话又震动起来。

他可以置之不理，最近没有什么电话来。有，他也可以当作没有。

反正有和没有一样，接一下又何妨，没有什么事情、什么人能妨碍一个已经无可救药的人变得更无可救药。

一个男声里透着刻意的礼节："请问，是丁学松教授吗？"

"是我。"

"哈哈……太好了……"

最近，丁学松整个人像上了一把锁，对于周遭的一切无动于衷。对方的表现有些奇怪，他也没什么反应，一手将手机举在耳边，一手继续捏着吸管，目光仍落在铺开的白色粉末上。

对方嬉笑几声，可能也是想开个玩笑、卖个关子，这边半晌没听到丁学松的回应，迟疑起来："你，究竟是不是丁学松？"

"我是丁学松，您有什么事情吗？"世界无足轻重了，回应一下也是无足轻重的。

"太好了，太好了，哈哈……"对方又恢复了那种夸张的兴奋，不再卖关子，"丁学松，我是程庆呀。"

3

程庆！

虽然现在算得上心如死灰，但是听到这个名字，丁学松的神经还是跳动了一下。回味刚才没特别留意的嗓音，没错，是程庆。

程庆说："丁学松呀丁学松，咱们都多久没见面了，你小子什么样了呀？啊，不是说你的情况我完全不知道，要说大名鼎鼎的'小丁飞刀'，天下谁人不知谁人不晓？我的意思是，不知道你现在的样子，高了还是矮了？胖了还是瘦了？"

丁学松说："我现在没有什么样子了，什么样子也无所谓。"

丁学松说话冷冰冰的，也没妨碍程庆的兴致："小丁飞刀呀，其实我更愿意叫你小丁，像当年一样。我也不想找什么借口，这些年没见，现在也没别的事，就是想你了。这么说，好像咱俩关系不正常似的，哈哈。不过现在不都流行叫'好基友'吗？怎么样，基友加兄弟，想见一面，不知道丁大医生可不可以给老同学赏个光呢？我说……"

从大学本科到博士，程庆一直是跟丁学松关系密切的一个同窗，即便算不上知己，也称得上知根知底的铁哥们儿。博士毕业后，他跟丁学松一样，进了一家国营医院，并很快成为医疗骨干。与丁学松不同的是，大约五年后，他就从医院辞职下海了。

关于程庆后来的情况，丁学松都是间接知道的。他们两人在学生时代关系密切，毕业后却渐渐连面也不怎么见了。人和人的关系是微妙的，没发生什么不愉快，也没有明确的疏远，来往却会减少，直至毫无联系。一转眼，好多年就过去了。

有句话说，真正的朋友就是无论多少年不来往，只要一打交道就一切跟从前一样。从电话里程庆的兴致来看，显然他是相信这句话的人："怎么样怎么样？你定个时间吧。"

丁学松抬起头，看到对面窗子上反照出的倒影。现在，他可以直面这个失魂落魄的男人了，也可以为那个人是自己而快意了。低下头，他看到铺排在桌上的白色粉末。如果不是这个电话，他可能已经抵达另一个世界，变成一个跟以前彻底不同的人了。

他说话的声音平静到仿佛空气也凝固了："咱们大概不用见面了，因为……因为我刚才正准备做一件重要的，但不算对的事情。"他也不懂自己要说些什么。

接通电话后，丁学松一系列的奇怪表现，肯定让程庆大感诧异。但程庆是个高情商的人，加上丁学松在学生时代就常有些奇怪的想法、举动，所以他也不至于太讶异。程庆不忌讳在丁学松面前厚脸皮，继续纠缠："好吧，我也不管你现在是耍大牌，摆起架子来了，还是像女人家那样害羞，总之，俺会继续邀请你，就跟泡妞儿一样，死缠滥打。你可以再考虑一下，我不急，但是一定会再打来。"

丁学松被逗乐了，能在这种时候被逗乐，得承认程庆这小子有一套。大学时代胡吹海聊的劲儿似乎回来了，他说："好吧，见你一面再死也不迟，你定时间、地点吧。"

挂了电话，丁学松对着那些白色粉末发了一会儿呆。吸管在接电话期间掉落到地上，他也没有再去捡。一些事情如果注定要发生，就不必操之过急，可以等等看还会不会发生别的什么，比如过去的人突然出现。他把那些粉末包起来，放到一个不算特别隐秘的地方，决定暂时不碰它们了。

只是暂时。

要和程庆碰面，丁学松稍稍整理了一下自己，在窗上映出的，就又是那个常人熟悉的丁医生了。虽然里面已经"溃烂"，但暂时让外表看上去不那么"溃烂"，也不是什么困难的事情。

只是暂时。

程庆在电话里夸张的热情，见了面，倒平静不少，只迎上来握手致意了一下："看上去一切还好呀，不错不错。"

看到程庆，丁学松觉得眼前一亮，心情似乎也跟着好了起来。

眼前一亮的原因是什么？

跟多年前相比，程庆外表的变化并不大。变化不大的原因不是程庆显得年轻，而是他年轻时就一副老成的样子，年龄大了也仍然维持原貌。这样的人一辈子不显年轻，也不显老。丁学松没什么多年后久别重逢的感觉，像是昨天刚跟他见过面的。

想着这些，不知不觉中，丁学松嘴角挂上了笑意。他觉察到这笑意时，吃了一惊。跟一个寻常的老同学而且是男同学碰个面，竟然一扫近日沉重的阴霾，变得愉快起来了。

程庆说："看你，一脸春风得意，跟什么似的，先前还不愿意见呢，一见面又兴致这么高。我又不是美女。"

丁学松说："见了你，高兴呀。"这不是客套，是真实的感受。但说出来时，语气上不像肯定句，倒像个疑问句。

高兴什么呢？因为和好久不见的老同学重聚？他本身就不是个多么重视同学情谊的人，他在跟人交往方面是被动的，最近又处于彻底沦落的低潮期。一个程庆，又不是美女，哪来的魔力，让他马上转换心情？

不管怎么样，通电话时还在推拒，现在见了面，竟然一扫最近从身到心的阴霾。可能人的心情就是如此捉摸不定。他虽是脑科专家，但对于人性的奥妙，也不可能像面对脑颅内的"硬件"那般洞悉。

程庆说："老友相聚，也不必太过兴奋，咱们慢慢聊。对了，你不喝酒，咱们就来壶茶吧。"

丁学松一招手："服务员，来四瓶啤酒。"

程庆有些意外，笑道："有进步呀，小丁，真是今非昔比。"

丁学松如沐春风，把两个杯子倒满："来，程……应该是程总了吧？咱们干一杯。"

程庆一缩脖子，一饮而尽，在他举杯饮啜的动作里，丁学松看出了他学生时代的青涩模样，不禁有些感动，不知不觉，向程庆靠得更近了。

程庆不以为意，笑道：“小丁呀，我不是美女，我脸上也没金子，你这样一直盯着我看，我也不反对，不过别忘了吃菜。”

丁学松猛然惊觉。刚才，他看着程庆的目光，自己脸上和身上的感觉、那细微的悸动，竟跟这两年来看着女友成齐类似。为了遮掩窘态，他一仰头，又喝下一杯啤酒。

程庆善意地笑着，仍是老成机敏里带着憨直的样子。

多年未见，程庆突然提出聚一下，按人情常理，肯定是无事不登三宝殿。丁学松直接问：“大程，你找我来，不用客气，也不用卖关子，有什么事情直说呀。”

程庆说：“确实没有什么事情呀，就是想你了……唉，说起来肉麻，两个男人之间。不过确实如此，纯粹聚聚。”

程庆在电话里说“想你了”时，丁学松不觉得肉麻，但也毫无所感，根本没往心里去。此时再听到他说这三个字，竟然眼眶有些发热，想起过去的情谊。

但是，在过去，他跟这个人有过多深的情谊吗？

4

虽带着微微疑窦，但丁学松仍然度过了近期最愉快的一个傍晚。此刻，他的心情竟然称得上明媚，甚至还有些豪气干云。不要说最近，就是在他多年来以稳重、细致的态度应对的生活里，都是少见的。这次聚餐他本是预备婉拒的，现在不说勉强前来，也只是想应付一下。不料，从见面起，情势就逆转了。是程庆这个人，还是这家饭馆看上去并不出奇的环境，拨动了他的哪根心弦？到后来，他居然想向多年未见的老同学倾诉一番了。

他举起酒杯向空中扬一扬：“实不相瞒，大程，最近我……变化挺大的。”

程庆不再咋咋呼呼地展现热情了，而是端正地坐着，静静地倾听。

丁学松说："我现在离开医院了，而且，我连个医生都不是了。"

程庆微怔了一下，也没有露出特别意外的样子。

丁学松本不是个啰唆的人，这天话却很多，从成齐托付他病人讲起，讲到手术中莫名其妙的事故，到被医院解职。

程庆说："你喝酒，就是从最近开始的吧？"

丁学松说："酒确实是好东西，能改变一下心情，但其实不能让你忘掉什么，反而记得更清楚。"

程庆叹了口气："听你说的这些话，真的像个酒鬼了。"

丁学松说："我何止是酒鬼，我差点儿还成了……"

程庆环顾左右，用手势制止了他。这让丁学松更佩服他的悟性。程庆说："酒还可以，真正不该沾的东西，绝对不能沾呀，否则就彻底完了。"

丁学松使劲点头，眼前这个男人说的话，他现在都特别能听进去。

两人谈到很多专业和经历上的交集，却没谈到一些更重要的共同回忆，不知是不是时间有限所以没顾得上。当然，丁学松最近的危机是主题。程庆安慰道："你经济实力不会差，生计上没问题。挫折，甚至重大挫折，谁一辈子不碰上几回？把这当成一个历练吧。"

丁学松摇晃了两下玻璃杯中残余的酒滴，摇摇头说："不是挫折的问题，我就算被开除、去坐牢，其实也没什么。咱们医生是救人的，我救过不知多少人，现在，一个本来肯定能救的人，经我的手……而且，人是成齐介绍来的。她，不怕你笑话，是这些年来我最爱的人……"

程庆点点头，那神色在丁学松看来，是坚毅而有光芒的。程庆说："我懂。"

这一晚，话题沉重，氛围却越来越轻松。后来程庆还抛给丁学松一块口香糖，说可以去去酒味。丁学松一下下咀嚼着柔软而带弹性的胶体，觉得清香不仅塞满口腔，还散遍了身体。结束时，他还生出一股依恋之情。回家路上，由车站步行回住所，他更觉得轻松愉悦了，享受着胶鞋底踩在地板上咯吱的弹性，跟嘴里嚼着口香糖的弹性形成的音乐般互相配合的节奏。他觉得，从此，可以展开一段崭新的生活了。

除了对成齐，丁学松习惯于把一切放在心里，不大讲出来给旁人听。这一次，他把最近发生的事情以及他的想法，一股脑儿全倒给了程庆。一经说出，他似乎也就解脱了一半，不，简直像要消融似的。

这是怎么了？前几天，不，就在这个饭局前，那难以逾越的痛苦到哪里去了？

晚上，丁学松躺在床上，看着窗外月光洒进来。月光照到的地方，月光没照到的地方，似乎都很干净，这干净让他舒服惬意，甚至想到一句可笑的陈词滥调：生活是美好的。他一边笑话自己的酸，一边想，明天一定是个晴天。

然而，他一觉醒来，看到的，是个阴天。

丁学松觉得后脑生痛，身体里的寒意又发作了，那是一种切实的痛楚。

他又被巨大的阴影笼罩了。

在这个阴天里，昨天跟老同学的欢聚所带来的愉悦像气泡一般消失了。丁学松的头脑冷得发紧，甚至连牙齿也是冷的。那个死去的病人是无法复活了，自己莫名其妙酿成的大错是无法挽回了，就算失去一千次医师资格，又何济于事？还有，成齐他是彻底失去了，不要说再见面，现在就是一想到这世上还有她，都不能自已……

那么，昨天那种明媚的心情就是暂时的，是假象，是见到程庆后不知哪里来的错觉。道理很明白——已经发生的一切都没有改变，心境怎么可能改变？怎么可能因为见到一个故人，一通愉快的聚餐，就都变了？

无边的痛楚包围过来，丁学松感觉自己的呼吸变得困难了。墙角的两只酒瓶映入眼帘时，他像是看到了救命稻草。他趔趄着踱过去，抓起了酒瓶。

这一天，丁学松重新开始了喝酒、呕吐、昏睡的生活，醒过来时，全身的疼痛和内心的痛苦让他变得比喝酒前更清醒；睡去的时候，他也总感觉有一个巨大的阴影笼罩着他，让他透不过气。

第二天，第三天……时间就这样一天天地过去，丁学松只在清晨有一丝克制酒瘾的欲望，随即就破罐破摔地放弃了。

生无可恋，不如醉去，而醉去的状态就像假死。作为一个医生，他不会选择真的结束自己的生命，那索性就泡在酒里吧，就待在这种假死的状态里吧。

但假死不是真实的死亡，酒可以让痛苦一时地搁置，却不能让痛苦消失，尤其酒醒过来的一刹那，痛苦的感觉更加真切。酒的作用在一天天递减后，接近消失，喝在嘴里，又像水一样了。

酒之外，还有没有救命稻草？

一个念头，像在他脑子里划着了一根火柴。这是一道刺目诡异的光，照亮的，是一摊看似无辜的白色粉末。

那东西放置得毫不隐秘，就在旁边的斗柜抽屉里，连那支半透明的吸管都还在。把它取出来，摊在茶几上，没费半点儿工夫。

那么，他可以重新捡起吸管来了。

他真的捡起来了。对面窗子上映出的那个人又变得不成人形，这是在度过又一个星期的不堪生活之后。奇怪的是，那人竟然冲自己露出一丝笑容。他笑什么？为什么看起来那么无奈、凄惨又诡异？

他反应过来，那当然是在笑自己。上一次，他就是这样捏着一支吸管，对着一摊白色粉末，准备进入一个既是地狱，也是天堂的可怕世界。是一个电话终止了这一切。

他歪过头，手机还在沙发上的那个角落，同样的斜躺姿势，但是没有响。

没有响，也就是没有什么来阻止他了。

可是，程庆没有打来，他就不能打过去吗？他苦笑了一下，窗子上的人也跟着苦笑了一下。

他抓起了手机。

程庆仍跟上次一样，热情到有些亢奋：“正要找你呢，好几天没见了，该再聚聚了。”程庆说这些时，非常自然。

丁学松拖着不协调的步伐赶到咖啡馆，在门口看到已经端坐等候的程庆时，还不觉得有什么。待到在对方身边坐下时，那一瞬间，他再度眼前一亮。

真是眼前一亮！

眼前的程庆，跟上次一模一样，迸发出令人愉悦的亮光。

他使劲地挤挤眼睛，像是要挤掉这种幻觉，可是睁眼之后，亮光依然存在，不仅对面的人，周围的一切都像换了色彩，跟自己这一周来昏暗的、令人绝望的调子截然不同。

看着程庆在亮光里端坐着，露出宽怀温暖的笑意，丁学松有种说不出的舒服。他想起不知谁说过：一个人成熟的体现，就是让他人觉得舒服。这么多年下来，程庆外表虽然变化不大，但是内里显然是成熟了。

但除此之外，这个老同学没有其他太过出奇之处。仅仅是成熟，就能带来这种让人接近于狂喜的、眼前一亮的感觉吗？

上次初聚的情形得到重演，程庆的举止得体又热情。丁学松又一次一扫一周来的阴霾。

丁学松说：“现在，你才是我的救命稻草。”

5

不经意间，丁学松吐出这一句心里话，随即意识到自己失言，不由得低下头。这一低头，让两个男人间的气氛更加尴尬和怪异。

程庆确实够成熟，笑道：“是呀，兄弟嘛，本来就是互为救命稻草。”

即便尴尬不能马上被化解，这次重聚也很快再度欢悦起来。丁学松一直是个话不多的人，而在跟程庆的这两次相聚中，他的话却很多，越说话，他的心情就越舒畅，不仅最近的烦恼被丢在一边，连性格里固有的阴郁都不见了。程庆说："你重新跟成齐联系一下吧。你不好意思的话，我帮你把她找回来。如果真是个好女孩，就要珍惜呀。"

丁学松说："是，是，我马上主动跟她联系，一切还可以重新开始。"这一刻，他确实觉得这段好容易得来、原本毫无芥蒂的爱情可以继续下去。一次意外，又算得了什么呢？生活里的阳光还会继续。

但是，另一个更奇怪的念头也隐隐浮现了。面对着眼前沉稳又热情的老同学，啜饮着浓香的咖啡，咀嚼着对方抛过来的口香糖，他突然觉得成齐不重要了。

只要有眼前的一切，只要还有下一次，此生足矣。

这一次咖啡馆相聚，话题更多。程庆始终握有分寸，是丁学松自己渐渐打开了回忆。最重要的回忆总是苦涩的，当然也包含着甜美，那回忆里有一缕绿色、一缕粉色。丁学松一直不愿提到她们的名字，这一次却提到了。

那一缕绿色和一缕粉色，现在飘到哪儿去了呢？

心里想着，嘴上就说了出来，这做派跟以往的丁学松又是截然不同的，他黯然道："不知道她们后来怎么样了，现在怎么样。"

程庆说："不知道，我也不知道，多年没有联系了。"

程庆的面容变化不大，此刻在丁学松眼里，却有着当年没有的神采。不知不觉，他脱口而出："现在我懂了，在那个时候，我周围的人里，最重要的，不是她们，而是你。"

丁学松说完这句话，被自己吓了一跳。他这是怎么了？这真是他内心的想法吗？可是，那时候怎么从没有过一丁点儿这种念头？当年，他跟程庆虽然关系密切，但也算不上知己好友。更奇怪的是，他是个医生，以前却从未发现自己对同性有一丁点儿的这种情愫……

程庆仍然从容，泰然应道："哈哈，你说得对，三国时，刘玄德就说过，兄弟如手足，妻子如衣裳。当然是兄弟比女人重要了。不过，这话可千万不能被老婆听到了呀。"

丁学松感激程庆的机智、宽怀再次化解了微妙的尴尬，就接话茬儿问道："一直没顾上问，你结婚了吧？"

程庆迟疑了一下，微笑道："结了，有老婆。"

丁学松松了一口气，顿觉轻松许多，又有一点儿失落。

这次事故之后，丁学松变得没来由的敏感，怪念头也增多了，是受了强烈刺激的缘故吗？或者，还是因为喝了太多酒，把他这个脑外科医生的脑子也喝坏了？

程庆说："还是那句话，酒可以喝一点儿，但不能过度。"

是的，从今天起，生活必须重新开始，不能再那样无节制地喝酒了。离开咖啡馆后，丁学松暗暗下决心。直到当晚躺在床上，看着洒进房间的月光时，他还告诉自己，一切不是没有希望。

然而，当他第二天醒来，生活再次翻转。昨天的相聚恍若一场梦，巨大的、无可逃避的痛楚再度袭来，渗入身体的各个角落。

昨天的欢快，老同学间的温暖情谊，又成了一个气泡，转瞬即逝。

那个在自己手里死去的病人腼腆的样子，就浮现在眼前。病人是那么信任自己，托付了整个生命……可现在，生命、爱以及一切的一切，都在那场莫名其妙的昏迷中被毁掉了。

他不可能重新生活，他不可能再面对成齐，他不可能不需要酒精。

又一个循环要开始了，他踉跄着去寻找酒瓶，但这一次不只是踉跄，他被茶几挂了一下，跌坐在地上。地板是硬的，但他感觉不出疼来，与更严重的痛苦相比，这种痛仿佛根本不存在。

他坐在地上，没有马上爬起来，就以这样的姿势呆坐了一会儿。昨天的欢聚仍历历在目。这时候有一个东西散落出来，飘落在地板上，那是被他随手塞在裤袋里的程庆给他的口香糖的包装纸。

昨天的一切都还没有一丁点儿褪色，可那明亮的、充满希望的心情却消失得无影无踪了。这是多么奇怪的现象呀，自己又是一个多么奇怪的人呀……

但是，这个程庆，这个老同学，不是更奇怪吗？

他仍然被痛苦抓得紧紧的，似乎只有投奔酒精，或者是比酒精更黑暗的世界。但是，另一个声音在提醒他：是不是可以再试试，看看奇怪的救命稻草到底灵不灵？

丁学松这次没有等一个星期，坐在地上就打了电话给程庆。

一切如预期中的那样，再次约见程庆，就意味着再一次由衷的欢聚。丁学松每个毛孔都沉浸在那让他“眼前一亮”的光芒里。他盯着程庆，觉得这个人有说不出的魅力、有难以言传的善良和稳健。他又要相信生活会重新开始了，但另一个更清醒的念头从脑海里跳出来，残忍地告诫道：这一切都是暂时的，是假象，是又一个循环的开始。

程庆岿然不动，不管丁学松的世界里掀起多少波澜，他的平静和宽怀依旧。

这次小聚后，丁学松没等到第二天睡醒，就进入高度警觉状态。前车之鉴让他已经知道第二天等待自己的是什么了。这太荒唐了，程庆这个男人，这个与自己并没有特殊关系的同学，居然能轻松地把自己从深渊里拉出来，到现在为止，可以确定，他竟然离不开程庆了。

不得不承认，他迷上了这个男人。他看着这个人时，眼神里一定泛着无比痴迷的光彩，有这个人在，他就能忽略掉所有的不幸，完全地安心和幸福起来。

那么，他是爱上这个人了？他在大学时代就爱上了这个同学，只是自己没发觉？

丁学松把自己吓了一跳。如果是这样，他大半辈子就活在错误里了。从表面的经历和表层的感觉来看，他一直是对女子感兴趣的呀！

丁学松接受并支持人根据自己的本性选择性向，但此前他从没有对自己有过性向方面的疑惑。在漫长的单身生活中，他也被人半开玩笑地议论过——丁学松是不是不喜欢女人？但那纯属臆测。如果说自己是个隐藏的同性恋，只是自己以前完全没有发觉，那作为一个医生，他也太缺乏对本人身心的洞察了。

可是，人就是这样，当局者迷——能对别人洞若观火，却看不清自己。人又是多么奇怪的动物，最真实的自己，总隐藏在连自己都看不到的地方。

丁学松觉得似乎有什么不对的地方，可又不知道是哪里不对。不管他是不是同性恋，可以确定的是，他现在完全处于一个不正常的状态。不正常的状态，也就是病态。他现在病了，而且是一种不能简单定性的病。

虽然他已经近乎于自暴自弃了，但就是自暴自弃，也得先搞清楚自己的问题在哪儿，身体的，还有精神的。难道他从来没有真正认识过自己？难道他几十年来对自己都认错了？

他究竟是个什么样的人？

四、会心 |

1

丁学松判定，自己现在需要一个医生。

当了一辈子医生，丁学松比普通人更明白一些道理：一是术业有专攻，再好的医生也不是什么病都能看。更重要的是，往往医生最看不好的，是自己的病。

程庆是医生，现在更算得上是一味药了，但也是更严重的病因。因此，自己不能找他了。

如果是心理方面的疾病，他本有一个直接的人选，虽然年轻，但专业素养完全过关。但他现在最不能求助的，也是这个人——他的前女友、心理学硕士成齐。

没有太多犹豫，他决定求助于熟识的精神科专家万启。万启是精神心理领域的专家，年龄比丁学松大不少，他坐在褐色的写字桌后，头也不抬地捏着丁学松的胳膊，指挥他呼气、吸气。

丁学松说：“万教授，您现在的诊断，还会结合中医的诊脉？”

“看情况吧，没有一定之规。”万启不冷不热地答道，同时又指挥丁学松亮出舌苔，用木制的镊子翻检着。

万启是个很特殊的朋友。一方面源于他作为顶尖心理医生的特殊性，一方面则源于他本人的一些做派。作为另一个顶尖医生，丁学松还会洞察到一些寻常人不注意的细节，比如万启的左手，手腕上有一块钱币大小的皮肤，肤色跟周围不同，像一块不明显的胎记。这些特征，好像也在形塑着这个人的气质。

即便同为医生，丁学松对万启的检查也没厘清头绪。在他看来，这个心理医生的举手投足与其说是医疗，不如说更像在实施一套巫术。当然，这只是一种放在心里的比拟，这个人的能力是值得信任的。

一番摆弄之后，万启宣布结论："这是突然、严重的精神打击导致了典型的突进性抑郁症，能不能逐渐好转，直到痊愈，主要看病人的态度和意愿。说白点儿，您这么大一个小丁飞刀，得的是心病，就看您自己想不想好了。"万启从眼镜框上方看着丁学松，露出少见的笑容，"酒可以喝一些，但是醉个一两次也无妨。我跟别的医生不一样。你也是医生，你懂的。"

对于病情和诊断结论，丁学松早就心中有数。他毕竟是行家。抑郁症是肯定的，但这不是他找万启的重点，对于这个总是冷冰冰的人，犹豫和拐弯抹角都没必要。他的声音压低一些："万老师，谢谢您的诊断。其实，我主要还想了解另一个问题。"

"什么？"万启的嗓音提高了。

丁学松没有提到最近跟程庆的接触，只说不知是不是受了刺激，身心状况不正常的缘故，有时候莫名其妙地会对同性发生兴趣，甚至……甚至怀疑自己有同性恋的倾向。他不能确定，所以……

万启显得很平静，跟刚才为他做检查时没有两样。他问丁学松，以前有没有这种迹象。

"没有。"丁学松斩钉截铁地答道。

万启又请他再仔细回忆一下，接着说，人的性向、感情，是非常复杂的，有时候界限模糊，没有绝对的非此即彼。另外，在成年前的成长期中，人的性向和感情取向更是复杂多变，许多本质是异性恋的人，在幼年及青春期前后，都有或多或少、各种形式跟同性的亲昵，甚至性行为。万启请丁学松仔细回忆一下，他有没有这方面的经历，包括情愫。

丁学松很真诚地回忆了一番，搜肠刮肚，仍然确定地答道，没有。

万启问："那么，你最近接触的这个人，你年轻时有没有对他产生什么感觉？"

丁学松又仔细回想过去跟程庆的相处，那时，两人关系密切，但如果说要跟程庆恋爱，他一定会呕吐。现在，一切都不一样了。

是他变了，是程庆变了，还是这个世界完全变了？

经过一番心理拷问式的谈话，万启沉默下来。万启很健谈，但本质上是个沉默的人，这种沉默跟寻常的心理医生很不同，这是丁学松觉得可以信赖他的原因。

万启从抽屉里拿出两张图片，上面是浓重的染料描绘成的图形，隐约而不确定。他举着一张着红色染料的图片，让丁学松正面看着，问他觉得像什么。

丁学松看了看，答道："一个穿着红色裙子的女人的背影。"

万启点点头，请他看米黄色的图片，丁学松看一眼，不禁笑了一下，说："这个不就是很明显的男性生殖器吗？"

万启将图片收起，请丁学松稍坐一会儿，打了个内线电话。一个助理闻声赶来，万启叮嘱道："准备一下吧，丁教授要开始了。"

丁学松跟着万启的助手，像梦游一般地往外走。万启没有起身，在办公桌后埋头于桌上的纸张中，仿佛丁学松的事情已经跟他无关了。丁学松在门口回头，看着事不关己的万启，犹豫了一下。助手有礼貌地催促道："丁教授，请。"他只好继续迈步，由助手在身后合上门。

在走廊里拐了几道弯后，丁学松被带进一个靠近尽头的房间。助手推开房门，丁学松看到房间内又被分成均等的两部分，这两部分的墙壁材料是玻璃，与外界保持完全透明，像两个玻璃箱子。

丁学松首先想起观察试验动物的小玻璃箱，又想起桑拿浴室，还想到只有一面透明的、可在外观察的审讯室，感到有一些不愉快。随即，助手的要求更让他不愉快："丁教授，请您进入这个检查室。"

丁学松不知这是哪一种检查，也不便抗拒，便没好气地问道："进哪一间呢？"

助手笑道："两间都要进，先进哪间，您随意。"

助手是个女孩子，始终微笑，这微笑能让人减少一些排斥感——似乎她要经常提出一些让人产生排斥的要求。她的表情里，能明显看出一点儿万启的影子。

丁学松只得先进入左边，助手在他身后合上玻璃门，转动了一下墙上某处的旋钮。随即在玻璃墙外的椅子上坐下来，提笔记录。虽然隔着透明的玻璃墙壁，但是她没有朝丁学松看一眼。

待在房间里面的丁学松看着她，正想着要不要说话，她在玻璃墙外能不能听到，突然有点儿想作呕。接下来，不适感加重了，变成了恶心，接下来是头晕眼花，说不出来的难受。他断定，这个房间里的空气有问题。他有站起身来夺门而出的冲动，但又想起这是正在进行所谓的"检查治疗"，只得强制忍耐。正在难耐之际，助手将门打开了："丁教授，可以了，请您出来。"

助手问丁学松有何感觉，走出玻璃房间的丁学松一边大口呼吸着空气，一边答道："头晕、恶心，想吐。"

助手一边认真记录，一边在嘴里重复念叨着："头晕、恶心……"

丁学松忍不住问道："这房间里是不是缺氧呀？怎么会这样让人难受？"

助手说："没有，里面氧气充足。"又忍俊不禁道，"您觉得不舒服，有人会觉得特舒服，爽极了呢。"

丁学松不明就里，想再细问，却被助手催促进入另一房间。

带着被再次"恶整"的准备，丁学松踏进右边的玻璃房间。

2

在助手转动旋钮后，丁学松首先闻到一股淡淡的让人不易觉察的幽香，可这香味又转瞬而逝了，像是从来没有存在过。香味没了，他的精神却被提了起来，像突然进入了一个明媚的天地。身体从上到下，说不出的通畅。眼睛似乎亮了起来，隔着玻璃门，看到助手的侧影，发现这个女子其实很可爱，有一点儿女人的妩媚。他的耳朵也灵敏了，房间里的微尘上下飞舞着，发出悦耳的音乐。不知不觉中，他竟然产生一股生理冲动，这冲动一经产生，马上变强了……

助手开门、呼唤，使他不得不从这个奇异的房间里走出，还带着一点儿不舍。助手笑道："看得出来，您一定很爽吧。"

丁学松想了想，有些难为情地点点头。助手说："正常，完全正常。"

丁学松恢复了医生的理性，回头看着那个普通又怪异的玻璃房间，他想问一些问题，例如房间内的空气中是否混入了吗啡之类的物质，但是他又马上遏制住了这个念头，转而沉默地等待助手接下来的指令。

助手说："丁教授，您的检查结束了，现在可以回万总的办公室了。"

万启从办公桌后抬起头来，额头轻微耸动了一下，说："你想先知道结论，还是过程？"

丁学松说："结论。"

万启很难得地笑了出来："原来你也跟大部分人一样，性子急，选择也急。"

丁学松也笑了："能忍受着你变这么多戏法，我已经算是够沉得住气的了。"

万启说："好吧，告诉你结论，你是标准的直男，毫无同性恋的倾向，掰都掰不弯。"他把两只手在桌上分别轻轻地向两个方向划了一下，诡异地笑道，"所以，你没有爱上那个男人，不管他是谁。"

丁学松顾不上被看穿的尴尬，急着问道："为什么？"

万启说："看看，知道了结论，还是会关心得出结论的过程吧。所以呀，人就是这样，总说想简单些，可实际上谁也简单不起来。"

万启告诉丁学松，很多人都像他一样，把这些检查和治疗手段看得跟巫术和变戏法一样，他也承认这些手法有些独特，但独特归独特，却一点儿没有装神弄鬼的意思，一切严格遵循科学逻辑。

万启说："对了，我得先声明一下，我不反对中医，所以会用一些中医的方法。"

丁学松说："我也不反对中医，但是拜托你赶紧谈正题，别再绕弯子了好吗？"

万启彻底被自己布下的让丁学松陷入的局逗乐了，扑哧笑出声来，算是打破了他一贯冷冰冰的风格。不过，正式讲起诊断过程时，他又恢复了那种不紧不慢、事不关己般的淡然口吻。

根据万启的说法，在医学上，所有诊断都得具体、精细，有明确的结论，不能模棱两可，精神和心理状态，包括性向都是如此，跟确定身体某部位是否长有肿瘤，以及肿瘤的大小、形状一样，不容有任何模糊地带。许多医生对病人讲一些模糊的话，要不是因为治疗需要不能跟病人说实话，要不就是庸医对自己的诊断没有把握。当然，在精神领域的问题，包括性向问题在内，不像外科疾病那样拍个片子一看就能确定，而是需要配合精密、多重的检查手法，才能得出结论。

因此，万启对丁学松的检查，也综合使用了三种方法，由粗到精。三种方法的结论一致，没有矛盾，从而确定最终结论。

第一步，先是询问了丁学松的经历，从其中寻找一些性向痕迹。这是一种比较"粗"的方法，还不能得出精确结论，但可以先在诊断方向上打一个基础。

第二步，拿出两张具有心理暗示作用的图案。丁学松分别回答为"穿红色裙子的女人的背影"和"男性生殖器"，前者是一个男人自然的期望，后者也是典型直男愿意直接陈述的图片。经过多次试验，异性恋男人的回答都跟丁学松大同小异，而同性恋的男人，一般会回答为“一片晚霞”或“一棵仙人掌”。在同性恋男人的心理层面上，看成“晚霞”是因为对女性没兴趣，看成“仙人掌”则是不愿直陈男性生殖器的形状。因此，从这个测试，可以得出更进一步的结论。

万启说：“当然，这还不是最准确的结论，关键是第三步——室内密闭检查。”

在所谓的“室内密闭检查”中，丁学松分别进入两个房间，这让他有了两种截然不同的感受。这两种感受的存在，也就清晰地判定了他的性向。

奥秘就在于，这两个玻璃房间里充满的气味。

万启揭示出答案，丁学松也就完全不感到奇怪了，他接受了这个所谓的“精细、明确，没有模糊地带的结论”，不再带有任何怀疑。

这种看上去神神鬼鬼的检查其原理其实很简单：这两个房间里，在瞬间之内充满的，一种是男人的气味，一种是女人的气味，是标准的、健康的体味。两种气味并非真正采自人体，而是用类似于香料合成的手法，人为加工而成，这样制作出来的气味其性别特征反而更强烈。为了加强检查效果，这个制作过程甚至还运用了科研上常用的手法——提纯加浓。

万启说，人类有很多特征，对于科研人员或者有心的人来讲，这些东西的存在早就是公开的秘密。比如，一个人喜欢或不喜欢另一个人、另一种事物，表面上取决于该事物的外表，事实上起决定性作用的其实是对方的气味。

当丁学松进入第一个充满男性气味的玻璃房间时，相当于在一瞬间被一个健康的、性征明显的男人拥抱并环绕起来，这时，如果他是个健康的女人或者男同性恋者，就会产生美好和享受的感觉，而如果他是个异性恋特征明显的男人，则会感到不适。他的恶心、头晕，都是异性恋男人的一种正常反应，正如一个非同性恋者与同性亲吻亲热，会感到恶心一样，说到底是因为接受不了对方的气味。

当丁学松进入另一间充满标准健康女性气味的玻璃房间时，他的愉悦感，以及他的生理反应，也都是一个异性恋男人的正常反应。万启说，上述的反应除证明他丁学松不是同性恋外，还可以证明，他的抑郁症不像表面上那么严重，他还没有丧失正常人的欲望、感知。

听到这里丁学松折服了，他暂时忘却了自己所陷入的绝境，身体里的医生专业本能地被唤醒。他接着问道："费那么大气力调制气味，搞两个大玻璃盒子，该不只是为了确定性向吧？"

万启眨了眨眼睛，说："通过气味做检查诊断的作用有很多，除了可以用来检查性向，还可以用来诊断治疗性无能、精神障碍……"

万启未及详述，丁学松已有判断，不禁打断道："这些，都已经用在临床治疗上了吗？"

万启说："还没有正式投入使用，现在算是试验酝酿阶段。"他的目光暗了一点儿，"也许有人动手比我早。毕竟，虽然我的具体做法有自己的特点，但这些理论、结论，都不是什么新鲜东西了。"

丁学松赞叹道："你这可以算得上出神入化的医疗手段了，可以申报个重大成果，就是得个国际级大奖也不为过呀！"

万启摇摇头："在正统的专家、权威看来，我这都算是旁门左道，难登大雅之堂。学术界你还不知道？就是一个江湖，专门挤对人的地方。我想，做好医生的本职工作，服务好病人最重要。"

丁学松点点头，喃喃道："是啊，也不知道，我还能不能再做一个医生了。"

3

跟丁学松交流医疗、诊断这些学术性的专业问题时，万启一度显得活泼、兴奋，而现在，他渐渐地又恢复了冷淡的样子，重新端正坐姿，把两手交叉在胸前说：“我估计，你的症状出在你那位朋友身上。”

丁学松说：“他？他身上的什么？”

万启说：“也许，他身上自带玻璃房间呢。”

自带的玻璃房间！这样的说法既让丁学松更加迷惑，又有恍然大悟之感。

对程庆，他不想继续打哑谜了。看来一切都是直接点好。一开始，就应该直接。

再次跟程庆碰面，丁学松直接问道：“你到底搞的什么鬼？”

这是在丁学松新租的住所里，程庆没有回避，说：“你终于开口问了，我一直在等你问。”

程庆递给丁学松一块口香糖，说：“这是答案。”

丁学松没有接，任由口香糖掉落在桌上，说：“仅仅是这个吗？”

程庆说：“当然不，还有我，我这个人。”说着，将衣角撩起来，翕动几下鼻子，做出嗅闻的动作。

丁学松说：“我说呢，你原来就是个脏小子，洗脸连香皂都不用。我还以为十几年不见，你出息了，用上香水了。”

程庆顽皮地吐了一下舌头。这个动作看在丁学松眼里，正是当年那个再熟络不过的同窗。

一旦有了方向，不劳程庆细说，对丁学松来说秘密就不成为秘密了。丁学松想：万启说“身上自带的玻璃房间”，所言不虚。答案已经明了：一是由程庆每次递过来的口香糖，二是他本人喷洒在身上的香水。

程庆说：“其实，这是一种保健品，算不上药物。”

之所以称为“保健品”，而不是“药物”，是否是为应对监管部门严格的入市规定，丁学松暂不想问。他更在意的，是程庆为什么在这个时候找他，又来这么一手。当然，这种询问不必操之过急。既然这个老同学已经卸下了故弄玄虚的盔甲，接下来就会“竹筒倒豆子”，把一切慢慢讲出来。

程庆说：“这种保健品，原本是为了配合治疗抑郁症而研发的……”

丁学松没好气：“没错，我最近有抑郁症倾向，所以，用在我的身上，效果明显。”

程庆摆摆手：“不仅如此。既然被定位为保健品，就有更广泛的效能，也就是可以用在普通人身上。对于普通人来说，健康当然重要，但仅仅‘健康’是不够的。每个人都希望拥有的，是幸福，对，幸福。”说到“幸福”两个字时，程庆的脸庞像闪过了一道光芒。

“幸福。”丁学松重复了一下，在心里揣摩着这个既简单又抽象的词语，也揣摩它跟程庆所说的事情之间的关系。

程庆说：“老同学，你一直留在医院里，也就是体制内，成了最好的医生。而我，在进入医院几年后，就跳出来，下了海。我知道你一定有些瞧不起我，觉得我丢掉了医者的本分、一门心思钻到钱眼里去了。”

“哪里，哪里……”丁学松想否认，但一时又找不到合适的措辞。

程庆接着说：“不管你是否瞧得起我的选择，我得承认，我确实不讨厌钱，也需要钱。不过，人在做一些选择时，肯定不止一个原因。除了钱，我没有忘记咱们学医的人共有的理想，可能我的做法与你不大一样，但是，理想是一致的。”在提到“理想”这个词语时，就如刚才提到“幸福”一样，程庆的脸上，又像有光芒闪过。

明了真相后，丁学松对程庆没了那股同性之爱般的迷乱之情，那是“保健品”作用下的病态，是虚幻的。现在，他对这个老同学有了真实的好感。

程庆兴冲冲又有保留的样子，让他的口吻有些神秘：“理想，或者说我现在从事的工作，超出了治病救人的简单医疗范畴，而是旨在为更多的人，乃至整个人类社会，带来更大的幸福。”

在程庆说“人类社会的幸福”时，丁学松不明就里，打了个寒战。

可能是为了掩饰这个寒战，丁学松反而扑哧笑出声来："感觉你就是个共产主义战士，为了整个人类社会的幸福，哈哈。"

程庆不好意思地摸了一下自己的头："哈，是有点儿过，我太忘情了，但意思是这个意思，你懂的。"

程庆收敛了那股外溢的狂热之情，但仍然止不住地谈起他的事业，他说，一种事情要被称为事业，不能仅仅是用于谋生的饭碗，其中一定要包含理想（他再度提到"理想"）。现今虽然"理想"这个词语一经提出就会遭到一些人的嘲笑，但他相信老同学丁学松绝不会是那种态度。

丁学松表示赞同，说："你的事业，就是研制、推广这种特殊的保健品吧。"

程庆摇头否认，这在丁学松的意料之中。丁学松其实是明知故问，这么问主要是为了让程庆讲出更多的内容。程庆却似乎不打算一股脑儿将他的事业讲完整，或者说，他认为几句话难以表达清楚，得慢慢来。丁学松也体谅，或者说宽容对方这种"说来话长"的态度。

程庆还真用了"说来话长"这个词语，他告诉丁学松，这是一项深度、广度和方向都非同寻常的事业，保健品开发只是这项事业中的一小部分内容，还有更根本、更主要的事情要做。但是这些事情得花一段时间慢慢告诉丁学松，来日方长。所谓的"一段时间"，当然也不会太久。

不管程庆是真认为有先有所保留，再一点点展示的必要，还是故弄玄虚，丁学松能接受他的这种态度、做法，就表示他有足够的耐心。丁学松开玩笑地说："被你整惨了，我真以为自己爱上你了。"

程庆一轻松下来，就露出一点儿当年的顽皮相，他吐着舌头："为了让您老人家感受一下效果，没有事先告知。我也担心，万一你直接向我表白了，该怎么办。好在丁大师自制力强。"

谈笑间，丁学松又语气轻松地表示，希望再拿两块口香糖，还有程庆所用的香水也要一点儿。他拿起几张面巾纸，一面将口香糖和布巾包起来，一面说："都是宝贝呀，供起来。"

这一次，丁学松和程庆间那种前几次相聚时的微妙气氛消失了，他们更像两个心无芥蒂的老友，席间谈到许多以前的事情、当前的事情，像卸下了所有的心防。几瓶啤酒下肚，丁学松卷着舌头，夸奖着程庆的"理想"，虽然这理想究竟是什么他还不十分清楚。程庆则拍着丁学松的肩膀，嘟囔道："说来说去，当医生，还是你小子最行。别在乎眼前这么点儿事，跨过去，世界还是你的。不，是我们的，是理想的，是人类的幸福的……"

程庆离开时，丁学松摇摇晃晃地站起来，说要送他出门，被程庆制止，说："还是省点儿劲，喝水休息一下，解解酒吧。"

待到程庆出门，丁学松双眼马上不迷离了，身体也不摇晃了。这时，他又看到了对面玻璃上映出的那个人，那个自己的影像。此刻，他是冷静和平静的，眼神清澈，像个即将手术的医生。然而，这正是一个更大疑问行将到来的表现。

经过这段时间跟程庆的交往、万启的诊疗，他因为挫折而产生的抑郁症不是问题了，或者说即便没有痊愈，至少也大大减轻了，他也没有性向方面的迷惑了。但现在，他似乎刚从一场危机中出来，就又陷入一场迷局，面临另一个更大的问题——程庆是不是有问题？而且还是有超乎寻常的严重问题？

4

丁学松将纸巾摊开，上面是被称为"保健品"的物质：两块口香糖，一块洒了香水的布巾。

程庆将这种妖术一般的玩意儿称为保健品，可究竟是什么样的保健品，能有如此强大的力量？

既然精神科专家万启都采用依赖气味的心理诊疗方法，那么口香糖作用于味觉，香水作用于嗅觉，就不可避免地会影响人的感知。现在的问题是：这种“保健品”究竟是什么成分？

很自然地，丁学松想到不久前他差点沾染的东西。

那些白色粉末，那个以低廉价格“卖”给他的郝涛。他明明就是郝涛，却不愿承认。

每个人都有自己的困境、迷局。

取出那些白色粉末很容易，将其摊在茶几上，并列在口香糖和香水布巾旁也很容易，不容易的是要确定这些是不是一种东西。

想到程庆谈起“理想”“人类的幸福”时脸庞上闪过的光芒，丁学松感到一丝恐惧。从一个医生变成一个毒贩子，程庆可能不至于，但是，假如他因为某种奇怪的想法，把贩毒当作一种理想，谁又能说这不可能呢？口香糖和香水这种所谓的“保健品”，一定不是寻常意义上的毒品，但从效果上看，如果是毒品，它带来的扭曲的愉悦感和它致幻的功能应当会更强烈。因此，这种物质肯定也更危险。

在跟程庆的交流中，丁学松没有急于追问，是为了避免在事情还没搞清楚时，就提前摊牌。否则，他可能需要马上面对要不要再跟程庆打交道，以及打什么交道的问题。程庆不急于把一切讲清楚，固然是刻意拖延，另一方面，丁学松也需要拖延——他需要在程庆把一切和盘托出之前，先把最基本的事实搞清楚。

现在，摊在眼前的白色粉末更不能扔掉了，而要用作与口香糖和香水布巾参照、比对。

虽然丁学松是外科医生，不是药剂师，但他有药剂学基础，也有动手分析的能力。工具方面好办，不必非用医用的试管、瓶罐不可，加热的坩埚应该也容易找到，相关的试剂、试纸也不成问题。

经过一番折腾——加热、提炼，丁学松并没有把他的住所弄得像个实验室，而仅仅是在厨房里，就完成了对口香糖和布巾上香水的化学分析。分析结果让他松了一口气，却也有些失落。

松一口气和失落都是同一个原因：这种所谓的保健品里没有什么依赖性药物，也就是说，它们毫无毒品成分，充其量只是一些中、西药成分的混搭，虽然在混合比例上有些讲究，但是也没有什么出奇的。

如果跟寻常口香糖相比，程庆的口香糖确实比较特殊，因为这种口香糖里除了含有胶质体和砂糖，还有其他多种药材、药剂成分。

中药：麝香、地黄、藏红花、柴胡。

西药：诺氟沙星、布洛芬、紫杉醇、丙咪嗪。

这样的搭配，从一个医生的角度来看，是完全没有道理的，因为将不同疗效的药混在一起，显得漫无目的。无论从中医还是西医的角度观察，这种搭配都没有所谓的保健作用，至于其他疗效则更无从谈起。不过，这种搭配也不会产生什么副作用。这其中的西药虽然都有不同程度的副作用，但由于剂量很小，而基本可以忽略不计。丙咪嗪虽然有抗抑郁的功能，但其兴奋和镇定的作用都比较弱，不构成依赖性特征，与吗啡和海洛因更是不可相提并论，也就是说，它们根本算不上是毒品。

由此，丁学松可以确定，口香糖中没有任何毒品的成分。

至于布巾上的香水，除了兑入一些植物香料，它的成分跟口香糖大同小异，同样是一种中西药成分的混搭，是没有任何药理逻辑的大杂烩。

就是这种东西，让他丁学松陷入了那种强烈的迷醉中。作为一个医生，他竟无法解释这些“保健品”的作用原理在哪儿。

程庆到底在搞什么鬼？

丁学松首先想到的是——程庆没说实话，根本不是“保健品”在起作用。但是，如果不是这稍有点儿奇怪的口香糖和香水，又会是什么呢？万启说的“随身自带的玻璃房间”，有些让人难以捉摸，但万启的那些检查诊疗也是来自气味、味道，与程庆所说的“保健品”的效用正好吻合。如果不是这些，又会是什么呢？程庆身上还藏着什么秘密呢？

也许还是越直接越好，但是……

如果现在跟程庆之间真的有完全的信任，当然可以直接问他。可丁学松已经怀疑程庆有问题，有的话就不能直说，有些事也不能操之过急。何况，对方的架势不像是要隐瞒他，反倒像是在努力让他了解一些什么，只不过是不想一股脑儿全倒给他，仿佛是怕一时间涌过来的信息太多、太猛烈，他会接受不了。

那么，不要急着问，跟程庆维持表面上的默契，静静等待，该是最好的选择。

一旦确定方向，丁学松就会冷静彻底地执行下去。这时的丁学松，又像那个拿着手术刀的、胸有成竹的医生了。此时他明白，重大挫折带给他的抑郁症已经痊愈，因为一个新的迷局降临了。

看来，要治好一种病，尤其是心病，“转移”是个好办法，比所谓的“对症下药”更有效。

在他不算太短的医疗生涯里，丁学松经常思考一些类似的道理。想得多了，他就会觉得，一切都是医学，也都是哲学。

但现在，他还是得面对实际问题，面对一个复杂的局面。其中可能是风平浪静，也可能有某种凶险。最重要的问题是，对于这个局面，他目前完全看不清。

看不清的原因是，程庆这个人，他现在看不清。

再度见到程庆，对方似乎很了解他的心思，主动说：“我估计，虽然你小丁飞刀见的世面多，但还是会对我现在的工作很好奇。从本质上讲，我仍然在当医生。”

丁学松说：“是，我相信你小子仍然在发挥所长。”

程庆说：“我不会远离医疗的。不过关于什么是医疗，你得有一些不同于传统的看法，才能更了解我的工作，了解我。”

出于能说出口和不能说出口的理由，丁学松现在真心想要了解程庆，也有足够的耐心倾听，这是远超一个好医生对病人的耐心。不，丁学松觉得自己现在才是病人，面临的局面不仅是病情不明，而且医生的身份也很可疑。

但程庆是轻松的。似乎对他来说，一切都算不上沉重，一切都不是问题。程庆说："有个概念，你可能会不以为然，但一定也不陌生，叫软性医疗。"

软性医疗是近几年流行起来的一种医疗理念。医学界和社会科学界的一些人认为，这个概念扩大了医学和医疗的外延。根据这种新的划分，传统的、针对疾病的治疗被称为硬性医疗，而软性医疗则不针对疾病，或者说它不是用药到病除的方法进行的医疗，而是针对人（这既包括病人，也包括健康人）的健康，提供让人更健康、身体状况更优良、精力更充沛的医疗服务。曾经，包括丁学松这样的医生在内的许多人都认为所谓"软性医疗"，其实跟中医养生、疾病的提前预防等类似，但随着这个概念更加流行，人们发现它们之间还存在很大的区别。这区别具体是什么，现在暂时难以清晰地列举出来，可以确定的一点就是，"软性医疗"并非只是比较恬淡的调养，而是更接近于标准的医疗。

果然，程庆在更深入地谈到他的"事业"时，显示出不亚于传统医生的强势。程庆说："医疗的目的不仅仅是治好病，还在于给人一个更幸福的人生，这就是我们公司的宗旨。"

公司！

听到这个词语时，丁学松仿佛看到了整件事更具体的轮廓。

5

程庆早早离开医院下了海，是自己创业还是投身于哪个公司，丁学松此前并不知道，再次相聚以来，两人也一直没有提起。现在终于谈到这一领域，丁学松顺势问道：“贵公司是……”

“会心公司，会心一笑的会心。”

程庆说，“会心”这个名称，是有内涵的，因为要达到一个高标准的医疗境界，一定要与人心相契合。程庆说：“软性医疗当然是个不错的方向，但容易沦为故弄玄虚，甚至拙劣的骗局。你老兄别笑话我们敝帚自珍、自以为是。依我看，目前也就我们会心公司当得起软性医疗几个字，其他的，都是扯淡。”

寻常人说这番话，免不了被认为是自吹自擂，甚至像个江湖骗子。但程庆是个外科医学博士，丁学松了解他，“保健品”的神奇作用也已经得到验证。

程庆说：“医疗的关键，还是一个会心的‘心’字。”

程庆终于带着丁学松前往会心公司做客。这是坐落在城西的一幢写字楼，公司租用了两层，也就是说，没有独立办公楼，与普通的医院和诊所相比低调很多。由于地处多家公司共用的写字楼里，也就谈不上在外观上有什么风格了。这种不引人注目的选址，是考虑到事业尚在起步，需要刻意内敛，丁学松没有揣测更多，只觉得疑窦顿生：既然是一个立足于新的医疗理念来拓展事业的机构，就应当努力扩大影响，但在外表上，完全看不出这种气息。

果然，程庆的办公室不仅没有一个医院或者说一个医疗机构的氛围，倒颇像一家寻常的金融贸易公司。坐在带转角的办公桌后，程庆又念起他的事业经：“其实，会心公司的治疗方法之所以能称为真正的软性医疗，是因为它与硬性医疗有根本区别，一切治疗，都立足于一个传统理念，就是‘病由心生’。”

“病由心生”的说法算得上是老生常谈了。这个说法有时被重视，有时被忽视的原因是它常常解决不了什么问题，当“病来如山倒”的时候，一句“病由心生”救不了病人的命。然而，程庆和丁学松在这方面的交流没有障碍，因为两人都有外科根底，也都明了，精神状况对病情、病人的影响，是中、西医都充分重视的。

程庆说：“真正的软性医疗，不针对疾病本身，而是遵循‘病由心生’的理念，通过改变病人的心理，来治疗病人身体上的疾病，心理变了，疾病也就没了。对于健康人来说，通过改变心理，他们可以有更好的人生。而且，说到底，世界上没有完全健康的人，所有人都需要不断改变，变得更加健康。听我说这些，如果不是你丁大师，会以为这是一种气功之类的功法，是玩玄的。其实那些都算不上医疗。软性医疗首先得是一种真正的医疗，采用明确的医疗手段。”

根据程庆的介绍，会心公司的医疗方法有三类，或者说是三个层次：心理辅导、保健品理疗、手术。

“什么？还有手术？”这让丁学松有些意外。

“当然有手术，软性医疗只是方向跟硬性医疗有所不同，医疗手段却是类似的，我们并不排斥传统的医疗手段。”

听到“手术”两个字，丁学松心里咯噔了一下。

丁学松的疑惑，在程庆意料之中。他笑着从办公桌后站起来，走出来，用很正式的姿态伸出手：“手术，正是你丁学松最擅长的，估计也是永远难以割舍的事情。讲这么多，得说实话了，作为你的老同学、铁哥们儿，我最希望的就是和你成为同事。我这就算正式邀请了，欢迎丁教授加入会心公司，让我们再度携手，一起来改变这个世界。”

程庆慷慨激昂，似乎丁学松的加入已成定局，不容更改。这当然跟丁学松目前的想法不一致，但他不好直接拒绝，于是只得有些勉强地伸出手，谁知竟被程庆一把拽住，还使劲捏了一下：“我知道丁大医生还在犹豫，不过，犹豫也是暂时的，早晚你得上这个贼船。”

丁学松不自然地笑笑，从对方掌心中抽出手，说：“其实，还有一些情况，我想进一步了解一下。”

程庆说，更多的情况你在今后共同的工作中会完全了解清楚。对于这种强加于人的态度，丁学松并无反感，不过还是决定稍稍反抗一下。为此他得抛出一些关键性的问题："会心公司现在是以哪种性质的公司注册的？"

程庆一直信心满满，这时终于少见地支吾了一下，答道："投资咨询公司。"

这答案虽有逻辑上的问题，却也在丁学松的意料之内。他尚未来得及细看公司的整个环境，只注意到门牌和前台上的公司名称除"会心公司"四个字外，并无其他缀语和说明。他追问道："那么，不是保健品公司，更不是医疗机构？"

这相当于问"是不是在挂羊头卖狗肉"。对此，程庆没有一丝尴尬，笑道："公司也投资各类项目，咨询更不在话下。当然，核心还是软性医疗领域，注册这个名字主要是为了方便。"

丁学松问："那么，现在这些软性医疗方法是否合法？包括保健品在内，有没有通过监管部门的检验？"

到此，丁学松才算真正抛出疑问。虽然他只是问了这样一个小问题，但是已经触及事情的核心——程庆所投身的究竟是一种什么性质的"事业"？有没有得到法律和政府的许可？如果没有，那别说自己的加入有问题，事情本身的前景都不妙。

交流进行到这一步，也在程庆预料之内，他反问道："你说，有哪一种新生事物，一经产生就有合法的身份？如果有，那肯定不是新的。"

程庆说，我得承认，目前这种软性医疗技术是新的，社会上对此尚无定论和共识，因此，它现阶段还只被当作是一种探索，这也是公司以"投资咨询"注册的原因。

丁学松觉得周身的汗毛耸动了一下，暗暗想道：还处于探索阶段，就已经分出三个治疗层次，除心理辅导和保健品理疗，甚至还包括手术，还要请他这个手术专业人士加盟。做手术不是闹着玩儿的，这样人命关天的事情，在这种性质不明的情形下，能进行吗？他丁学松更不可能贸然加入。

程庆像是看透了丁学松的心思，说："小丁飞刀呀，其实我知道你在想什么，是合不合法、安不安全的问题，是能不能做个堂堂正正的医生，光明正大、治病救人的问题，对不对？你认为这种不明不白、尚无合法地位的医疗名不正言不顺，所以无法苟同，对不对？”

丁学松不再有所保留，正面回应道：“合法、安全，难道不是医疗行为最必要的条件吗？这应该没有什么讨价还价的余地吧？”

程庆苦笑一声，应道：“是，所有普通医生都应该这么想，没有问题。但是，唯独你丁学松不该这样，因为你不仅是个医生，还是个顶尖的医生。如果一个顶尖医生只满足于按部就班，治好一个又一个病人，医疗是没有希望的，社会是没有希望的。我们现在一把年纪了，但是，不要忘了我们曾经年轻过，曾经在课本上学到的医者应该有的情怀，一个真正的医者，难道只是按照现有方法，治好能治好的疾病，对治不好的病人宣判死刑，就够了吗？不，这是远远不够的，甚至可以说，这是不负责任的、懒怠的表现。别人可以懒，甚至我程庆都可以懒，但是你小丁飞刀，恕我直言，最没有懒的资格……”

五、暧昧

1

程庆忘情了，开始了一番饱含激情的演讲，听众只有丁学松。

丁学松没有被说服，但被深深地打动了。他想到“燃烧”这个词语，程庆正在被他的理想“燃烧”，这是青春期才有的标志，现在却出现在一个经历过世事的中年男人身上，这本身就足以让人感动。

程庆重复着“理想”。程庆说：“跟别人谈到理想，可能会被嗤之以鼻，但你小丁飞刀不会，因为你最明白，理想就是要一点点地去做。当然，理想也需要方向。方向在哪里？对于一个真正的医者，不单单是要按照现有的方法治好各种疾病，更应该探索未知，追求至高至善的境界，引导医疗走上一个新的高度。”

程庆说：“在医疗史上，有多少药物、治疗方法在刚发明时，是非法的，甚至是被禁止的，连外科手术都曾被认为是杀人害人的邪术。现在，美欧的科研机构每研发一种新药、新技术，都需要志愿者尝试，不也是因为那所谓的不合法？由不合法到合法，要有一个过程。一个有理想的医者，不能坐等他人完成这个过程，坐等结果到来。”

程庆说：“说这种事业还处于探索阶段，那是低调，是谦逊。作为一个在这个领域潜心研究多年的医生，我可以拍着胸脯说，新兴医疗和随之而来的新的生活方式，已经准备好迎接它的到来。这的确还是一种医疗，但远远超出了医疗。”

程庆说：“多少年来，医生们都在‘只治病，不治人’的误区里打转，其实人的健康，或者说健康感，更进一步来讲，是幸福感，才是最重要的。软性医疗，或者说，会心公司所倾力投入的事业，究竟有没有效果，你已经通过那些保健品有所体验，也心知肚明了。这不仅是有疗效的，还可以说是有魅力的。”

程庆确实是在演讲。显然，在面对他一个人演讲之前，已经很多次在或多或少的人前演讲过，展示过他燃烧的理想。

程庆所谓的疗效和魅力，自然是指那些天的碰面时，丁学松产生的奇妙又恐怖的快感，他甚至对自己的性取向产生了怀疑。他绝对不想再回到那个状态中去了，但又不由得在心里赞叹那神奇的效果。他化验了口香糖和香水，没有发现其中的奥妙，这个过程他暂时不便告诉程庆，只得先把事务性问题摆出来：

“理想是美好的，但是一些现实问题也得考虑和解决。现在你的这个公司——也就是会心公司，是以‘投资咨询公司’的名义开办的，要是政府主管部门发现你们从事医疗或者有类似医疗的行为，会不会加以干涉？还有，这些尝试，如果没有得到国家允准，上面追究起来，会不会有问题？”

程庆逐渐平静下来，口吻回到了两个人正常交谈的状态：“小丁飞刀呀，你不愧是在体制内的医院里混了这么多年，对事务性的事情够敏感，够警惕。要不怎么说，专业的人要做专业的事情，不该在事务性事情上耗费太多精力。一个人的精力有限，我和你，我们都不该操心太多的杂事儿。所以，你在医院里会有行政领导，我在公司里，会有董事长。”

丁学松说：“这么说，会心公司不是你创办的？”

程庆答非所问：“‘会心’这个名称，是我起的。”

丁学松问：“你找到了投资人？”

程庆说："不仅仅是投资人，也不能仅仅是投资人。说到底，咱们还是适合做具体工作，平台则需要更擅长此类事情的人来维护。我没有公司，我只是一个公司的雇员。"

丁学松说："至少是总经理吧，程总？"

程庆又答非所问："改革开放，就是摸着石头过河。许多事情，一开始都没定论，上面要观察。既然办了起来，董事长就有办法。"

隔了两天，丁学松再次抵达会心公司，走过布置着许多工位的工作间，抵达一间更大的办公室。一个瘦削的男子站起身来，伸手道："久仰，久仰。"

瘦削的唐亚坚有着一点儿南方人的羞涩，这很容易赢得他人的好感。

然而，瞬间让丁学松屏住呼吸的，是他觉得此人似曾相识。

很奇怪！

这是多么熟悉的一个人！可是，他又可以确定彼此是首次见面。他们明明是不认识的，之前也没有机缘相见。

是他的瘦削、羞涩这些特征太过鲜明，带来了心理暗示、错觉？也许吧，有时候，人会在一瞬间对没有见过的人、没有到过的地方产生强烈的认同感，产生"这个人我见过""这个地方我来过"的错觉，这也是一种常见又神秘的情形。

程庆没向丁学松介绍"这就是唐董事长"，犹如一切早就不言自明，倒是转身向从一侧沙发上站起来的年轻女子指点道："这是林敏——林经理，同事。"

林敏微微欠身："丁教授好。"

丁学松瞬间又屏息了一下，如果不是暗中克制，几乎要轻轻地惊叫一声。

这个女子太让他熟悉了，熟悉得他几乎一张嘴，就能说出有关她的什么事情来，可是，他又什么都说不出来，因为他明明是不认识她的，从她看着他的表情，也明明是初次相识。

林敏是会心公司的一名员工，就算在茫茫人海中曾经擦肩而过，也不可能有如此熟悉的气息。何况，他根本记不得在什么地方见过她。她的短发，她稍稍前耸的下巴，都让他觉得醒目，但又没有一点儿确曾见过的记忆痕迹，只有平白无故的熟识感。

短短的时间，狭小的空间，连续对两个陌生人产生的莫名的熟识感，让丁学松不由得想起那一个个在眼前展开的脑颅内部，在那其中，究竟藏有多少人心的秘密，多少未解的谜团？

此刻，他得掩饰，得在外表上表现得一切如常。四人坐定，唐亚坚没有客套，直奔主题："关于公司，关于事业，程总已经让您了解得够多了。现在，作为当家的，我正式向丁教授发出邀请，请您加入会心公司，一展长才。"

一间大办公室，一个熟识的老同学，两个根本不认识又莫名地觉得很熟悉的人，让氛围备显诡异。

对于唐亚坚的正式邀请，丁学松没有马上回答"行"或"不行"，他还没有做好准备，现在他内心的重点也不在此。他想，要打破诡异的氛围，最简单的方法也许是说出来。许多事情放在心里，总有一种鬼魅般的气息，一说出来，这种气息可能就烟消云散了。于是他直截了当："唐董，一见面我就觉得，咱们很熟悉，像是在哪里见过。"

丁学松发自肺腑，可话音刚落，马上发现完全无效，因为这就是一句标准的客套话。

唐亚坚爽朗地笑道："丁教授果然是个有亲和力的人，一句话就把咱们之间的距离拉近了。"

程庆在旁打趣道："丁教授，'咱们以前见过'的梗，不错是不错，不过好像更适合于跟美女套近乎呀。"他转向坐在一侧单人沙发上的林敏，"比如说，要是想跟咱们的林经理套近乎，大可以这么讲。"

丁学松向林敏处远远望去，她毫不回避，目光与他在空中相撞。

他差点儿脱口而出，确实觉得她很眼熟，像是在哪里见过。所幸他的克制力还在，知道如果再这样说，一定显得拙劣无比，改口道：“我当然希望能跟林经理早些认识。相见恨晚。”

2

林敏冲丁学松微微点头，表达礼节。从短发下的眼睛里，丁学松看出林敏是个不会胆怯羞涩的女子。她低下的头很快抬起来，微微朝向程庆，做出了轻微又明显的嗔怪表情，像是怪他将话题引到她的身上，但又不是真的责怪，更是一种亲近的表示。这一切，都被丁学松看在眼里。

程庆对于林敏的小动作视而不见，笑道：“也不管你这是客套话还是认真的，我们唐董是个单纯的男人，很容易当真，你可别后悔。”

三个男人出声寒暄，一个女子没有声音，但其实也在说话。每个人都很愉快，或者表现愉快。在这种气氛中，似乎一切都不言自明了——唐亚坚的邀请已经成为事实，丁学松的加入是题中应有之义。一切都理所当然了。

其实丁学松并没有正式应允。

丁学松的注意力暗暗放在林敏身上。她几乎不说话，却是这个房间里存在感最强的人。三个说话的男人莫名地受到她的影响。除了美貌女子独有的优势，林敏确实是个会用眼睛说话的人。

他究竟有没有在哪里见过她呢？

林敏还是讲话了，她站起身来：“丁教授、唐董，还有……程总，如果没有其他事情，我先走一步，你们继续谈吧，尽兴。”林敏将屋内每个人称呼一遍，而叫到程庆时，在称呼上还犹豫了一下，“程总”两个字叫得不大自然。

林敏一走，气氛陡然变了，虽然仍在谈一些远远近近的话题，唐亚坚仍表达着对丁学松的赞赏和邀请，程庆还开了一些带荤带素的玩笑，但兴致都不及刚才。

丁学松知趣，起身告辞。唐亚坚说："来日方长。"程庆应和道："肯定是来日方长，从今往后，想不打交道都不行了。"

离开会心公司，丁学松的心已经被这些新出现的人和事占满。林敏不消说，董事长唐亚坚也深深地印在脑海里。这两个纯然陌生又强烈熟悉的人，让他有了一种期盼，盼望着能再见面，多见几面。仅仅是这样，他便很难拒绝会心公司的加盟邀请，起码不忍马上回绝。

他确实又见到了他们，在这之前，首先碰面的，还是老同学程庆。

程庆把他约到一家大型商场，在五层饮食区一起吃火锅。丁学松说："到这里来吃饭挺好，可惜的是，两个男人吃完后逛商场，差点儿意思。"

"别自作多情了，"程庆笑道，"谁要跟你逛商场，肉麻不肉麻？一会儿你自个儿回家吧，我接下来还有活动。"

"什么好活动，老实交代，别扭扭捏捏。"

程庆确实不扭捏："七楼顶楼，是电影院。"

程庆要看电影，又将丁学松撇下，当然是另有同伴了。丁学松不想多猜测，却已经有所预感。

果然，程庆一番电话联系："吃完了，在五楼。"然后冲丁学松眨巴眼睛，"看电影的人来了。"

丁学松说："我要不要回避？"

"回个哪门子的避呀！又不是老虎来了。"

预感被亲眼证实时，丁学松还是感到了一丝冲击。林敏出现时，留着同样的短发，穿着跟上次同样的衣服，仍然毫不羞涩地向丁学松点头致意。

丁学松觉得，她瞪着自己的眼睛似乎睁得更大了，其中有种说不出来的味道。她好像是在用眼睛说话，但又不知在说些什么。

也许，跟觉得她很熟识一样，这些也是自己的错觉。

程庆的样子跟刚才不大一样，不那么谈笑风生了，像是跟丁学松拉开距离。似乎只要林敏一到，他俩之间的关系就有了微妙的变化，连程庆这个人也微微变化了一下。

丁学松知趣地表示先走一步，走出一段后，忍不住回头，看到程庆和林敏两人并肩踏上扶梯，向七楼影院方向升去。林敏侧过脸，对身旁的程庆说着什么。滚梯拉动，两人身影一道在视野中消失了，让他不觉一阵怅然。

看到程庆和林敏在一起，而且是一起去看电影，丁学松有说不出来的不舒服。

他不舒服什么呢？是嫉妒吗？林敏虽然美丽又眼熟，可自己才跟她认识几天，自己凭什么嫉妒？这些天里，她让他多有回想，但回想跟爱慕是两回事，他丁学松还不至于一见钟情。

那么，自己是对老同学的不检点感到愤懑？程庆应该是有妻子的，林敏当然不是程庆的妻子，一起看电影显然关系不寻常，而且程庆好像还是故意让自己看到这种不寻常。但这跟你丁学松有啥关系？你还要充当道德警察不成？

程庆应该有妻子！到目前为止，他没见过，程庆也尚未提起过这个女子。

丁学松梦游般地一步步向前走着，走出了商场大门。

七楼之上，电影尚未开场。程庆和林敏并立在栏杆旁，程庆努力地向下张望。

林敏说："看不到了，太高了。再说，他应该早就走出商场了。"

程庆侧过脸来，凝视她半晌，猛然伸出手臂，粗暴地将她揽入怀中。

林敏半推半就，用手指掰动着他的手掌，说："你就是生怕他不知道你跟我有不正当关系，对吗？你就是要秀给他看，虽然他不一定看得懂，对吗？"

程庆不说话，将她搂得更紧，紧到像是要勒死她一般。林敏使劲挣脱，程庆说："我要跟你接个吻。"

林敏迟疑道："在这里，这么多人，你……"不待她多言，程庆的嘴唇猛地盖住了她的。

许久，林敏上气不接下气地挣脱开来：“太疯狂了，我快窒息了。”

程庆变得冷冰冰的：“过瘾吗？”

林敏说：“你刚才吻的是我吗？是丁学松吧。”

程庆笑了起来：“我又不是同性恋，吻他干什么？只有你这样的美女，这样特别到不能再特别的美女，才会让我用这么大力气去吻。”

“你是在吻这个世界，你是在我身上报复这个世界，报复他，虽然他根本就没有什么可报复的。”

程庆说：“你还真是挺擅长心理分析的，还以为你只擅长生理分析呢。呵呵。”

林敏说：“等他了解一切后，不知会怎样。说真心话，你希望他了解一切吗？”

程庆的眼神迷离起来：“希望，希望他了解一切，希望他像我一样，看到如此壮丽的前景，如此梦一般的未来，和我一起去并肩奋斗。我当然要让他了解一切，我要一点点地让他看到，直到看到所有。”

一起吃了火锅，并目睹程庆和女同事暧昧地去看电影之后的没几天，丁学松又被程庆请去家中做客，这让丁学松颇为意外。

为了掩饰意外，丁学松开玩笑道：“什么？你还有家呀？真有还是假有？”

程庆说：“别扯淡了。不是所有人都像小丁飞刀那样，孑然一身。”他眨巴眨巴眼睛，“没有女人，没有婚姻，我不行的……”

像奔赴年少时的一次愉快聚会，丁学松一路欢欣抵达程庆的家，这种愉悦是否暗地里还有“保健品”的作用，他不介意也不想理会。程庆家中的陈设不寒酸，也不张扬，有着适中的温情和舒适。丁学松想夸奖一下老同学，却从茶几腿的金属色泽和墙柜上的花纹里，看出这明显不是程庆的品位。

程庆打着哈哈：“陋舍，陋舍，随便参观，多提意见。”

不用太刻意，丁学松在转角墙壁上就看到了让他驻足的重点——一幅画。

3

这是一幅油画，未及细看，丁学松就被其浓烈的色彩包围。鲜艳欲滴的红色，布满了整块画布，让观赏者感受到强烈的侵略性。然而，画面的重心并不是满纸红色，而是右下角一位垂头拂拭盘中水果的女子，自然，从装束和样貌上看，那是一位西洋女子。

程庆仍是一副打哈哈的口吻："看到最令人着迷的东西了吧！我就说你一定会这样。"

丁学松不想流露更多感慨，就说："这幅画好大呀！"

程庆说："大？仔细瞧瞧，光是大吗？"

"画得不错。"

程庆先前一直忙着准备茶水零食之类，此时却停下来，显得有点儿急躁："老同学，你是脑子真不好使了，还是装蒜？这是马蒂斯的作品呀！"

"马蒂斯？"

"马蒂斯的《红色的和谐》，看不出来了？来展出过，那时候……"

丁学松这才如梦初醒，明白了油画之所以带给他震撼有着更具体的原因。那是一段关于他个人的记忆，是一些被他刻意埋藏的，他轻易不再碰触的记忆。他没想到，自己竟会像"倒脏水也倒掉孩子"一样，将这位自己曾经喜爱的画家也埋藏了起来。

他再一次转过身，站在那团红色前凝视。没错，这是《红色的和谐》，其冲击力不仅在于色彩鲜艳，还在于篇幅巨大，占据了墙壁的很大一块。他从许多印刷画册上，间接地了解过，年轻时也曾经在一次展览上目睹真迹。他是因为一些个人的痛楚和阴影，有意无意地选择了遗忘。现在，他站在这个意外的地方，又看了一会儿，终于忍不住脱口道："该不是马蒂斯的真迹吧？"

"不是马蒂斯，是我。"

应声的人不是程庆，是一个又脆亮又绵软的女声。

丁学松回头，客厅天花板上的灯不知何时被打开了，让整间屋子罩上了一层淡黄色的光晕。房间里不知何时多出一个人，是个身着白T恤，面色白皙的女子。在丁学松眼里，她的白过于鲜明，与墙上画作里浓烈的红色构成反差，使他想起医生的工作服。

刹那间，他在内心印证了自己未曾说出口的癖好：他既喜爱，又排斥的两种颜色是红色和白色，那是作为医生最常见到的两种颜色。

“马蒂斯的原作收藏在俄罗斯圣彼得堡埃尔米塔日博物馆，是一米七乘两米的画幅，而眼前这一幅临摹在尺寸上缩小了不少，因为是放在家里，周围空间小，所以仍然显得很大。”穿白衣的女子似乎对丁学松毫无陌生之感，上扬的眼角露出善意，“跟原作比，我下的料太过了，更红了些，在行家看来，会觉得是不讲究的劣等临摹，但我自个儿喜欢，敝帚自珍，呵呵。”

丁学松注意到，她的一身纯白中有一处醒目的装饰，那是脖颈处一颗棱角分明的纽扣，是绿色的，只有那么一颗。

程庆踱过来，与她并肩站在一处：“证明一下我没吹牛，早不是单身了。我的老婆——曾小微。”

丁学松脑海里闪出林敏的脸庞，这是个自然反应，此时让他有些茫然的，是眼前曾小微这个人。在见到林敏时，想象中的程庆的妻子，应该是另一个样子，是个埋首于家事、普通又有些沉默的女子，是低调甚至没有语言的。可曾小微跟他的设想完全相反，她甚至不像个居家太太，更像个充溢青春活力的女朋友，虽然看上去年龄也不小了。

丁学松客气道：“想不到你小子有这种狗屎运，娶到一个大美女画家。”

“哪算得上画家？业余的。”程庆一边客气，一边斜眼冲着曾小微讪笑，“至于美女嘛，我看咱们就不用假谦虚，收下来吧。”

曾小微撇嘴一笑，握拳轻点一下程庆肩膀：“你们聊吧，我去写个邮件。”

丁学松没有继续待在程庆家，因为他感到有些待不下去了。这个空间似乎正被一股奇怪的无形压力笼罩着。曾小微已经不在他的视线之内，但不管她在哪个房间，她的气息似乎在整个房间里弥漫。这个看上去很幸福的女人竟让他有些喘不过气，这似乎不仅仅是因为她的出众的样貌和气质，可是除此之外，还有什么呢？

曾小微能走动，而《红色的和谐》不能移动。临走前，丁学松最后瞥了一眼，这次他的目光没有一下子被那浓烈的红色吸走，而是投向右下角抚弄盘中水果的女子。那女子侧着脸，丁学松觉得，她的余光似乎正扫向自己。

程庆不是送客，而是跟丁学松一起离开。程庆说："怎么样，你从什么时候开始进公司工作呢？要不然，从现在起，咱们一起去公司。"

丁学松转过脸，有些严肃地看着程庆，程庆也不回避，乐呵呵地与他对视。丁学松生硬地说："看上去，你家庭幸福，夫妻感情不错呀。"

"是呀，怎么啦？你这个光棍嫉妒了？"

"好，算我嫉妒，我真的嫉妒了……但是，林敏是怎么回事？"

程庆没有半点儿难为情，淡淡地说："那是两回事……"

程庆这么讲，也就等于默认了。丁学松一时不知说什么好，程庆的话却很多：

"不管你这个光棍看得惯看不惯，我有我的道理，也是男人的道理。或者可以这样讲，对于一个有理想的事业型的男人，这是正常状况。咱们还是说正题吧，你什么时候来公司上班？"

如果不愿接受邀请，投入到程庆所说的事业中去，丁学松就不会再出现在会心公司，也不会再见到唐亚坚、林敏这些人，与程庆的交道可能会再打一阵子，但也会慢慢地淡掉。局面已经清楚，多年不见的老同学恢复联系，是有目的的，现在这目的已经摆在眼前。丁学松此前陷入危机，现在有了一线转机——转到另一种事业上。如果他本人没有这个意愿，这转机也就烟消云散了。

丁学松要抉择，唐亚坚要等待，程庆要等待，大家都需要一些时间。

时间比预估的要短。终于，丁学松再度抵达会心公司，出现在唐亚坚面前：“唐董，我来报到。”

唐亚坚一跃而起，转椅被他的身体推出一段距离，发出吱吱的声音。唐亚坚说：“太欢迎也太感谢丁教授了！我们的小丁飞刀未来一定大有作为。”

丁学松说：“但我需要两样东西。”

唐亚坚失笑道：“两样？开什么玩笑！丁教授，只要您需要，就是百样、千样，也一并提供。”

丁学松说：“这两样东西不大容易，不同于其他千样百样的寻常物。”

“什么？”

“我需要一道门，一条路。”

唐亚坚的面色稍沉，从表情看，他听懂了，并和坐在一旁的程庆交换了一下眼神。

丁学松不经意地向林敏处望了一眼，林敏轻松又端正地坐着，没有侧过脸来，却让他感觉好像承接到她的余光。跟初次碰面时一样，这间办公室又是这四个人，看来，这将在日后成为一个常态格局。

唐亚坚微咳了一声，说：“丁教授，咱们都需要一个进入的门，一条能走下去的路，这确实是不大容易的两样东西。但是，不容易也正代表着真正的希望。可能原有的路会断，会一度求告无门，那也算不上什么。一切都是过程，一切，也都会有个更好的结果。”

唐亚坚回应了丁学松的疑虑，丁学松为他努力表达的诚意所感动，应道：“好，好……”

唐亚坚说：“具体的门和路，是重要的。我和程总商量一下，请您先从心理辅导这一块入手吧。”

4

心理辅导不是丁学松专业所长，唐亚坚提议他由此开始，肯定有其道理，因此他也不质疑。点头应允后，仍是程庆陪着出来，一道到电梯门。丁学松说：“是不是只有一层楼的路？要不咱们一起走楼梯下去吧。”程庆说：“也好。”

楼梯拐角处，是一幅有点儿醒目的招贴画。左半幅被一颗红色的心形占据，右半幅是有些复杂的人脑剖面图，有实线和虚线标出的血管、神经、穴位等，在心形和脑形间，是变形的“会心”两个字，变形的形状类似于一道拱桥，也可以说是一道彩虹。

丁学松在招贴画前站住脚，先是凑近端详，而后又拉开一点儿距离再看。程庆笑道：“就你眼睛毒，旁人不在意的东西，你看半天。”

丁学松说：“看样子，像是在心和脑之间搭一座桥，这是‘会心’的意思吗？”

程庆说：“大概是这个意思。不过，这说起来是一笔糊涂账。‘会心’说是心，其实咱们一般所说的心是什么，肯定不是指在胸膛里跳来跳去，维持血液循环的心脏。有感情，有思考能力的，应该是脑。所以，心和脑其实是一回事，不需要搭桥，可是，这里又有一种我也说不出的道理，好像心和脑还是有些区别似的。这幅画，就是那么个意思，不能认真。”

丁学松又看了几眼，问：“这个是公司的logo吗？”

“不是，”程庆说，“这个太复杂了，这只是幅宣传招贴画，logo要简单明了，在那边有一个。”

会心公司的logo图案确实更简单，丁学松却更看不懂了，问道：“像是一个圆形，又不大圆，散发出光芒的样子，这跟公司的创办理念有什么关联呀？”

“唐董说，是一颗心，散发出光热，带给患者温暖吧。就是个意思，我们不是搞设计的，就不较真儿了。”程庆笑道。

说笑间，两人来到下面一层楼，进入“会心心理咨询”的区域。

程庆说：“说是心理咨询，其实不同于其他心理诊所，我们主要是用心理方法，治疗各类生理疾病。因为如你所说，这种治疗尚未取得监管部门正式承认，所以还是先用咨询的名义吧。”

丁学松说：“这个大概问题不大，仅仅心理咨询，不动刀，不吃药，动动嘴皮子，出不了人命。”

程庆说：“你的意思，要是动刀和动药，就不好说了？”

两人接连穿过摆着工位的大厅和隔成几间单独工作间或诊室的房间。程庆向大厅工位和房间内穿白大褂的医护人员介绍丁学松，有人热情地起身，上前握手；有的人只淡淡地应答，头也不怎么抬地继续埋首于自己的事务。

程庆说：“就是这样，有的医生自恃厉害，他们来公司前就有专业地位，很臭屁。”

丁学松问“臭屁”是什么意思，程庆说，这是从港台那边传过来的词儿，是“很牛”的意思。丁学松说，这用词儿真不雅，不过，北方话里的“牛逼”也不是多雅的词儿。程庆说：“不雅就对了，当医生其实就不是什么‘雅’的行当，得面对多少不雅的事情呀。像你，一直对着血肉模糊的脑袋。”程庆还说，马上就有一些不雅的景象可以看。

在这一层最里端，有一个更大的房间，墙壁上有狭小的视窗。程庆请丁学松往里看一看，丁学松透过窗玻璃往里望去，看到怪异的一幕。

房里的空间本不算大，但由于里面空空如也，反倒显得空旷。墙壁上、地面上，糊着一层橡胶，明显是为了防止撞伤。果然，有个人正在其中活动，只见他披头散发，时而又跳又滚，时而盘腿端坐，时而大喊大叫，时而念念有词。

丁学松说：“这是心理暗示带来的效果吧。”

程庆说：“不仅仅是暗示，明示也有。这是一种心理引导。在一些民间信仰里，降神、附体或者占卜请卦时，祭司、巫婆、神汉会进入这种状态。其实是通过心理引导进入一种境界，现在，咱们也可以精准地掌握这种方法，那就是催眠。”

程庆指着那个举止奇怪的人，说：“这种情况要是在乡下，会被看作鬼神附体，甚至是发出某种预言，在这里，其实就是一个病人在接受治疗。”

丁学松问：“这是什么病呀？精神方面的吧？”

程庆笑答：“你大概想不到，这是在治疗肝硬化，纯粹生理方面的疾病。”

用心理催眠的方法治疗肝硬化，丁学松没有料到，也不明白这其中的原理，心想着一两句话也说不清楚，于是没再追问。

程庆看出了丁学松的心思，说：“治疗原理确实有些复杂，不过说简单也简单，一言以蔽之，就是病由心生，相应地，病也可由心除。”

原理是否明白还在其次，主要得看疗效。这样说着，程庆显得信心满满。

程庆请丁学松通过另一个视窗，看看另一个房间里的情形。丁学松透过玻璃向内望去，看到一种奇特甚至有些恐怖的形状，那是由身体组成的形状。

这个房间与旁边那间大小差不多，其中却不止一个人，而是有三个人。三个人也不是第一眼就能看出的，丁学松仔细辨认了一下，原来是一人悬空躺在两把椅子上，一把椅子上放着头，另一把椅子上放着脚，其余两人身着同一样式的白色衣裤，一人蹲在椅子边上，按住躺在椅子上的人的脚，另一人竟然站立在躺着的人的身体上，两只脚踩在对方腹部，且轻轻地蹦跳着。

丁学松轻轻“啊”了一声。

程庆说：“你是个外科医生，老动刀。要是平常人，确实容易被吓着。”

程庆解释说，穿白衣的人，是医生，躺着的是病人。这当然也是在治疗。

丁学松说：“一个人的身体，怎么能经得住？”

程庆说：“正常情况下谁也经不住，但是被催眠了，就不一样了。他自己都不知道，自己的肚子和腰能变得多硬。一个人站在他的肚子上跳，他的感觉却跟按摩差不多。”

丁学松想起曾经看过的一种魔术——那也是让人悬空躺着，可是当两边的椅子被撤掉，人却仍然能毫无依傍地继续在空中悬浮，于是他不禁脱口道："有点儿像魔术。"

程庆说："有的患者也这么说，他们说很复杂的病经这么搞一搞就好了，他们觉得这很像魔术。"

程庆说，那个病人是在治疗血液病，丁学松也不觉意外了，他只问程庆，自己不是心理医生，更不会催眠术，到这里做什么。

程庆说："先来熟悉一下吧，软性医疗的第一步，就是跟病人进行心理沟通，这个你总有些经验。另外，也许还需要你的一些人脉。"

丁学松被安排在靠中间的一间办公室里，数天时间里，别无他事，他有时会跟周围的医生聊聊天。有的医生会热情回应，有的只轻轻"嗯"一声，就不再答话。对于这样的人，丁学松的理解就是程庆所说的"自恃厉害"。

丁学松就跟愿意聊的多说几句，说多了，不免想问问以前在哪里工作，怎么到这家公司来。不料只要一张嘴，对方就顾左右而言他，回避这个话题了。

只有一个最和善也最健谈的中年人，压低声音跟丁学松说："老兄，切勿谈这些事情，这里的同事都比较避讳原来的出身，反正，都有来头。"他夸张地四下瞅瞅，笑道，"不过，我是可以敞开谈的。要不你先说，你原来在哪儿？做什么？"

5

丁学松跟别人聊天，本是为了找话题拉近关系，了解情况，未必是对他人的过往真有多大兴趣。此时需要自报家门，一时也有些不安。无奈之下，只得简单回答。

对方霍地一下站起来："原来是小丁飞刀，久仰久仰。我的天，不知程总是用了什么法子，居然把您都请了来。"

丁学松没提跟程庆过去的渊源，只把在清淞医院手术出了事故，吊销医师资格的情形讲了讲，说，如今是落了魄，亏得会心公司收留。对方直摇头："奇怪，奇怪。"

丁学松问怪什么。对方说："常言道，好事不出门，坏事传千里。丁教授在医疗界受人仰慕钦羡，但另一方面，也会暗中遭到不少人嫉妒，人家巴不得你倒霉呢。现在你果然倒了霉，好多人肯定会赶紧嚼舌根，传播小道消息。按道理发生这样不幸的事情，您到了这个地步，早该在业界传开了，社会上也该都了解了。可是，居然连我都不知道。我不知道，也就证明大部分人都不知道，这么重要的事件，居然没有传开，怪……当然，没传开，知道的人少，是好事。"

丁学松最近一段时间生活封闭，本也不知自己的事情在社会上有多大影响。现在经人一说，才有所了解，也觉得蹊跷。

对方接着分析："不过，头号医生出了这样大的问题，对清淞医院本身也是重大伤害。为了避免医院的声誉过度受挫，院方肯定希望低调处理、减少流传，看来，医院公关工作做得不错。"

但什么样的公关工作，能阻止得了人们私下的口耳相传呢？

因此，当对方喃喃道"还是奇怪，奇怪"时，丁学松也颇有同感，跟着说了一声"奇怪"。

对方一拍脑门："你看我，太没礼貌了。半天没介绍我自己，主要是一见小丁飞刀，光顾着向您问东问西了。我姓柴……"

丁学松问："柴医师原来在哪里高就呀？"

柴医师夸张地四下瞅瞅，像是防范有人偷听："不瞒您说，我本是妇产科的……"说着，自己先捂嘴笑了。

丁学松也觉得有趣，问他怎么会来这里。柴医师说："说得好听点儿，是认同公司的治疗理念；说难听点儿，是架不住这里给的钱多呀。"说到钱时，他用手指做出一个搓捻的动作。

丁学松很愿意跟这个柴医师多谈几句，说："挣多少钱不便问就不问，主要问一下，所谓的软性医疗理念，能用在妇科临床实践上吗？"

柴医师说："一开始我也有怀疑，但程总跟我沟通多次，讲由心治病的道理。我操作了几次，真有效，不仅能治妇科病，还能接生呢。"

"接生？"这让丁学松更觉稀奇。柴医生愿意细讲，但这个过程太复杂，一时也说不清，便说下次遇到病例时请他"观摩指导"。

丁学公已经大致明白，会心公司的"心理咨询"这个部门里，除了有一些心理医生，还有来自其他各科的医生，这里主要是用心理辅导的方法治疗各类疾病，且看来似乎确有疗效。若事情果真如此，那程庆这个老同学真是功德无量。他应该打心眼儿里钦佩这位同窗。

但他没有这种钦佩之情，反而总觉得怪怪的，为什么？他自己也不知所以然。

过了两个星期，程庆找到他，说："该请您出马了。"

丁学松说："没什么我做得了的事儿呀！有什么吩咐赶紧讲，做什么都比在这里无所事事强。"

程庆说："听上去有些不满意呀。怎么叫'在这里无所事事'呢？难道没有什么收获吗？"

收获确实有，但还是不够清晰。丁学松想，要采用这种软性医疗的心理方法来治疗脑外科疾病，如何接轨是很重要的，还需要……

程庆没容他开口询问，说："好了，不抬杠了，心理咨询这部分，还缺东西，需要你。"

丁学松问："缺什么？"

程庆说："缺人。"

程庆说，现在还是心理医生太少，好医生更少，如果能有更多医生投身进来，多进行临床治疗，多积累病例，就会由量变到质变，提高水平，造福更多人。医疗嘛，甭管软性硬性，都是一个经验积累的过程。

程庆说："你的人脉里，肯定不缺好的精神科医生吧？"说着，他笑了笑。

程庆的笑容是表达善意，但在丁学松眼里，却好像包含讥讽。他知道，这是因为自己心理有问题，潜藏着纠结。

因为他想到了成齐。

成齐正是个心理医生，而且是个年轻又优秀的心理医生。

如果不是发生了那样的事故，他现在应该还跟成齐在一起，在城市的另一端，在那个他如今不愿也不能回去的住所里，或对坐品茗，或一起看一部成齐喜爱的电视剧。如果是那样，他如今第一个可以找的人，正是成齐。她结束实习面临毕业，也恰好需要一个就业机会。可现在，这当然不可能了。

但是，如果不发生那次事故，他应该还在清淞医院忙于手术，忙于新医生的培养，肯定也不会接受程庆的邀请，来会心公司工作。

世上的事情，谁说得清呢？

就专业领域来讲，肯定有比成齐更合适的人选。要找一个心理医生，还有一个最合适不过的人选——万启。

再度见到万启，距离上次见面已两月有余。万启还坐在宽大的写字桌后面，绷着脸："怎么，又来让我查你是不是同性恋？"

丁学松说："我就不用查了。可能需要你查更多的同性恋。"

万启招呼丁学松落座，说："也许，我知道你来做什么。"

丁学松既然来了，便要讲清来意。万启耐心地听着，不发一言。丁学松后来说："那里待遇很高，当然，关键是认不认同软性医疗理念。从专业来讲，您比我更有用武之地，我是个拿手术刀的，您是个正经的心理医生、精神科……"

万启摇摇头："还是你的用处大，慢慢你就知道了。"

这样的口气，像是比丁学松还了解一些内情，这让丁学松感到意外。刚才他讲了一大通，万启一直没有打断，原来他已经知情，却还是耐心地听完。

万启察觉到丁学松的尴尬，解释道："我了解得其实并不多，肯定不如你，已经在那里……在那里工作过一段。我是因为有个学生，在那里就职。"

"学生？"

"是的。他们以前通过我的学生找过我，我没同意，虽然我不反对学生在那里工作。他那个公司，叫什么来着……会心，是吧？我也不反对你在其中供职，慢慢体会吧。"

丁学松疑惑地看着万启，实际上，他是用眼睛询问他的学生是哪一个。万启应该也是心知肚明，但就是不马上提到这个具体的人。万启婉拒了加盟邀请，两人又顾左右而言他了好一阵儿。

在丁学松快要离开时，万启说："对了，我那个学生，是个年轻美女，叫林敏。不知你是不是已经认识了？"

林敏是万启的学生！

丁学松马上由林敏想到程庆。万启知道林敏跟程庆的关系吗？如果知道，会怎样看？

他又一想，万启不过是老师，又不是父母，又怎么能干涉林敏的私生活呢？

像过电影一般，他又由林敏、程庆联想到程庆的妻子曾小微。他回想起曾小微那天站在他身后的样子，想起林敏坐在唐亚坚办公室里的样子，心里竟然隐隐地痛了一下。

神经，这些跟他丁学松有什么关系？难道是他对林敏、曾小微有暗恋之情？

六、事业

1

在心理医生万启面前，丁学松在内心深处再次触到那个萦绕已久的谜团：为什么林敏、唐亚坚、曾小微这几个人明明都是初次相识，却都像是早就存储在他记忆里的熟识的人？

还有一个更大的现实的谜，那是左右和改变了他命运的谜。自出事以后，他一直没顾上，或者说是不敢深究：为什么他会在手术时突然出现瞬间的昏迷，又在昏迷的情形下做出手术动作，铸成大错？

那是一场噩梦，可他连梦的情节都记不清楚，只看到并承受了可怕的结果。

万启就在对面，像是看透了一切，又像是漠不关心。

丁学松回到现实。万启的婉拒，反而让他觉得自己的压力减轻了，既然不能请到最好的，其他几人中能请到几个也就无所谓了。

随后几天，他又拜访了几个人，有的甚至只打了电话。无论哪个受邀者都很惊讶，有人直接问道："丁教授，真没想到您也会离开清淞医院，下了海，您到底为什么会这样做？就是因为待遇高吗？"

这时，丁学松了解到，对于自己出了重大医疗事故一事，这些人竟然全都一无所知，看来正如柴医生所说，清淞医院成功进行了危机公关，封锁了消息。

他本想将真实情况和盘托出，转念一想又改了主意：既然对方不知情，自己干脆就不要再提了。这在他的从医生涯里又不是什么光彩的事情。于是他只回应道："待遇确实不错，更重要的是，这可能是一种新的医疗方式、生活方式，我认同这种理念，且愿意投身其中。"

这时候，丁学松在自己说的话里，听出和嗅出了一股程庆的腔调。不知不觉，他已经能熟练地运用这种表达方式了。可是，他又真能有像程庆一样的激情、热情，和他所说的"认同"吗？

他有些惭愧，这惭愧是暗中的，却鲜明地烙印在心里的某个地方。

另一种更鲜明的东西也在暗处闪亮起来，那东西告诉他：如果现在大部分人不知道那个失败的手术，那么，那件事情就相当于不存在，那么，他丁学松就仍然是小丁飞刀，是在脑外科界一个神一样的人物。

丁学松知道，那个闪亮的东西叫"虚荣"。

这正是他最大的一个弱点。

自此，他一边惭愧着，一边就再也没有提起那次医疗事故。

丁学松出面，除万启外，受邀的心理医生基本上都接受了邀请。对于这些新来者，程庆只是简单交谈一番，就通通接纳了。程庆说："既然是丁教授推荐的，就不会有问题。"这样，会心公司心理咨询部门连续增加多位新成员。柴医师在见面时挤挤眼睛："好家伙，经您一弄，这里才真成了一个心理咨询部门了，货真价实的心理医生多了起来。"他又朝左右看看，俯身过来，"不过，有件事情，得提醒您一下。"

丁学松只得凑近倾听。柴医师低声道："这些人都是您招来的？"

丁学松说："不能这样讲，他们也是仰慕会心公司盛名而来，想在医疗事业上有所突破……"

柴医师摇头道："看来，您还是拿我当外人呀！"

丁学松一时语塞，只说："好，好……"

柴医师说："小丁飞刀呀，你作为一代名医，能有什么不对呢？唯一的不对，就是您名气太大，成就太高。这些人会来，哪一个不是冲您的名气、影响？会心公司才成立多久？能有什么影响？有些话，我可以不说，因为说了对我自己没好处，反而可能引来麻烦……"

丁学松伸手摇摇对方臂膀，说："柴医师，我们认识不久，但够投缘，有什么话，还望赐教。"

柴医师压低嗓门："您在推荐这些医生来公司时，有没有告诉他们您手术失败，离开医院的事情？"

丁学松心下一动，问道："怎么讲？"

柴医师说："您是个实在人，上一次我一问，您就和盘托出了。但您看，我根本不知道，我不知道，就说明其他大部分人都不知道。贵院——清淞医院肯定也不希望这件事情弄得天下皆知。所以，我估计这些人也都不知道。不知道，您就不必跟他们讲了，保留您在众人心目中的完美形象，否则，人都有势利之心，他们没准会觉得小丁飞刀已经今不如昔，觉得'掉了毛的凤凰还不如鸡'，没准对您就有点儿那个……"

丁学松被说中心事，心下有些不快，又叹服这个妇产科医生精于人情世故，表面上连声说："还真没想到，谢谢指教，那，也请您替我保守秘密。"

柴医师拍着胸脯："这个自然，这个自然……另外，还有一事相询：您请来的这些医生，水平如何？是不是您眼中最好的？"

丁学松想起万启，答道："既然是为公司寻觅人才，肯定往好里挑，当然，也有特别好的不愿意来……"

柴医师斜睨着他，说："劝您不要再找更好的人了，或者说，不需要再找了，现在已经够多了。"

丁学松狐疑道："为什么？"

柴医师说："您找了这么多人，如果再多，那心理咨询部的人就大部分都是您找来的，如果人的质量也特别高，您的地位就更突出了，这样，您不怕程总会多想？”

这一层确实是丁学松没想到的，他沉吟了一下，向着柴医师重重点头：“多谢，多谢……”

从程庆这个老同学的表现看，丁学松不认为他会对自己有什么忌惮之心。不过，柴医师所说的，是任何一个单位里人事关系的常情。就算程庆对他是真心，又何必硬把人和人间的情谊放在人性的试金石上考验呢？

丁学松决定在招人的事务上就此停住，投向医疗本身。既然柴医师已将他的妇产科专业跟心理咨询结合起来，那他的脑外科也该有这样的联结途径。他这样想着，就说了出来，柴医师一拍大腿：“这才是正事儿。”

丁学松跟柴医师谈兴正浓。柴医师眉飞色舞，甚至有些手舞足蹈。但在某一个时刻，突然之间，他从一个沉醉的人变成了一个沉默的人，他的眼睛睁大了，视线从丁学松头顶越过，投向丁学松的后方。

这时，丁学松听到嗒嗒嗒的声响，由远及近，是鞋跟踩在地板上的声音，他马上有了更具体的判断——是高跟鞋。

在会心心理咨询部这一层空间里，医生们一般都像写字楼里的白领，坐在开放式大厅里各自的写字桌前。为了不打扰他人，丁学松和柴医师在一间隔音较好的会议室里聊天。在房间里就听到高跟鞋的声音，说明大厅内外突然安静至极，正像柴医师的突然沉默一样。

丁学松回头，透过玻璃看到了安静和沉默的原因，是林敏。

林敏不事张扬，但有着走到哪里就立刻改变所到之处的氛围的气场。她行走的姿态旁若无人，是径直迈向这间透明的会议室。

丁学松起身相迎。林敏推开玻璃门，对柴医师点头致意，并没有坐下，而是将笔直的身体转向丁学松：“程总请您去一下。”

丁学松说：“什么时候？”

林敏用余光打量了一下柴医师和玻璃墙外的人，每个字都吐得很清晰：“如果可以的话，现在。”

2

丁学松回头向柴医师示意，招呼了一下，柴医师点头，又朝前微微努嘴，努嘴的方向是走在前排的林敏。丁学松觉察出柴医师的戏谑味道，这戏谑是指向他和林敏，但是，柴医师知不知道她跟程庆……

丁学松觉出一丝不舒服，像胃里装着一种让他消化不良的食物。这个柴医师，不让他讨厌，甚至还很谈得来，可又会带给他一些不适感。这，算不算是一种矛盾？

至于走在身边、短发微微拂动的林敏，就更难以捉摸了。

一般情形下，程庆如果找他，会直接来电话。这一次却让林敏过来，像是要摆老总架子，有些蹊跷。

林敏直奔电梯而去。因为只有 层楼，丁学松一般都走楼梯往返，见林敏执意如此，也便没有多言。

不料，林敏摁的楼层按钮不是楼上，而是地下车库。

丁学松问：“怎么，要出去？”

林敏说：“还是公司，另一个地方。”

会心公司还有其他场所？这是丁学松不知道的。他想，程庆他们没有主动告知，但他也没主动问过，所以不算对他有什么隐瞒。

轿车发动后，林敏没有马上起程，而是递给丁学松一只口罩：“今天，外面的雾霾特别严重。”

丁学松机械地接过口罩，往脸上覆盖时，双手不由自主地微微颤抖。当绵软的纱布紧贴口鼻时，他觉出呼吸里的黏湿气息。

在沉沉的雾气里，轿车缓慢地移动。林敏专心地驾驶，面部被粉红色的口罩遮盖，只露出眼睛，丁学松只能用余光看到她的一侧。隔着口罩，林敏的声音有些滞重："我知道您是怎么看我的。"

丁学松觉得口罩越发湿润，微喘着气回答："看你？我不懂。"

林敏的短发静静地垂着，没有涟漪。林敏说："好，您装糊涂。装糊涂，也算一种容忍和保护吧。"

丁学松说："林小姐，我其实不知道您的多少情况，但每个人都有自己生活的方式，谁也不能妄加置评。"

林敏说："是，谁也不用在意其他人的置评，但对有些人，总会在意的。不过，看清楚一个人确实很难，就像在这雾霾里，总也看不清楚。"

雾气在车外飘浮着，像一层层纱帘，又似缓缓飞扬的尘土，顺着车前窗向两侧分开。雾灯在空气中闪烁着，犹如两只向前伸出的金色手臂，使劲探询着看不见的远方。

丁学松侧过脸，窗外一片模糊，连近在路旁的建筑物也影影绰绰，看不分明。窗子上映出一个男子的形象，苍白又显出一些沉稳干练，跟他一个人天天酗酒时，在房间窗子上看到的样子截然不同，却同样让他觉得陌生。渐渐地，那个样子也模糊了，裂解在窗外的重重雾气中。

林敏将他从雾气里唤醒："到了。"

抵达的地方在郊区，虽有大雾，但仍看得出四面空旷。进到建筑物内，迎面是一排排货架，摆放着各类物品，以食物、饮料为主。

丁学松疑问道："为什么要来一家超市？"

林敏在前引路，莞尔道："这里也是公司。"

绕过货架林立的区域，穿过一道玻璃门，程庆迎上来："早该带你过来看看了，不过现在来，更是时候。"

丁学松不介意他自相矛盾的客套，问道："公司还兼营超市？"

程庆将他让到里间的办公室，坐定后，简单答道："这里不是超市，你一会儿出去仔细看看，没有人在里面买东西。也许以后会变成个超市，但也跟一般的超市不一样。"

林敏不知什么时候离开了，丁学松竟然没有发觉，这也蛮奇怪的，因为他对这个女子的气息很敏感。程庆说："她要去忙一下，回头还可以见到。"

丁学松被看穿，假装恼怒："我为什么要见到她呀？她是你的那个什么……又不是我的……"

程庆嬉笑道："兄弟嘛，我的就是你的，你的也是我的。"

丁学松不想跟他继续口舌之争，问道："把我叫过来，还请她来接，有什么事呀？"

程庆两手一摊，说："不是把你叫过来，而是你以后要在这里工作了，请你过来看看，认认地方，认认路……"程庆说着，向窗外望了一眼，"可惜，今天的雾霾太大，路肯定是认不清了。"

丁学松站起来："你葫芦里卖的什么药呀？叫我到这个超市工作，那……"

程庆也站起来："这里不是超市，是药品部，或者说，是保健品部。"他朝丁学松刚才经过的货架区方向努努嘴，"那里的东西，对外叫保健品，对内……其实就是药品，不是寻常货物。"

原来，这就是当初唐亚坚和程庆所介绍的软性医疗的第二项内容——保健品理疗的所在。

所谓保健品就是药品，程庆完全不对他遮掩了。

程庆带着丁学松穿行在货架之间，确实犹如逛超市，放眼望去，都是一些食品、饮料、烟酒、日用品之类，与寻常超市里的东西区别不大。程庆问："感觉怎么样？"

丁学松说："你要问逛超市的感觉，和你一起，肯定不如和哪个美女一起呀！你要不介意，林敏也成。”

程庆说：“别逗了，都说了，这里不是超市。”

丁学松其实已经发现，货架上的物品表面看去没有异常，但细看就会发现，跟寻常超市的货物还是有些微的差别。他拿起一瓶果汁饮料，看到印在包装瓶上的品牌，是“会心”二字。

程庆说：“这些东西，目前市面上买不到，所以，这里不是超市。”

丁学松再仔细看看，这个“超市”里的物品都不是市面上寻常见到的品牌，有的在包装上标有“会心”字样，有的则没有牌子。

程庆说：“没有牌子的，其实也是会心的。只有一个牌子太单一了，现在正在研讨还要用什么名字做牌子，还要几个牌子，你也可以提供建议呀。”

两个推着购物车的人在货架过道间与他们擦身而过，并与程庆打着招呼。丁学松发现，在偌大空间里散布着的看似逛超市的顾客，其实都不是顾客，而是工作人员。

程庆说：“这里不对外开放，或者说，目前还不对外开放。所以，这里不是超市，也没有来逛超市的人。”

在一个货架的顶头，丁学松看到一排绿色小盒。他打开一盒，里面的口香糖正是跟程庆初见时，程庆拿给他的那一种。他拿在手里端详着，不觉将其捏成了一个弯形。

程庆说：“口香糖算是目前比较成熟的一种，但还不到最成熟的阶段，还有改进的空间。”

丁学松将口香糖放回货架，说：“估计我以后不会再碰这东西了。”

程庆说：“话不用说这么绝对呀，这又不是什么坏东西。”说着，他从较高处取下一个造型精巧的玻璃瓶，“这是男用香水，那时候我用过，在刚跟你‘重聚’的时候。你要不要试一试？”

丁学松揭开盖子，轻轻用鼻子吸了一口气，又重新盖上：“我怕用了会忘了自己是谁。”

“不至于。”

“至于。”丁学松回头，正视程庆，“我一直弄不明白，这些东西，不管算是保健品，还是药品，怎么会有那么大的……”

程庆说：“你一定会明白的，所以，从现在起，你到这里工作吧。”

程庆不说透，丁学松也不便说出他已经对这些口香糖和香水进行化验的事情，他转换话题：“那么，这些保健品有什么销售途径呀？怎样卖给顾客？”

程庆说：“现在还没有多少顾客，这只是万里长征的第一步。一些知情的人，主要是通过网络、邮购等办法来买这些东西。公司这边是不着急的，目前我们立足于逐步推广软性医疗的理念，包括相关的生活方式。一旦这一切成为大势所趋，我们的营业收入倒在其次，关键是这能造福多少人呀！”

3

但凡说到某些话题，程庆脸上就迸发着光芒。程庆说，将药物或保健品做成寻常食品、饮料、化妆品融入生活中，就是软性医疗不同于传统医疗之处。人在吃零食或者化妆时，就接受了医疗服务，甚至治了病，这才是未来该有的生活方式，这种医疗方式的医疗效果一定会远远超过传统医疗。

在接近出口的一个货架旁，程庆又发起讨论：“你说，雾霾有没有办法治理？”

丁学松说：“你是指环保？那大概需要经历很长的一个过程，还得走对路，以前的路走错了……”

程庆说：“环保是外在的，不是我们医生该考虑的事情。医生能做的，是立足于病人或者潜在病人自身。”他拿起一支雪茄，“人们说，吸霾的危害可以等同于吸烟，其实，也许吸烟反而能对雾霾来个以毒攻毒。”

丁学松将那看不出什么不寻常的雪茄拿起一支放在手里把玩了一下，问道：“这是什么意思？”

程庆将雪茄叼在嘴上，又拿开：“雾霾就像洪水一样，防是防不住的，堵也是堵不住的。戴口罩，甚至逃离这个城市，都不是解决之道。最根本的办法，是身在其中，但完全忘记它，不仅脑子里忘掉，身体也忘掉。忘掉了，就完全不存在了，就没有影响了。”

丁学松握着另一支雪茄，看着那深褐外皮上浅浅的沟壑，听到程庆的声音回响在货架林立的大厅里，心里有些发空。

程庆将请丁学松过来的意图重复了一遍：“您不必再回咨询部了，从现在起，请您在这里工作。”

丁学松说：“不知为什么要这样安排？在咨询部，最近心理医生已经增加不少，而且，我正在想法子将软性医疗跟我的脑外科本行结合起来……”

程庆说：“这些当然都很重要，真的要感谢你最近所做的这些，不是客气。但是，请你来，肯定不是在这样一个部门做一些这样单一的事情。一开始咱们就说好了，你先了解一下，再慢慢进入其他……”

丁学松说：“那么，我到这里来，还是继续了解？”

“对！”程庆偏着头，斜睨着那些林立的货架，“或者说，请你在这里研究一下——研究。”

“研究”的意思，就是请他去自己琢磨、发现、选择，那么，程庆还是不会将保健品效用等等的真相和盘托出。程庆不说，但又不像是不想让他知道的样子，而且请他这样深入地参与进来，也不可能一直不让他知情。由此，丁学松决定继续保持耐心。

程庆是让他自己找答案吗？

程庆说，这里实际上应该是药品部，“保健品部”只是个暂定的名称，之所以这样做只是为了便于对外，因为目前这些“药品”还得不到合法的认证。

不管叫什么，这里地方大，人却不多。偶尔穿梭其间的工作人员，样子和举止也不像咨询部的那些医生。他们只是整理、取货，面无表情，彼此间包括与丁学松间也没有什么话语交流。有时候，甚至连礼貌的点头致意都省略掉，只漠然地擦身而过。

这确实有些诡谲，好在丁学松早就习惯了不与人交流的情形。他在那些外表与日常生活用品如出一辙的货物里穿行，有时还会停下来细致观察某个物品，它可能是一瓶酸奶、一卷手纸……

研究吧，还是要研究。既然程庆说了要请他研究，“研究”的意思，就不只是站在一旁用眼睛看看而已。

有一天，林敏突然走了进来。虽说在丁学松的印象里，她有好一阵子没出现了，然而事实上这也不过就几天的工夫。看到她走过来，丁学松有一种莫名的愉悦，他说“又见到你真高兴”时，是由衷的，但也暗藏着一些罪恶感。

从何而来的罪恶感？

林敏落落大方：“见到您我也真高兴，我是受程……程总之托，来看看您。另一方面，也是再一次告知您，保健品部这里的所有东西，您都可以随意使用，以做研究。”

“使用？”

林敏笑道：“我说使用，是不是显得特别正儿八经，特别官方呀？‘使用’的意思，就是您可以随便品尝，带走也行，数量和种类不限，不必经过什么手续。”

这倒是丁学松没有想到的一个问题，这几天他虽然会细细观察这些“保健品”，但动手却很少，而是只用眼睛去“触碰”。他倒不是在等待这个批准，而是还没决定要不要踏出这一步，现在林敏来宣布这个所谓的“政策”，恰好解除了所有顾虑。

林敏离开时，鞋子一下下地踏在地上，又发出了那种“嗒嗒嗒”的声音。丁学松觉得，那“嗒嗒嗒”的声响，仿佛和自己的心跳相应和。

有了明确的授权，丁学松马上付诸实施。那个已经化验过的口香糖就不必再纠缠，至于程庆用过的那一款香水，他在靠里的一排货架上找到并确认了一下。他还打开一瓶酸奶尝了一口，并用一种小管包装的洗手液涂抹冲洗了一下手掌，并没有感觉到与市面上同类的生活用品有任何不同之处。

那么，他只有把此前暗暗做过的事情再做一次了。

丁学松没有拿走太多东西，只选了自己之前喝过的酸奶、一种红酒和一盒曲奇饼干。后来，他又在一个角落里找到了和程庆一起把玩过的雪茄。

化验很顺利，其实也没有什么不顺利的理由。这几种食品的成分确实跟寻常的食品不同，跟之前化验过的口香糖一样，这些食品中包含一些寻常可见的中药和西药成分。例如那款酸奶，它的构成成分里除了奶和糖等必备配料外，其余竟跟口香糖一模一样，也是麝香等四类中药和柴杉醇等四类西药，而红酒中少了一种西药——“布洛芬”，曲奇饼干中则多了一味中药——枸杞，这些成分中有的实际上不能算是一味药，当作是调味品也可以。

也就是说，通过这些化验可以得出这样的结论：会心公司的“保健品”，或者叫“药品”，都是用这大同小异的配方制作而成。这种做法对于一个稍有经验的医生来讲，也根本没有任何隐秘之处。

但这完全是个无厘头的配方，把这么一堆中西药结合在一起，让它们形成一个大杂烩是毫无道理的，这个配方不仅在医理和药理上说不通，而且也显示不出任何治疗、保健作用。这种大杂烩竟然能有那样神奇的效果，如果不是之前领教过，他完全不能相信。

这是荒谬的，但这也是铁一般的现实。

程庆到现在不和盘托出，肯定是希望他按照一个既定的步骤和节奏，慢慢地去了解一切，然后自己得出结论。这其中既包含着程庆对他的信任，也包含着对于他能通过这个了解的过程迸发新的想法、做法的期待，程庆是在用这种方法压榨着他的能力。这也是他和丁学松之间无言的默契。

如此，自己只有继续研究。

丁学松又把希望寄托在了剩下的一种“保健品”——雪茄上。

那天程庆说，吸食这东西能抵御雾霾，这本身像是一种讽刺，但又不完全是。既然是一种会让人成瘾的吸食品，当然跟其他寻常食物不大一样。这其中会有什么秘密呢？

把雪茄放在最后，本来就是因为对它抱着最大的希望，为此，丁学松还特地买了寻常的雪茄，并准备好他一直没有扔掉的海洛因，以便于比较。

然而，那支雪茄竟是最寻常的，那雪茄里除了优质的晒红烟草，也混入了一些中西药，而且与酸奶和红酒的配方相比，它的配方里还少了两味西药和两味中药——它只含有麝香、柴胡、布洛芬和丙咪嗪。丁学松竭力寻找的海洛因和大麻成分，这里完全没有。他一边庆幸，一边又有着几分不该有的失望。

他想起程庆说抵御雾霾的方法是完全忘记它，可是，在这雪茄里，真的隐藏着什么让人“忘掉”的秘方吗？

4

丁学松对于这些“保健品”的构成已经完全掌握，也知道了它们不同于市场上同类食品的地方。他了解并认可了把药物治疗作用隐藏于食品、日用品之中的“软性医疗”理念，但就是不知道这东西到底是哪儿来的疗效。

这是神奇的，更是荒谬的，甚至已经有点儿邪乎了。

他又选取了包括调料、香皂和速冻元宵在内的几种物品进行化验，果然也没有带来什么突破，仍然是那些无逻辑的药物成分的混合。

丁学松的“研究”已经达到上限，碰到了壁，这堵由程庆和唐亚坚他们设立的墙壁横亘在他的面前，不靠他们提供指引，已经无法穿破。

是时候了，他愿意认输了，该直接向程庆询问真相了。

但询问也可以不那么直接，采用迂回的措辞，也许还能将这种程庆喜欢的——没准也是唐亚坚喜欢的游戏继续下去。

根据程庆和唐亚坚的介绍，会心公司的软性医疗事业有三个方向，或者说三个层次，分别是心理咨询、保健品理疗（药物治疗）、手术。有三个方向也就意味着有三个部门，目前丁学松已经分别在咨询部、保健品部见习过，按照这种不言自明的安排，接下来再去手术部是必然的。手术部才应该是他真正的阵地，那么，由他自己提出来，不算唐突。

丁学松料想，如果自己主动提出调去手术部，程庆定会询问原因，并请他谈谈在保健品部的“研究”收获和心得。这样，他就可以将话题引向最终的疑问了。

不料，程庆竟一口答应：“好，今天就去手术部。”

程庆说动就动，不顾丁学松微微的错愕，启动车子，就载着丁学松出发。

车子向会心公司总部所在的写字楼驶去，这在丁学松预料之中，他料想手术部定不会像保健品部那样，另辟一处建成一个超市般的独立王国，没有那个需要，也太招摇，毕竟，这种类型的手术能否合法进行，还是个未知数。

然而，程庆在地下停车场停好车后，和他一道乘电梯时摁的旋钮不是向上，而是继续向下。

丁学松这时才发现这个电梯的蹊跷，写字楼地下的B1和B2是停车场，都在电梯键盘上标明，而在B1和B2之下不是B3，而是BX的字样。

程庆晃晃手中一个椭圆形的小玩意儿：“这是门卡。不刷卡，去不了这一层。”

电梯匀速向下行驶数分钟后，才停下来，从时间上预估，大概走了三层楼的距离。程庆一边按住电梯按钮，请丁学松往外走，一边说："放心，这里虽然深入地下，但通风没问题，照明设备也很环保，跟露天一样。"

丁学松问："这里有多深呀？"

程庆说："算起来，我们应该在地下七层吧。"

丁学松问："那么，这一层和B2之间，就没有别的楼层了，都是实心的？"

程庆像是思量了一下，答道："还有一层，不过封闭起来了，不使用，电梯、楼梯也都到不了。"

这幢写字楼外表看来普通，地下却采用这种奇怪的结构。会心公司看似只租用了第九、第十两个楼层（第十层是他待过一阵子的咨询部），原来私下还有一个超市般的保健品部，和这个地下深处的BX——手术部。

这里大部分的区域似乎仍然没有投入使用，而仅仅是在电梯附近的有限区域里，有一处刻意布置的活动空间，空间之外的地方都封闭起来。

在电梯附近，丁学松看到墙面上有一张小小的招贴画，那是他之前看到过的会心公司logo，那是一个类似于太阳放出光芒的造型，但在这里被缩小到扑克牌那样大小。这没有什么出奇，他也没有因此停步。

程庆将丁学松直接请入一个房间："怎么样，这个手术室像不像样？"

这是丁学松最熟悉的环境，除了空间稍小，手术床、手术仪器、无影灯和各色手术器械，甚至各类器具的摆放位置，都与清淞医院的脑外科手术室类似。但也有一些器具上的差异，主要是缺少一些特殊刀具，且手术仪器的外形也略有不同。

有差异是正常的，毕竟这里不是完全的脑外科手术室。丁学松点头道："不错。像这样的手术室，总共有多少间？"

程庆说："这里有三间。"

这又让丁学松听不懂了。回想咨询部和保健品部的规模，以及程庆屡屡展现的雄心，如果手术部只有三间手术室，就太不相称了。

程庆觉察到他的不解，补充道：“这里有三间足够了。公司实际上拥有的要比三间多得多，以后还会越来越多，不过不都设在这里，我们可以设在许多地方。”

“包括许多医院里。”他认真地注视着丁学松，“也许，清淞医院里也有。”

丁学松一头雾水，被程庆盯得有些发毛，而当“清淞医院”这四个字从程庆嘴里迸出来时，更让他无端地被刺激了一下。

程庆笑道：“你一下子沉重起来了似的，呵呵，我是开玩笑，表达一下对未来的憧憬。我是希望，未来软性医疗得到更多的认可，可以登堂入室。这样，正经医院里的病床也都会变成我们的，这其中也包括清淞医院，这不是不可能的。”

在这个深层地下室里，无须程庆指引，丁学松就能找到另两间手术室。第二间与第一间内的布置完全一样，犹如克隆。丁学松疑问道：“手术只有脑外科……脑部这一种？”

程庆停步，缓缓答道：“手术的部位，只有脑部。”

这回答绕开了关键，又点明了重点。部位在脑部的意思，是强调实施手术的部位在脑部，但针对的不只是脑部疾病，甚至不只是针对疾病。

按照软性医疗的理念，手术是一种最具“硬性”特点的手段，具有极大的损害性和副作用，与“软性”二字有所矛盾。而脑部又是最易损害、最不宜轻易手术的地方。在传统医疗中，进行脑外科手术，都是迫不得已的选择。会心公司有手术这一项，又通通是在脑部，肯定有不同寻常之处。

这三间以脑部为目标的手术室，究竟要用来做什么？

丁学松知道，如果继续留在会心公司，这里一定是他的最终岗位。因此不必操之过急，一切早晚都会浮出水面。

第三间手术室，他们没能进入，只在门口探望了一下。因为程庆说，里面正在手术。

“正在手术？”这引起了丁学松极大的兴趣，这种手术的真面目究竟是什么样子，他当然愿意尽早了解。但此刻当然不能贸然地进入手术现场。

程庆转过脸来：“想看一看吗？”

“怎么看？”

程庆向与这间手术室相反的方向踱去，丁学松带着疑惑，跟他一道走进一间类似于会议室的房间，房间正中的墙上，是一块投影屏幕。

程庆随手拿出遥控器，屏幕出现一把以四十五度角斜放的手术躺椅，躺椅上躺着一个微闭双目的病人，这便是第三手术室内的情形。

病人的后脑部被机械臂上的橡胶罩包裹着，这也跟寻常脑外科手术场景类似。然而，从屏幕上可以看到，在离手术椅较远处，第三手术室的另一侧，是一个跷着二郎腿，正在摆弄平板电脑的人，至于躺在一旁的病人，他似乎不以为意。如果他不是戴着帽子和口罩，很难看出他是一个医生。

丁学松问：“这是手术结束了，病人在……在休息？”

程庆说：“不，正在进行。”

5

病房里除了病人和玩平板电脑的医生，别无他人。如果那人是主刀医生，那应该配备的助手等人怎么不见踪迹？病人只是静静地躺在手术椅上，医生却像在玩游戏，这种情形下，居然说手术正在进行，这真是令人不解甚至有些恐惧的场景。

玩游戏……

丁学松很快想起了什么。这时程庆也开口了：“看看手术进行的状况。”

程庆转换遥控器，屏幕右侧开出一个小窗口，显示的画面是红的黄的一片混沌，这在常人可能会完全看不懂，但丁学松一眼认出，那是人的大脑内部。

那么，这应该就是斜躺在手术椅上的病人的大脑内部。

在程庆的操控下，这个小窗口的画面被放大，成为主画面，原有的手术室内场景被缩小到屏幕一角。画面上凸显出一个小黑点，以细微的幅度移动着。

丁学松一眼就认出，那是一个微型手术机器人。近年来，手术机器人在脑外科手术里使用得越来越广泛，丁学松本人也曾屡次运用。手术机器人的好处是可以通过在病人身上打开极细小的针孔式创口进行手术操作，接受这类手术的病人创伤小、痛苦少、术后恢复快，但手术机器人目前并无医生的智能和判断力，它只相当于高科技的精巧手术刀，因此也只能执行一些标准化程度较高的手术，对于更复杂的病灶，则需要丁学松这样的医生用传统手术刀操作。

这时，丁学松已经将那个跷二郎腿的医生摆弄平板电脑的动作，跟小黑点的移动结合起来，这样就很容易看出，他其实是在通过平板电脑遥控病人脑内的机器人进行手术。

运用类似于手机 App 的技术，借助终端触摸屏的方式，遥控机器人进行手术，以目前的技术水平来讲这不难实现。只是这种做法太随便、太不着调了。这毕竟是手术，而且是脑部手术，生死攸关，而通过滑动手指来处理，手术的风险会更高。所以，在正规医院，这种手术仍然是由医生操控机械臂，配合在屏幕上观察脑颅内部来施行。会心公司采用这种看上去不甚稳健的做法，是一种理性的选择，还是一种随性的浪漫？

然而，丁学松很快就看到了比这种游戏方式更触目惊心的情节。他猛地站起来，指着屏幕喝道："这是在干什么？"

放映室，或者说是会议室（丁学松后来知道，这个房间的标准叫法是"手术观察间"）里只有丁、程两人，门关着，这个房间的隔音效果非常好。然而，丁学松声音之大，在室内外都引起了回响，甚至在室外轰鸣。因为看到的景象，令他由惊愕到愤怒，甚至接近于怒吼。

程庆安然地坐着，只稍稍侧转了一下身体，朝向丁学松。显然，他对老同学突然之间的怒火并不意外，只是流于形式地问了声：“怎么了？”

丁学松指着屏幕：“为什么要在情绪区活动？赶紧停止手术。”

屏幕上，小黑点以肉眼几乎看不出来的幅度移动着，而移动外的其他动作，就更是完全看不清了。寻常人可能看不出所以然，但是丁学松和程庆这两个内行却一目了然。此时机器人所到之处，是右脑的一片海绵体，用专业术语表达，叫“右脑缘上回部位”。那是大脑里最神秘，也最脆弱的区域。现有理论认为，这个部位控制着人的感情——喜悦、爱怜、痛楚、焦躁等，因此被称为“情绪区”。在脑外科手术里，这个部分完全是个禁区，因为太危险。一般情形下，医疗手术所要处理的病灶，都在脑内的其他区域，即便这里有病变，病变也都在表面和外层，因此手术也在外层处理，绝不会深入到海绵体内部。此刻，小黑点机器人却在海绵体内部活动，这在医疗上是绝对不允许的。从手术室内那个操控平板电脑的医生的表现来看，这肯定不是失误，是刻意为之。

程庆这些人究竟要做什么？简直拿人的大脑当作游戏场、屠宰场！丁学松作为一名医生的本能被唤醒，他克制着，用强力抑制着怒火重申：“请立即停止！”

一瞬间，丁学松愤怒得像一头狮子。与之相比，此刻的程庆简直称得上是优雅了。可是在丁学松眼里，这是一种可憎的优雅。程庆的回应不紧不慢：“不能停。”

丁学松强抑怒气，说：“情绪区是不能随便涉足的，这是禁区，难道你不懂？而且，从图像看来，这一区域也完全没有病灶。一个脑外科手术，为什么不赶紧切除病瘤，却在这个危险区域游来荡去？你还算个医生吗？”

“这不是脑外科手术，病人脑中没有任何瘤体。”程庆也站了起来，仍然不紧不慢。

丁学松的愤怒犹在，疑惑却变得更大，大到要吞没了自己。他奇怪地看着程庆，像看一个陌生人。

程庆说："这是个治疗不孕不育的手术，因此，做法不一样。"

不孕不育？程庆这些人在搞什么鬼？他看着程庆，说不出一句话。

程庆继续操控遥控器，屏幕上的画面被推进，放大，再推进，再放大，当那个小黑点被扩大了不知多少倍时，它就不再是一个小黑点了。

程庆说："这是等同于显微镜的效果，请你看清手术细节。"

屏幕上，小黑点被迅猛地放大后，外形清晰起来。这种微型手术机器人由一个桶状身躯和一个机械臂构成，这种结构也是丁学松熟悉的。程庆所要演示的，是机器人的动作。

丁学松这时看清了，手术机器人正在做的，是他作为一个脑外科医生从未见识过的事情。那个机器人在由海绵体组成的丛林里逡巡，一边伸出机械臂，轻轻抚弄摇晃一株株海绵体，一边从桶状身躯中喷出雾状水流。它就像是一个园丁，在园林里打理树木，浇水灌溉。

这是一幅在人脑中展开的奇异景象。丁学松进一步辨识出来，那虽然是常见的XL3微型机器人，但是其机械臂却不是通常的尖锐切割式的手术刀形，而是在臂端和臂侧包上了胶质体，犹如在手臂上戴上了柔软的手套，机器人对脑部情绪区海绵体的抚弄摇晃，其实更像是在耐心地按摩，这样一株株地按摩后，再一株株地喷洒灌溉，这些在肉眼可见的范围里，都是微小到可以忽略不计的行为，而在脑部世界里，则算得上有相当规模的活动。

眼前的一切完全不在丁学松的从医经验范围内——一个微型手术机器人被注入脑中，没有进行任何切除病灶的动作，却涉足本是"禁区"的情绪区，像园丁一般，对其中的海绵体抚弄摇晃，喷洒浇灌。程庆居然说这是在治疗不孕不育症！

这究竟是什么原理？

这时，丁学松已经恢复了一个医生的冷静。

从小视窗里可以看到：那个医生仍在继续摆弄平板电脑，显然是在操纵那个“园丁”。刚才自己之所以愤怒，除了是因为看到病人脑内的情形，还跟主刀医生的操作姿态有关。脑部脆弱，人命关天，主刀医生却像在玩游戏，这个场景在一瞬间唤醒了他这个从业多年医生的本能。

但是，如果这确实是另一种手术，自己也不应该马上大动肝火，而是应该先搞清楚这个手术的操作原理是什么。

七、秘密

1

外科手术是医疗手段中最激烈的一种，作用不是切除病灶，就是植入器官，如果不做这些，让病人付出“挨一刀”的代价，何必呢？丁学松盯着屏幕上手术机器人奇怪的园丁式活动，心想，这真能治疗不孕不育？

“手术不见得都以切除和植入为目的。”程庆像是能听到丁学松的心声，“比如心脏搭桥手术，就是另一种情况，所以不能一概而论。”

程庆确实会偷换概念。医疗手术五花八门，举出心脏搭桥或其他种种具体情形不难，问题是，这些手术与这种由机器人进行的“软性”活动不可相提并论。总不能把人的肚子划开，只是为了按摩一下胃，或者补充一点儿水分。

但是丁学松并没有立马反驳程庆，而是继续听他完整地阐述手术“原理”。

程庆说：“一般医生都知道，男性的不育症多出自心理原因，于是多采取所谓的心理疏导方法。但这样的结论和做法，对病人是不公平的。许多器质性病灶都有心理原因，心理原因造成的病症也会转化为器质性病症。因此，在软性医疗中，手术也是一个大项，但跟寻常手术不一样的是，软性医疗里认为所谓心病其实就是脑病，所以，手术直接在脑部进行。”

程庆说得抽象，丁学松却听明白了。对情绪区的海绵体进行按摩，是为刺激大脑，促成某种活力的恢复，喷洒药水是为使药物埋进大脑深层并发酵，从而达到提升病人性能力、生育能力的效果。病人有了亢奋的性生活，增强了精子活力，就能在很大程度上达成生育目的。

但这种直接由机器人进入脑部，在“禁区”里敲敲打打的方法，太狠了。

如此手术是否合适，此时不宜争论。既然已经在操作，程庆他们应该已经考证过了。丁学松唯一需要询问的，是机器人喷洒的药水成分。

程庆答出了几味中西药，包括当归、淫羊藿、氯霉素等，都是一些促进性生活、治疗不孕不育的药剂，混合成药水后，再在脑深层喷洒，自然会影响人的状态。

不经意地，程庆淡淡补充道：“还有一点。这种脑部手术，会和口服药……以及其他用药方式配合起来。”

配合！

像头顶打开一扇天窗，丁学松觉得有一道亮光射入脑中。

一段时间以来的种种迷惑，到这个时候才有了头绪。

由手术机器人在脑部埋药，实际上相当于在脑中种下了信息，一旦与外界环境配合起来，便会在人的身体状态和精神状态上发挥极大作用，迸发出惊人的力量。

比如，那些洒在这个病人脑部情绪区海绵株上的药水，就在病人脑海里留下了深深的痕迹，一旦他再接触到外部环境中的相同信息，比如食物中的同类成分、他的妻子身上的同类气味，等等，他的情绪和身心状态便会进入一种极不寻常的状况。这是普通医疗无法达到的治疗效果。

这比伟哥厉害百倍。

这是一种魔术式的治疗。

程庆说：“一切才刚刚开始，就等着你了。”

在这短短时间里，作为一个前脑外科权威医生，丁学松着实也受到了冲击。

冲击来自两个方面。一是医疗方向。会心公司的这种软性医疗手术，完全采用脑外科技术手段，却并非仅仅治疗脑部病变，而是针对所有身心疾病，从脑部感知着手治疗，这算得上是一种医学革命了。二是技术手段。丁学松万万想不到，会心公司这些药物（保健品）的神奇功效，主要不是基于药物本身的作用，而是通过在脑部情绪区留下药物痕迹，也就是进行信息储存，以此引发患者对外界同类药物刺激的超常反应，达到效果。而手术机器人对脑部海绵株的“按摩”，是为增强脑部组织对药物的吸收。

如果你脑子里本就储有玫瑰花，那么，你对于玫瑰花的敏感就会远远超出其他人，这种味道对你也就有了非同寻常的提神作用。如果你的脑子里本就有感冒清，那你的身体对这种感冒药的敏感也会超出常人……

因此，软性医疗手术当然不只是治疗不孕不育。

但是，人脑是错综复杂的，情绪区作为脑部“禁区”，其中复杂而致命的未知点犹多。在脑部“禁区”施行这种手术，尤其是注入药物，风险巨大，极可能改变和伤及一些未知组织，危及患者的身体、精神乃至生命。

丁学松问程庆：“每个手术都成功吗？有没有失败的案例？”

程庆迟疑一下，说：“任何医疗手段，都要允许失误；任何一种全新的医疗技术，都是要在实践中提高成功率，弥补不足的，这个时候，需要患者，或者说志愿者和医生共同的勇敢，尤其是你这样有能力的医生。”

程庆那理想主义的劲儿又在喷发，但他那古怪的迟疑也被丁学松看得一清二楚。丁学松断定，一定有过失误，甚至可以称得上事故。以丁学松的专业和经验，手术失败的后果不难推估。

最严重的情形就是病人当场死亡。但是手术机器人有严格的程序来规范，一般不会直接损伤脑组织，因此这种情况发生概率不大。

第二类情形，是机器人动作和药物在情绪区产生难以完全了解的副作用，导致精神失常。

第三类，由于操作失误或药物等产生的副作用，使大脑对肢体、器官的控制失灵，导致瘫痪、偏瘫等症状。

第四类，药物和机器人的动作，造成了情绪区的某些变化，从而导致病人性格明显变异。这种变化不可预知，也不可控，对病人带来的副作用无法评估。这应当是最常见的一类手术副作用。

在头脑中列出以上几条时，丁学松有似曾相识之感，好像以前就考虑过类似的问题，但又想不起来是在何时、在何种情形下考虑过。也许是多年的脑外科生涯，让他触类旁通吧。

程庆说："降低手术失误率和减轻手术副作用，跟提升手术的疗效一样，需要的是精准度。精准，哥们儿应该明白，这正是你这种医生比一般医生强大的关键。找你来担纲，没有比这更合适的了。"

丁学松说："手术部分，我已经了解。不过，药物方面我不是内行，喷洒施放的那些药水，需要更加精细……"

程庆说："药物方面不用你管，我们有专人，你只负责手术的执行……"

这个说法不能让丁学松满意。医生、药剂师专业分工、各司其职是没错，但主刀医生是核心责任人。医生是要治疗病人，不只是单纯完成分内工作，这也是程庆最近一直强调的。丁学松必须对药剂成分、疗效、副作用有详尽的了解，这是他的责任。

看出丁学松的质疑，程庆补充道："用药方面，目前已经完全有了成熟的规划，一共几种配方，合成哪几种药水，都相对固定下来，一般不需要再临时配制了。"他抬起头，面向丁学松，目光却不与丁学松交错，而是落在丁学松身后的某处虚空。接下来，他说到关键处："所有会心公司的药品配方，都只有一个药剂师——公司董事长唐亚坚。"

2

那个瘦削的、略带羞涩的形象，在丁学松脑海里浮现出来。

唐亚坚是唯一的药剂师，这个信息虽然算不上是秘密，但程庆告诉自己就等于将会心公司的核心机密讲了出来。而如果自己继续质疑药剂问题，就等于在质疑公司的整项事业了。

丁学松并不觉得对于整项事业不可以质疑，但既然现在他接受了合作，就不能连唐亚坚都信不过。他轻声问道："那么，我何时开始？"

"现在就开始了。"程庆说话时，手里的一个信封滑落，他弯腰捡起，又夸张地在身上掸了掸，递给丁学松，"这是这一层，也就是 BX 层的门禁卡，没有这个卡，你就进不来。现在得让你进来了，因为从今天起，这一层得由你负责了。"

丁学松用食指和中指夹住那个信封，从程庆手里接过来。

程庆笑道："是不是觉得把门禁卡放在信封里给你特别土？"

丁学松也笑道："是有点儿……为什么不用人脸识别呢？对会心公司来说，这种技术的运用早该没问题了吧？"

程庆说："是没问题，但我们不能太招摇呀！医学进步，要小心树大招风，以免……以免中途夭折。"

丁学松将椭圆形的门禁卡从信封里抽出，与自己的钥匙放在一起，又问道："现在开始的意思，是我要马上进行手术？"

程庆说："是，这种手术对你来说根本没有难度，甚至在你眼里，它可能连手术都算不上。你自己做手术只是一方面，更重要的，是制定更规范的手术规程，在手术细节上，针对不同病人，设计更细致的手术实施方案。也就是说……手术机器人在病人脑内进行的活动，需要你做更具体、细致的规划，以便让其他同人照做。"

丁学松说："你是说，让我把大家玩手机游戏的方法规范化？"

程庆听出了丁学松的调侃，瞅了一眼屏幕上抱着平板电脑的医生，笑道："原来你是看不惯这个样子。这其实也是为了体现医疗跟新技术的结合，如果你觉得不妥，咱们就统一换回机械操作杆。"

丁学松说："不必，就这样子，蛮好的。"

丁学松觉得，有必要重新认识一下他最熟悉不过的人类大脑。

在人类大脑里，一切是清晰可辨的，犹如一个镜中的世界，一切也是混沌的，未知的，不知其中埋藏着什么，不知那些混沌会引出哪种命运，哪种世界。

只有丁学松这样的医生，才可以将这清晰和混沌融为一体，化作一片可以自由翱翔的世界。

程庆没有看错。丁学松不仅迅速掌握了手术原理，还迅速进入实际操作状态。起初他惊诧于手术涉足脑部禁区的做法，还力图制止，可之后一旦接受，就精准地承担起所托付的责任。他是能举一反三、游刃有余的。实际上，清淞医院的手术机器人操作规程，就是丁学松负责规范的，在他离开前，该操作规程正处于最后的完善阶段。

不久，丁学松亲手操刀了一例手术。

在显微镜下，脑中的小小区域，显得广袤无垠，而那机器人像进入一片无人区的探险者，小心翼翼地探寻着。

丁学松果断而谨慎地操作着。他已经在程序上对机器人机械臂的动作进行了细化——不再仅仅是简单地抚弄，还会根据病人的病情，分别采用抚慰、梳理、击打三种模式，以满足海绵体不同的刺激需求。眼前这个病人的症状是急性肌肉萎缩，因此他所适用的动作模式是梳理。

屏幕上，微型机器人一下下动作着，一边用机械臂抚弄一件件海绵体，一边喷洒着药水。机器人在灰白色的脑体上行走着，在一瞬间，丁学松有了荒唐的联想：那机器人真像个宇航员，登上了月球，在月球表面蹦跳行走，实现着登月的壮举。

丁学松甚至想起了首位登月的宇航员阿姆斯特朗的告白："我迈出的一小步，是人类的一大步。"微型机器人动作停歇之际，仿佛在对着屏幕驻足，马上就要说出这句名言。

这想法没有影响丁学松操控手术的精确性，却让他自己感到好笑。而这好笑中，又有莫名的忧虑和怀疑。

是什么让一切变成了现在这个样子？几个月前，自己在清淞医院时，能想到现在这一切吗？

手术很快进行完毕，丁学松离开公司，病人善后交由同事打理。手术前期的准备工作，也是同事准备。丁学松本人的地位，他的工作方式及他与其他同事的合作方式，都与他在清淞医院时类似。在程庆的安排和丁学松的声名之下，同事们都很自然地接受了丁学松的领导，愉快地从事辅助工作。一位负责打理病人手术前后相关事务的医生激动地说："真没想到，你小丁飞刀也会和我们一起做这个。"

至于这起手术的术后疗效丁学松也是从同事处得到反馈。丁学松被告知，经过手术后，病人身上已萎缩的肌肉在短时间内恢复了一定的活力。术前几乎丧失希望的病人现在千恩万谢，称会心公司是再生父母。

丁学松问："那么，他对于长期服用咱们公司的保健品牛奶有什么看法？"

同事说："他治好了病，已经千恩万谢，牛奶反正也要喝。至于价钱，莫说是贵三倍，就是贵十倍，也不在话下。"

丁学松说："这种……这种药用牛奶，他得服用多少年？"

同事迟疑了一下，答道："终生。"

丁学松眉头微皱，陷入了深思。

不必跟同事交流，丁学松也已经知道，这种手术疗效好得出奇，而要维持疗效，就需要长期使用会心公司的保健品，实际上也就是药品。牛奶只是一种形式，这种药品可以选取牛奶作为载体，也可以选取其他各类食品、饮料。这些保健品的成分并不复杂，只是中西药的混合，但对于其中的药理，他一头雾水。那天他问了有关药剂的事情，程庆似乎不愿他过多关心，只说明了药剂师就是唐亚坚本人。他也没有告诉程庆他暗中对保健品进行了化验。现在，他已经明了，药品的配方不是重点，药品让脑中信息和外部环境碰撞所产生的刺激，才是关键。

那么，唐亚坚炮制的这种无逻辑的药方，究竟是真的无厘头，还是暗藏玄机？

丁学松觉得有些事情他还是没想明白，而且是全局性的事情。会心公司的心理咨询、保健品理疗和手术虽然治好了一些病，但这种做法似乎有问题，而且是很大的问题。

问题究竟是什么？

很快，丁学松迎来了他的第二例手术。对于这起手术，他决定从接待病人起全程经手。

同事有些诧异："丁大师你只管做手术就可以，其他的我们来打理。"

"不。"丁学松说，"我想详细地了解一下整个手术和病人……哦，也可能不是病人，是个健康的手术接受者。"

3

丁学松有些好奇，到底是什么人会来做这种手术，或者说，就算手术有效果，是什么人能了解到这种手术的存在，又是通过什么途径找上来。

"志愿者，我是。"第二例手术的接受者这样回答丁学松。

他接受手术的原因竟然只是为了戒除烟瘾。对此他坦言："我知道像我这样的志愿者是少数，但我相信你们的医疗理论，愿意以此来改变我的生活习惯、不良嗜好。”

对丁学松来讲，这起手术相当简单，一旦向这名志愿者的脑部皮下层注入某种药水，就等同于为他植入了关于某种药物的深层记忆，自此，他自然而然地会对那些深层记忆中的药物感到渴望，从而放弃对香烟的依赖。手术之后，他将会长年使用会心公司的一种雪茄，其中不包含对身体有害的尼古丁。

但是，这样就对吗？这样，难道不是在用一种依赖（也就是会心公司所提供的依赖），代替另一种依赖？当然，这也可以说得通，后一种依赖对身体无害，可真的……

一个助手向丁学松说明：“到这里来的大部分病人，都是得了疑难杂症，走投无路的人，他们抱着最后的希望接受手术。在他们当中，了解并以改变生活方式为目的的病人只是少数，但长远来看，这部分病人才是我们的重点医治对象。”说到此处，助手的眼睛里有短暂的光亮，那正是丁学松常在程庆眼中看到的那一种。

显然，不管原来是何背景，这里的同事们现在都已经服膺于程庆所说的理想、理念，胸中都燃烧着那种看不见的火焰。

在外面大部分人还不了解，甚至完全不知道软性医疗和会心公司的情况下，这里大部分病人的来源是哪儿，丁学松已经了然。

果然，助手的话印证了他的判断：“现在我们跟许多医院建立了联系，这些医院会将情况适合的病人推荐到这里就诊。”

“如果你没来，我们会请你帮忙，在清淞医院建一个点。”不知何时，程庆也来到手术部，助手见他进来，知趣地走开了。

丁学松问：“那现在还没有跟清淞医院建立联系？”

程庆笑道：“没有，等着你出手呢。”

不久前，丁学松陷入职业生涯的低谷，他觉得自己跟清淞医院的关系已经彻底终结了，或者说，他想连自己都终结了。现在，他算是从深谷里爬了上来，而末日还远远没有到来，今后的人生故事，还可以有另一种写法。

程庆说："你跟清淞的那个结，早晚会解开，一切，还可以重新开始。"程庆瞟了一眼地下室墙面上被底光烘托的巨大装饰画，转过脸来，"重新开始的，会是一个新的世界。"

丁学松知道程庆在鼓励自己。正是这个老同学的循循善诱，让他走上了一条意想不到的新路。他被深深地打动了。

但是，这感动中又有一种说不出的怪怪的味道，一直在他心里蔓延。

程庆对此似乎毫无察觉，他进一步鼓励道："如果你愿意，可以指导别人，也可以自己多做几例手术。其实这里跟在医院时一样，做得多，感觉就更敏锐，也就更有系统的想法。"

丁学松又做了几起手术后，进一步细化了操作规程。他所经手的患者，无论是治疗生理或者心理上的疾病，还是改变生活方式，疗效都迅速而明显。当然，这些病人从此都会成为会心公司某种保健品（药品）的终生使用者。对此他们也都欣然接受，因为那些保健品本身都是日常的食物、饮品等。如果只是吃一些东西，使用一些香水，就能带来终生的健康，那也不是不能接受。

但丁学松一边工作，一边疑惑渐深。

接受手术的第七例患者是一位抑郁症患者，这让丁学松敏感了一下。

因为在被程庆拉出低谷之前，丁学松所陷入的困境，在病理上来说就是抑郁症。

这次他没多跟患者交流，只按部就班地完成手术，默默地观察、冥想。

患者在术后两天就愉快地出院了，他从助理医生手中接过装在绿皮长方形的盒子里的保健品，用手掂量了一下，助理医生说："这些足够用一年了，一年后再接着买吧。"

患者说："直接网购就行吧？"

助理医生说："没问题，不过我们也有实体店，您可以去看一下。祝您恢复健康。"

丁学松也与患者客套了一下。那个术前濒临崩溃的患者拿着绿皮盒子，带着与之前截然不同的愉悦和轻松走了。隔着玻璃窗，丁学松盯着那个绿皮盒子，直到它从视线中消失。

助理医生像是察觉到他的想法，解释说："他拿走的是口香糖。"

"口香糖？"丁学松不觉心中一凛。

"是，会心牌的，特殊的。"助理医生抛给他一块，包装是绿色，跟那个长方形盒子颜色一致。

丁学松将那外表跟普通口香糖相差无几的长条捏在手里，那是他不久前见过的一种包装。

他又细细地剥开，端详着那块胶质体，那是他不久前熟悉的样子，上面的纹理也是他熟悉的。

他将其放入口中，咀嚼起来，霎时间一股熟悉的愉悦感从口腔里泛出来，传遍了全身。这时，程庆的样子又一次浮现在眼前，丁学松甚至重新体验到那时他"爱上"这位老同学的快感。

片刻的陶醉之后，丁学松猛醒过来，将那胶质体吐了出来，放在掌心里。很显然，这就是那种口香糖，他曾经暗地里做过药物化验，成分肯定完全一样。这是会心公司成百上千种保健品中的一种，不算多特殊的一种。

在一瞬间，他似乎接近了某个浮出水面的秘密，一个与自己息息相关的秘密。这个秘密，让他不寒而栗。

手掌中的口香糖被嚼成了一种怪异的形状，此刻，在丁学松眼里，它散发着神秘而可怖的气息。

除了不合逻辑的药物成分配比，那些保健品并没有什么出奇之处，之所以能发挥效用，显然是跟手术有关。不合逻辑的成分配比，跟脑中制造深层记忆的药物配合起来，就营造出了最合乎逻辑，甚至超乎寻常的效果。

那么，会心公司的所有药品，是否都是经由脑部手术才会发挥效用？

程庆没有说明，但这是眼下最合理的推论。

所有的保健品，包括刚刚在嘴里咀嚼，现在黏在手掌上的这种口香糖。

也包括曾经嗅闻的香水……

那么，和程庆初见时，他之所以会对那口香糖、香水有强烈的反应，之所以会进入那种无比愉悦的境地，只有一个可能性——

他曾经被施行过手术！

脑部手术！

他，丁学松，一个权威的脑外科医生，竟不知什么时候被施行了手术。

这是个准确的结论吗？

当然不是！这不可能！丁学松虽然是个动过无数手术的医生，但从出生到现在，他本人从未接受过任何外科手术，脑外科手术更不可能。手术是非同寻常的事情，有谁能在他毫不知情的情况下，对他施行脑部手术？这绝对不可能！

这绝不是事实！

如果那是事实，就太可怕了，可怕到他觉得自己此前的人生通通都值得怀疑。

4

丁学松的心脏向上涌动，像抵达了嗓子眼儿。

他无法再继续维持跟老同学之间的所谓默契了，到了必须掀底牌的时候了，必须马上要求程庆讲出所有真相，必须要求他毫无保留。

他抓起电话，又放下，然后从沙发上站起身来，直接走向电梯。

大楼十层的会心公司总部，丁学松径直走向里间偏南程庆的办公室，推门而入。

正在打理写字桌的助理微怔了一下，起身说：“丁教授，程总刚才出去了。”

丁学松没有见到程庆，也没有看到预想中会见到的林敏，当然，他不便问林敏的去向。现在的情形不允许有杂念，他追问道：“程总去哪儿了？”

“我也不大清楚。不过，中午他可能会回家吧。”

丁学松风一样地冲出了房间，连带着桌上的一张A4纸被吹落到地上。助理将纸捡起，犹豫着要不要给程庆去个电话，想了想，又作罢。

丁学松虽然只去过一次，但是想要找到程庆的家并不困难。待到付完出租车钱，双脚落地，丁学松反而不急了，站在那个树木环绕着的小区前，他凝视了几秒，才迈步向前。

开门的是程庆本人，像早有预料一般，他很自然地做出邀请进入的手势。

丁学松站在门口，没有动，几乎不眨眼地盯着程庆。

程庆说：“知道你会来，只是不知道是什么时候。”

丁学松曾到程庆家中来过，近期有频繁的交往。因此，这个时候程庆说的“来”，完全是另一种含义。一切肯定与过去不同了。

丁学松在门口停了几秒，然后一边探身进入程庆家中，一边问道：“我有没有……被动过手术？”

程庆没有迟疑，肯定地答道：“动过。”

程庆嘴里的“动过”，在丁学松听来有如雷鸣，秘密被毫无保留地揭开，他最后的一点儿侥幸荡然无存。

最害怕的事情似乎总会变成事实。

丁学松的脑子飞速地转动着，也可以说是绝望地转动：究竟是什么时候，在什么地方，自己被实施了手术？为什么自己毫无察觉？最关键的是，是谁对他实施了手术？如果是程庆他们，他们为什么要这样做？这些问题本身就可怕，答案只会更加可怕。

但丁学松沉默着，此刻他找不到适当的用辞。他失语了。

反倒是程庆没有回避："确实有过手术，这中间的事情，比你能想到的还要多。"

丁学松在沙发上坐了下来，在这个坐的动作里，他勉强找回了能够继续正常交谈的能力。他克制着，期望自己不要歇斯底里，不要崩溃。坐定后，他的视线正好落到墙壁转角处，在那里，有一幅巨大而鲜艳的红色油画，是临摹的马蒂斯的《红色的和谐》。

丁学松强作镇定地寒暄："夫人不在呀？"

程庆说："曾小微出去了，出一趟远门，按照她的计划，是去写生。"

丁学松维持着平静——当然，只是表面的。此时，在只有他能看到的虚拟世界里，曾小微、林敏这两个女人，和程庆这个男人，跟鲜红的油画混合在一起，构成了一幅混乱的图画，那混乱的样子，恰似他所熟悉的人脑内部。

程庆居然开起了玩笑："你真的很关心我老婆呀，让我这个当老公的很感动呀……好吧，现在时候到了，该是我坦白一切的时候。我们先从人开始吧，先去见一个不是我老婆的女人吧。"

"谁？林敏吗？"丁学松脱口而出，毫不避讳暴露内心的想法。

程庆笑道："看来，你惦记的还不只是我的老婆。请你去见的是一个女人，但不是林敏。这个朋友，对，异性朋友，跟你的手术有关，也跟你的过去有关。"

丁学松站了起来。

程庆夸张地皱眉，自我纠正道："这么讲不准确，应该是，你跟她的手术有关。"

程庆慢吞吞地驾驶，轿车像是在公路上爬行的蜗牛。两旁的楼宇树木，行人车辆，电影般缓缓闪动。车内，丁学松如在梦中。

如果眼前这个他必须面对的残酷秘密只是他的一场梦，那真是一种幸运。

轿车驶向的地方，丁学松并不陌生，那是离市中心有一段距离的文化教育区——大学和科研机构林立。事实上，丁学松和程庆的母校也在这里设有分校。车子穿行、拐弯，在一个住宅小区前停了一下。刚一停定，像事先约定好的一般，程庆的电话响了。

程庆的手机通话声音很大，丁学松听得很清楚。电话那头是一个欢快、急促的女声："喂喂，你到了没有？"

——"刚到。"

——"我下楼去接你呀。"

——"不用了，你家我还是记得的。"

在电梯上升的短暂时间里，程庆透过反光镜检视自己的样子，以确定仪容上没有问题。

丁学松不知道程庆为什么会这样，是紧张？是重视？他不想深究，却又受到程庆的影响，也整理了衣着和头发。

电梯门刚开，侧对着的房门就同时打开了。一个短发、面孔白皙、穿着淡黄色T恤衫的女子迎了出来，向着程庆伸手："程庆师兄，太好了！你能来太好了！"

眼前这个人，让丁学松大感意外，不觉叫道："谭一青！是你？！"

谭一青一怔，问道："这位先生，咱们认识？"

丁学松觉得心脏都要从口腔里喷吐而出了，心想：怎么会不认识？正要再答话，却被程庆伸手向后轻拨一下。这是明确的暗示。带着满腔的惊讶和疑惑，丁学松不再作声。

程庆向谭一青介绍："这也是咱们的校友，不是外人，你……你可能年头太久，有些忘了，应该在学校里见过的。"

谭一青将两人往房间里让，说："那太好了，校友更好，就算不是校友，只要是师兄的朋友，我就当作是我的朋友。"

三人进屋，程庆转身，小心地关上房门，说："打扰了。"

"哪里呀？都这么久了，您还这么客气。其实，咱们这校友的关系就是不一样呢。您任何时候来都没问题。反正我是一个人，无所谓，只要您家里没意见就行了。"谭一青说着，转向丁学松，笑道，"不知这位学长有没有成家呀？您家里的，不会有意见吧？"

丁学松坐着，犹如坐在海水和火焰的交接处。最近发生了太多怪事，他原以为该有的震惊已经到了尽头，却想不到此刻又有更大的惊诧，而且是在程庆的示意下，只能隐忍不发的惊诧。

因为谭一青正是粉色女孩。

那个当年火热追求自己，甚至不惜以死殉情的药学系女孩，虽然时隔这么多年，但丁学松还是能一眼认出。

谭一青坐在对面，肤色和气质上确有变化，但模样一如当年。

经历过那些刻骨铭心的事情之后，丁学松一度失去了重新恋爱的能力，无法回首那些情节。在逃避不掉的回忆里，他一度不愿意直面某些姓名，而只用"粉丝女孩""绿色女孩"来代替。

现在，他终于有力量可以直呼其名。然而，这个曾经火热单恋自己的痴情女孩，已经全然是"相见不相识"了——她看着他，完全是在看着一个陌生人。

她是故作姿态，刻意做出不认识自己的样子来嘲讽和报复自己吗？不，"粉色女孩"谭一青从不是这样的人，也没有这样的心机和狠劲儿。从她的眼神和反应来看，她只是在友善地对待一个陌生人。要不然，就是她演得太好了，可谭一青没有这样的演技。

她笑吟吟地说："这位学长，见第一面就觉得有亲近之感。咱们以后肯定是好朋友。"

她确实是完全不认识自己了。是健忘症？还是记忆的丢失？

5

程庆看了丁学松一眼，转向谭一青："你的气色真不错呀，看起来还特别开心的样子。"

"是呀，现在没有什么不开心的事呀，尤其是师兄又来看我，还带来了另一位学长，可以交个新朋友。开心也是过，不开心也是过，人还是开心好。过去我那么不开心，真是傻死了。"

"看到你这样，我真高兴。"程庆一边说，一边朝丁学松看了一眼，目光中隐含恶作剧般的笑意。

不管内心还有没有痛，现在的谭一青看上去还是那种热情欢快的风格。她不住地招呼两人吃茶几上的零食，后来甚至干脆将盘子端起来，递到丁学松面前。而丁学松因为心中有"鬼"，所以只是动作僵硬地往嘴里塞了几粒葡萄干。

程庆将手机抽出来，兴致勃勃："我翻拍了几张上学时的旧照片，放在手机里，青春岁月呀，咱们一起看看。"

谭一青鼓掌道："太好了！"说着马上将脑袋凑过来。丁学松被程庆拉到近旁，搭着肩膀，三个人并排，看着那几张由纸质照片翻拍在手机上的影像。丁学松没想到，在那个智能手机和数码相机尚未出现的"胶卷时代"，程庆竟然留存了那么多照片。

谭一青连声赞叹，并要求程庆将照片发给她。后来，她指着一张程庆和丁学松的合影，说："这样看上去，你们俩关系真亲呀！"

程庆说："是呀，我俩可是铁哥们儿，照今天的话讲，叫好基友。"

谭一青说："那奇怪了，为什么我竟然会不认识您呢，丁学长？"

程庆摇晃着手机说："谁知道呢！那时候，可能是对面相逢不相识吧。"

离开时，两人站在电梯里，同时向谭一青挥手。电梯门刚刚关闭，还在下行时，丁学松就已经难以忍耐，用简直大到要让他自己耳鸣的嗓门吼叫起来：

“究竟在搞什么鬼？你和谭一青，你们……”说到此处，又觉得不妥——这当然不是谭一青在搞鬼，她看上去完全是无辜的。于是他转而问道：“谭一青怎么变成了这个样子？”

“她没有变成什么样子呀！你没觉得她其实没怎么变吗？除了对你。”

“对我变了？难道……”

电梯停住，程庆用手挡住电梯门，说：“谭一青没有搞鬼，鬼是我搞的。但是，是她让我搞的。”

一瞬间，丁学松像回到了那年的校园——

那时，在他给出否定回答的刹那，谭一青反而绽放出灿烂的笑容。

那时，他看不懂，现在，他看清了，那灿烂里含着凄厉，那笑容背后是绝望。

那天她笑着离开，不久后，就传来她自杀未遂的消息。听到消息时，他觉得自己跌入了深渊，那时他以为这已经是最深的深渊，其实，那不过是青春的深渊。他想不到，未来还会遇到更深的。

“是的，我是搞了谭一青的鬼。”程庆的话，将他拉回了现实，却不能带他脱离深渊，“但是，谭一青本人是合谋。是在她的同意，甚至是授意下，事情才变成了今天这个样子。”

人总在不断地面对意外，但是，一切真的都只是意外的结果吗？

程庆说：“谭一青想把你从她的库存里删除，然后，她真的做到了。”

删除！

丁学松好像听到有一把剪刀在空中咔嚓一声，把空气剪了开来，也将整个世界剪成了两半。

这是两半截然不同的世界，它们分别代表着过去和现在、表象和真相。而且这表象和真相不仅是分裂的，还是相反的。

程庆说：“事实上，与药物结合的脑部手术，只是我们治疗过程中一个次要的方面。心理咨询、保健品理疗，这些也是次要的。我们真正的职业，是修脑师。”

修脑师！这是一个丁学松此前从没听说过的词语。

程庆觉得是时候捅破最后一层窗户纸了。在他的抽丝剥茧中，丁学松一步步接近事情的真相：关于程庆、唐亚坚他们神神秘秘、念兹在兹的所谓软性医疗事业，其最核心的内容，就是修脑。那么，他们秘而不宣的身份、职业，就是修脑师了。

像是完成一种仪式，程庆郑重地伸出手：“欢迎你的加入，你一定会是最好的修脑师。”

丁学松犹疑地伸出手掌，被程庆捏在手中，紧紧地攥着、摇晃着，像拿到一件新的礼物。程庆此举，仿佛是说直到这时候，他们彼此才终于结成同一条事业发展之路上的盟友。

可是这条路，是他丁学松该走的吗？

程庆说：“病由心生，相也由心生。可以说，不光是身体上的疾病，还有精神上的病患，甚至人类一切的不如意、不幸福，都来自心，或者说是来自脑。修脑师不仅仅是一种职业，修脑也不仅仅是一种医疗。改变了脑，就改变了人，也就改变了世界，我们要修的，是整个世界，我们要造就的，是人类永久的、真正的幸福。”光芒从程庆脸庞上迸发出来，那激情澎湃的样子，超过了以往。丁学松必须承认，此时的程庆，就是一个圣徒。

在被深深感染之际，丁学松问：“谭一青对我……她的库存被删除，就是修脑的结果吗？”

光芒在程庆脸上消退，他像是从高空中缓慢地落地，由一个圣徒变回了常人。激情退去，信念依然坚挺，流淌在他的眉目和话语间：“她是最早一批接受修脑的人，因为她无法摆脱那种绝望，如果不是被修脑，她早就……早就不在了。”

丁学松不由得低下了头。他知道程庆所说的“绝望”是什么，那个“不在了”又是什么意思。

程庆说：“一个人的人生故事可以讲得很长、很复杂，也可以讲得很短、很简单，我们都是这样，谭一青也是，或者说，‘粉色女孩’也是。”

某年某月某一天，或者说，想不起也无法确定的一天，年轻的医学研究生丁学松突然被女朋友——“绿色女孩”背叛，他陷入了难以自拔的痛楚。这个时候，一直深爱着他的“粉色女孩”，也就是谭一青背对着他，说了曾经说过的话：“大男孩，我做你女朋友，咱们谈恋爱吧。”

此时的丁学松还陷在失恋的痛楚中，出自本能，他僵硬地回绝：“不，不行，不可能。”

“粉色女孩”谭一青离开了，样子仍旧是快活的。离开前，她说，在年轻的时候，能相信爱情，是挺好的事情。紧接着，传来她服用超量安眠药的消息。那一次，他晕厥了，并且留下了阴影，这阴影延续了多年。那是他的故事。

而那一次她被救活了，接下来，她也有故事。

程庆说：“安眠药只是她的第一次。”

第一次？也就是说，谭一青在那之后，还曾寻过短见，那么，那都是因为什么原因？

程庆说：“一共四次，她，只为了一个原因。”

只为了一个原因，那么，那个原因就是他丁学松了。从程庆此刻看着他的神情里，丁学松知道，答案是确定的。

丁学松觉得自己的身体像铅一样沉重。

程庆说，谭一青确实和当初一样，是个简单开朗的人，这不是表面的伪装，而是她真实的性格。正是因为这样，她才会主动、直接地向丁学松表达。大概越是开朗的人，越有一个最致命的弱点。

谭一青的这个弱点，就是丁学松。

八、手术

1

谭一青的故事在程庆讲来，确实很简单。可是在这个简单的故事里，绝望与挣扎源源不绝，她苦熬着，却始终熬不过。

谭一青第一次服用安眠药被洗胃后，在医院里醒了过来。程庆本人没有在场，他听到谭一青同宿舍的女生转述，谭一青醒过来时，仍露出暖暖的笑容，像是刚从一次普通的睡眠中醒来。

谭一青好转后，程庆和她的朋友安慰她："相信时间吧，时间会抚平一切。"

谭一青点着头："是，我要相信时间。"

后来的日子证明，时间对于一般人有效，对谭一青却无效。对谭一青来说，认准一件事、一个人，就像在心里种下一颗种子，斗转星移，那颗种子不但没有湮灭，反而像是埋在土壤里，受到阳光雨露的滋养，暗暗茁壮。那些年，丁学松再也没有跟谭一青见过面，谭一青却一直携带着她嘴里的"大男孩"的模样，佯装快活地度日。

程庆说："那些年，你没有看到她，她却一直看着你，她不是用眼，是用心，也是用脑。"

表面开朗的谭一青在大学毕业后的两年时间里轻生过两次。至于用哪种方式，自不消说。且这两次也都像大学时的那次一样，被救活了。

程庆说，她的心里应该还存在着一丝渺茫的希望，所以才没有彻底地放弃生活吧。每次，她都在生命走向终结的半途，折返。外界的搭救，可能只是起了表面作用。

醒过来后，谭一青就又像没事儿人似的了，但她身边的亲人朋友却自此警惕起来，时时刻刻地看顾着、防范着。

在这之后的十来年里，谭一青再没有轻生过。只是，直到成为所谓的“大龄剩女”，她也没有再对任何异性敞开自己的心。

在十来年的平安无事后，谭一青又出手了，这一次，是割腕。

也就是在那漫长的时日里，在众人觉得危险已经过去的时候，谭一青把自己锁在浴室里，浴缸里盛了满满一缸的水。这一次，经过十来年岁月的磨洗，她向死的意志更坚决了。只差一点，她就真正结束了生命。

谭一青能被再度救活，完全是出于偶然。那天她的一个邻居的快递送错了地址，送到了谭一青家门外。这个女邻居跟平日里看起来活泼开朗的谭一青关系好，有她家的一把家门钥匙。事实上，那份快递里还有谭一青爱吃的一款巧克力。谭一青也是个极矛盾的女子，一方面，爱吃爱玩的样子表明她对生活爱得要死，另一方面，求死的念头却一刻也没有从她心中消散。

邻居跑到谭一青门外收了快递，心想，干脆直接将巧克力给她，于是在外摁门铃叫门。邻居见没有回应，就给她打了电话，可是只听到门内的电话铃响，却迟迟没人接听。邻居只好取出钥匙，自己打开谭一青的房门。房门一开只看到淡红色的水流从浴室里渗出来，在整个房间里的地面上流淌。

程庆说：“这个女邻居，就是林敏。”

于是，谭一青又一次“幸运”地被救了过来，醒来后，她依然是平静安详的，看上去依然是快乐的。她冲着救了她的邻居林敏笑着说：“给您添麻烦了。”又说，其实不救她也挺好的，救了，她就感谢林敏。

林敏转过脸，忍不住流下了眼泪。

程庆说，林敏流下眼泪的样子，不是听她事后转述的，是他亲眼看到的。那个时候，他也赶到了医院。

程庆说：“我跟谭一青的联系也一度淡了，后来，除了林敏外，还有别的原因，让我俩又有来往了。”说到这里，程庆停顿了一下，还掏出手机看一看，像在犹豫着什么。

丁学松不关心程庆所说的“别的原因”是什么，只问：“所以，她就被修脑了？”

这是一个已经不需要回答的问题，程庆没有躲避。程庆说：“她虽然会去死，但是不会哭，一直笑着，这个，你应该了解。”

丁学松不由得回想起“粉色女孩”的灿烂笑容，是的，她总是笑着的。这时，一种酸涩的感觉泛上了他的鼻腔，他的双眼模糊起来。

程庆说：“我终于见到她哭了一次。她一下下地抽泣着，对她来讲，这程度已经相当于别的女孩子号啕大哭了。这是只有我见过的她。她哭着说：‘日子太漫长了，我忘不了那个人，总是忘不了，那个人就像马蒂斯的画一样，画总在眼前，撤不掉。’”

丁学松站了起来，带着愤怒。这是在为“粉色女孩”谭一青愤怒，现在，他是站在她一边的，他憎恨造成她漫长痛苦的那个人，虽然那个人就是他自己。他是无辜的，但有时候无辜的人反而更应该被痛恨。

在丁学松看不到的过去，在程庆面前，谭一青还是破涕为笑了。她笑着，却冲程庆说出比哭更凄惨的话：“救救我，好吗？”

程庆说，那个时候，会心公司的事业刚起步不久，我们的保健品的口碑已经在一些粉丝买家中流传，而修脑术方面还没有实例。在关于寻找手术志愿者的问题上，他和董事长唐亚坚有了不同的意见。唐亚坚认为，既然这项手术没有先例，难以被大众理解和接受，不如就先在医院和精神病院里寻找那些无望治愈的患者，实施手术，但只跟他们说这是一种新疗法，不必告知实情。程庆不同意这个提议，他坚持要寻找自觉自愿的患者。程庆说，他不反对在手术得到大面积推广后，再根据不同患者的情况，酌情告知患者手术的相关信息，但在开始试验的阶段，一定要找真正了解且愿意接受手术的志愿者。

但是，真正的志愿者很难找到。就在他和唐亚坚争执不下，手术迟迟未能真正实施的时候，志愿者出现了。

丁学松问道："谭一青是第一个接受修脑手术的人？"

程庆说："没有谁是第一个，只有第一批，她算是第一批。"

谭一青是第一批接受修脑手术的病人之一。显然，程庆或者说会心公司不愿在这所谓的第一批志愿者当中再排出先后顺序，虽然客观上来说，先后顺序一定存在。之所以不做这样的区分，是为了避免患者个人被更加突显出来，这对患者的康复和会心公司的发展不利。

丁学松心领神会。那些本就被病痛折磨得痛不欲生的志愿者，一定不希望在接受了这种试验性质的手术后，成为外界关注的焦点，他们多半更期望隐姓埋名地静养。就会心公司而言，将任何一个志愿者树立为第一个尝禁果的人，使他成为某种意义上的"英雄"的做法，会冲淡大众对软性医疗手术本身的关注。因此，不强调"第一个"，是一种态度和策略。

显而易见的是，第一批志愿者应当个个都有曲折的经历和难言的痛苦，个个都有堪比谭一青的故事。

但在此刻，除谭一青外，丁学松不关心其他任何人的故事。

程庆说，谭一青对修脑手术几乎没有任何犹豫。

谭一青没有犹豫，这让程庆非常意外。他原以为谭一青最终会接受手术，成为志愿者，只是源于她不同于一般女子的爽快的性格。

程庆当时告诉谭一青，他救她的办法是一种新的医疗技术，需要脑部手术，方法是从她记忆里彻底删除她对于丁学松这个人的所有记忆和情感，这样也就删掉了她的痛苦。同时，她经历过这次手术的记忆也会被一并删除，以便达成彻底的治疗。

2

虽是治病，但直接告知病人，他们要失去某种记忆，包括这次治疗的记忆，将会给他们带来巨大的心理压力。在人的本性中，藏着对于失去记忆的深沉的恐惧，因为这就相当于没有了过去。人之为人，其实是由过去的经历造就的。比“忘记过去意味着背叛”更准确的说法是：忘记过去就接近于死亡。人们对失忆的恐惧，跟对死亡的恐惧是相近的。因此，患者会对这种手术产生本能的恐惧和抵触。程庆之所以对谭一青痛快地接受手术感到意外，还不止上述原因。

程庆说：“丁学松，不知你小子身上究竟哪块肉有香气。我从没见过哪个女人，能在长久失去联系的情形下，这样无怨无悔地爱着一个人，多少年过去了，竟还要生死相许。她，怎么舍得把你割掉？”

在漫长的时光里，“粉色女孩”谭一青一直珍藏着对丁学松的情，尽管那只是单方面的，对方完全不知情的、痛苦无助的珍藏，她也曾真心地“相信时间”，努力地尝试忘掉他，但时间并没有让她如愿。

在尝试忘掉丁学松这件事情上，她很像希腊神话中滚着石头上山的西绪弗斯，每一次，她试图将那块叫“丁学松”的石头推上山顶，推向山的对面，推得远远的，石头都会重新滚下来，掉回原地。

对她来说，丁学松就像是伴她多年的爱人。

因此，程庆向她提议的手术，相当于让她放弃爱人，放弃她最宝贵的珍藏。这个提议对于一个如此重视爱情的女生来讲，原本应该是很难被接受的，甚至像捍卫身家性命拼死抵抗。

谭一青却爽快地答应了。

程庆不能追问，只好揣测——也许，谭一青在漫长的时间里太痛苦了，这痛苦的程度超出了陷入情网的一般男女，既然她会为了得到解脱，选择死去，那么她也会愿意接受另一种方式的“死”。虽然程庆也认为，谭一青几次轻生却没有死成的根本原因是她对生活还有留恋。尽管对爱情绝望，她还是个热爱生活的人。

谭一青这个人太特别了，心里存着死意的时候，脸上却仍然会有笑容。在被解救后，苏醒的刹那，她也会绽放笑容。这种所谓“表里不一”的性格特点，这种分裂，这种爱与痛纠结成的矛盾体，让人既心痛，又有些恐惧。

丁学松说：“听你这样说，感觉你快要爱上她了。”

在这种严肃而紧张的讨论中，丁学松竟然还会开玩笑，这连他自己都没想到，因为他平日里开玩笑的时候都不太多。不像程庆，时常油嘴滑舌，插科打诨。

谭一青的手术不是程庆本人亲自操刀，程庆说，面对这样一个熟识的志愿者，他虽然不是没有信心和把握，但为了避免个人情绪对手术产生哪怕一丁点儿的影响，他也应当回避。在一般情形下，医生倒没有回避熟人的需要，但对于这种尚处于实验阶段的手术，程庆想规避所有可能对手术产生不利影响的因素。当然，程庆全程观察甚至可以说是监控了手术。

谭一青的手术是成功的。

丁学松做了十多年的脑外科手术，都是治疗身体的器质性疾病，直到前不久才参与实施了几起脑部药物配合术（他至此还对这种手术的性质没有想清楚）。他从没有想到过，有一天，手术会在精神领域进行“切割重组”，从而直接改变人的记忆。

程庆说：“药物配合术对谭一青没用，她的病根子是你，因此得把你切除。”

通过手术改变精神领域的早期尝试诞生于20世纪初叶，两个葡萄牙医生开创的双侧前额叶脑白质切除术，主要用于治疗躁狂性精神病。脑白质切除后，原本经常歇斯底里的精神病人减少了攻击性，变得温顺。这项发明还为两个医生赢得了诺贝尔奖。可是不久，这种手术就被发现具有副作用，患者虽然会由狂躁变得平静，却也常常走向另一个极端，变得过于安静，并伴随出现记忆力下降、智能下降、人格缺陷以及阳痿、性冷淡等器质性精神障碍。于是，这种切除术在20世纪50年代之后被慢慢废止。到了21世纪，使用外科手术进行精神疾病治疗的技术，又从废止到有限制地使用。在2008年左右，我国有关部门还出台了规定，要求严格审核和监督采用神经外科手术进行精神疾病治疗和研究的行为，对违规的医疗机构和医师进行处理。而所谓的“进行严格审核和监督”，也就是认可了这种技术的使用权。

但是，会心公司的记忆清理术，与脑白质切除术截然不同。

程庆说，谭一青是一个在爱情的痛苦中挣扎的女人，做手术是为了解除那深不可测的痛苦。按照西方医学的标准，这样的极端痛苦何尝不是一种疾病？

丁学松内心并没有完全认同程庆所说，却不由得点了点头。

术后谭一青的一系列反应证明手术目的完全达到。开朗的性格仍然显现在她的脸上、身上，至于她隐藏起来的痛楚是不是被全数清除了，作为昔日校友，程庆不确定，而作为一个医生，他对手术的疗效很有信心。

虽然没有交流手术的细节，但是丁学松心里已经对手术的方法有了设想。他想到那些显微镜下的筒状机器人，想到了机器人在脑部情绪区跳跃、修剪的样子。如果它们的活动区域包括记忆区，那么只要在喷洒药水之外，给它们的机械臂上装上刀具，并将它们的手臂和手掌动作从按摩改为修剪、刈除，就能进行记忆清理了。

程庆说，记忆清理术其实跟脑白质切除术使用的是同一原理，只不过，那不是一把手术刀单独切割，而是一个超级军团集体行动。那不是宏观世界里的一种手术动作，这是微观世界里一场“破四旧”运动。

程庆用到“破四旧”这个词语，让丁学松不禁莞尔一笑。在谭一青脑中，他丁学松就是必须“破”之而后快的“四旧”之一。

要除去一个人对另一个人的记忆，就得从他为什么会记住这个人，以及为什么会记住与这个人相关的一些事情入手。至于一个人为什么又会失忆，目前的科学研究还没有完全得出结论。也许，那并不是能用科学做出解释的。而事实上，要处理这种记忆，也不必等到能够用科学完全解释清楚。在人类历史上，行动往往走在原理之前。

记住一个人的主要标志是什么？或者说，一个人在另一个人的脑中留下的痕迹，主要是包含哪些信息？从浅层来说，是形象；从更深的层面来说，是气味；再深一些，是基因。

记忆清理术其实就是将包括形象、气味、基因在内的所有信息全部删除。

有关于丁学松的一切，也是这样从谭一青的世界里清除的。

3

修脑术没有完成理论上的完整论证，却在实践中成功了。

也就是说，像谭一青这样的所谓第一批志愿者，实际上是接受了一个不确定性很大的手术。如果手术成功，就只是删掉了他们不想要的记忆；如果手术失败，他们就有可能变成一个精神失常的人，更严重者可能还会失去生命。

具体来讲，在谭一青的大脑里，需要清除的是丁学松这个人。那么，丁学松的痕迹，主要是样子（年轻时代的），还有气味等肉眼不可见的其他种种痕迹，就是应该被清除的目标。这些痕迹综合起来，就是丁学松的基因。

丁学松问：“你手里怎么会有我的基因？”

程庆说："咱们学医的都知道，人的一根头发，哪怕一块茧皮上，都携带着这个人的基因。"

虽然程庆跟丁学松是同窗，也是同宿舍的舍友，但已经多年没有联系。他居然留有丁学松的DNA样本，难道他早在学生时代就有此计划？

程庆说："上大学的时候，大家会从各自身体上取一些DNA样本做研究，大多数人研究做完了，就会把样本扔掉，但我都留着，不光是你，全班人的DNA样本我都有。虽然那个时候我不知道要用它们来做什么。"

在医科大学里，确实常有从自己或同学身上取来毛发、指甲、茧皮等，在显微镜下进行观察，再用化学手段进行分析的事情。只是谁也想不到，当年看上去大大咧咧的程庆竟会是这样一个有心人。

程庆继续补充："你的照片我们当然也有。运用现在的全息技术，让当年的平面照片还原为三维立体照片完全不成问题。"

记忆清理术的原理是对信息的清除，如果要忘掉一个人，便要将这个人的基因信息无限次复制，存入每个手术机器人的磁盘中，也可以说是机器人的"大脑"中，再由机器人进入患者脑部进行作业。手术过程中，通过搜寻检查，但凡患者大脑内部出现与机器人磁盘中的信息相对应的痕迹，机器人就会先后对该区域进行删除和抚平（抚平也是很重要的，涉及与此记忆相关联的情绪）。

从技术上来讲，机器人的删除动作，可以在发现信息对应时自动进行，但会心公司还是在手术设置里加入了人工操作——手术过程中，主刀医生对着显示屏上被显微镜放大后的人脑操控机械臂。程庆说，手术的部位毕竟是人脑，里面搞不清的东西太多。采用人的手动和机器人自动相结合，可以人为地决定删除哪些信息，留下哪些信息，从而为手术操作留有一定的余地。

丁学松说："所以，你自己不能做谭一青的手术。"

程庆微微低头："是。"

谭一青的手术成功了，这让程庆悬在嗓子眼儿的心放了下来。一段从大学时期开始的，一直难以抚平的情伤，居然真的可以通过手术来割除。一项手术居然真的能让一个人真正、彻底地忘掉自己从前一直忘不掉的人，从此开始新的生活，这种奇迹，居然真的在自己手里产生了！那一刻，兴奋而感动的泪水充满了程庆的眼眶。现在再与丁学松谈起这段往事，他的脸上不但挂着泪水，而且焕发着光芒。程庆说："身为医者，我们的职责是治病，但更重要的使命是为人类带来幸福。这项手术的成功，意味着今后我们将不仅仅能治病，而且能够改变整个人类。"

程庆说："我们让每一个人都忘掉疾病，也就治好了疾病。许多临床病例显示，癌症病人在忘掉自己的病之后，躯体上也痊愈了。"

程庆说："人生的不幸多数时候不是缘于躯体上的疾病，而是由于精神上的痛苦，删除它，我们就会有一个更好的人生。我们能用医疗手术，让每一位患者彻底摆脱不幸，这是多么壮丽的、值得献身的事业呀！这项事业就在你我手中。"程庆说着，情不自禁地握住了丁学松的手，像一个革命者握住了自己的同志，像一个圣徒挽起了另一个圣徒，将两只手高高地扬起。

丁学松缓缓将手臂垂下、抽出。此时，他更关心的是一些技术性的问题：要删除的如果不是关于一个人的记忆，而是一件东西，那也许是相对简单的；但如果要删除的是一件事情，或者几件事情，这在技术上要怎么实现？

程庆说，删除事情，当然更复杂，越抽象的事情越不好处理，但也不是无从下手。实际上，一件事情虽然包含很多内容，但这其中有一些核心内容，我们可以将这种核心要素称为"关键词"。在这里，关键词不一定是文字，或者说更多的时候不是文字，而是影像、声音、气味等。对于事情的清理，我们采用的是提取关键词并删除的方法，从原理上来说，当一件事情的几个关键词被删除，虽然其他信息还留在患者脑中，但是事情本身就会被忘掉。这种做法当然需要通过实践来验证，临床实践证明，这个办法基本上是可行的。

丁学松此时高度敏感，当听到"基本"两个字时，他捕捉到程庆的一点儿犹豫。

“基本上可行”是什么意思？那就是说，存在“不可行”的情况。

不需要言语，仅仅是通过目光，甚至是在沉默中，程庆就察觉到了丁学松的疑问。

程庆说，到目前为止，记忆删除术在像谭一青这样删除关于人的记忆方面，是百分之百成功且尚未发现后遗症的。至于单纯对物的记忆的删除，目前还没有志愿者提出这方面要求。想一想也是，谁会需要非得忘掉某件东西不可呢？记忆删除术在治疗生理疾病方面，也有两个案例，术后效果都非常好。其中一例是得了胰腺癌的患者，在我们让他忘掉得癌这件事情之后，他身体里的癌细胞居然也跟着消失了。这种由心理影响生理的治疗方法，本来只是我们基于理论上的推测，没想到实际运用起来真有奇效。整体而言，在删除关于事情的记忆方面，我们一共进行过六例手术，其中五例都是成功的，只有一例出了点儿小纰漏。

“小纰漏？”丁学松的声音不由得大了一些。

程庆垂下眼睛：“这样的情况，是难免的，也是正常的，这项手术毕竟还处于实验阶段，能保持这种成功率已经是罕见了。出问题的只有一起，而且后果还不是很严重。而且……而且不一定不能挽回。”

接受记忆清理术的志愿者中，有一位大地震亲历者，他不是地震发生地的本地人，而是个游客，所以在这场地震中并没有亲友伤亡。但是，他因为目睹了地震后的惨状，受到了严重的心理创伤，并从此被困在梦魇一般的地震记忆里难以摆脱，最后竟然跟谭一青一样，试图自杀。

丁学松问：“所谓的手术纰漏，是指他脑中关于地震的记忆没有被删除？”

程庆说：“不是，删除很成功，他完全忘记了那次地震。”

丁学松又说：“那就一定是手术伤及脑部组织。他是不是出现了一些精神障碍的症状？”

程庆摇头否定："没有，他的精神一切正常，还就此消除了抑郁症状，开始了新的生活。"

丁学松疑惑道："那么，这个手术算很成功呀，有什么纰漏呢？"

程庆回答："确有纰漏，他是忘掉了地震，但是，他不仅忘掉了那场地震，还忘掉了地震这个概念。"

4

忘掉了地震的概念，是什么意思？

未等程庆回答，丁学松已经很快地领悟了。

像谭一青等其他志愿者一样，那位患者丢掉了计划内需要删除的地震记忆，也丢掉了最深的痛苦，恢复了正常的生活，一切是那样顺利，如果把这名志愿者算在内，记忆清理术就获得了百分之百的成功，这在医疗科研史上是空前绝后的。

然而，不久后，问题出现了。

这名接受了记忆清理术的患者在家看电视时，看到海外的一则地震新闻报道，问家人这是怎么回事。家人生怕刺激勾起他的痛苦记忆，连忙转了台，他却执拗地转回，追问。家人只得小心翼翼地说，是地震，在很远的地方。他一脸茫然地问道，地震是什么？

原来，他不但忘掉了那场他所亲身经历过的地震，而且完全忘掉了地震的概念。无论旁人怎么解释，他都无法理解。在这个概念上，他的理解力和接受力像是受到了完全的阻塞。在看影像和书籍资料时，明明眼前所有的文字，他都认识，但就是无法理解什么是地震。他不仅忘掉了地震这个概念，而且失去了重新学会这个概念的能力。

程庆说，这应该是术前在设置关键词时，发生了问题，因此没能更清晰地区分抽象概念和具体事件。这确实很复杂，因此出了纰漏。

“如果患者接受了记忆清理术，将一个概念从他脑中删除，那么即便之后他重新学习，这个概念也再难被接受了？”丁学松与其说是发问，不如说是想确认一下自己的判断。

程庆点头：“手术方法是清理相关痕迹，因此，清除后的情形，比接受这个概念前更干净、彻底。不但把事件相关的记忆清除了，而且还让患者从此对与这类记忆相关的一切产生了排斥效应。就像是不但将地上的草拔了出来，而且还洒上了除草剂，就像……”程庆想说出更贴切的比喻，因为想不出来，一时语塞。

丁学松继续关心技术问题：“这个人此生想知道什么是地震，就没有希望了？”

“不。”程庆回应道，但说这个“不”字的底气并不是很足，“还有希望，如果……如果他愿意接受另一种手术，而且手术成功。”

“另一种？”

“是。”程庆脸上的光亮继续闪烁，显出一些诡秘的味道，“那是一种比记忆删除术更复杂、更美妙，能解决更多问题的手术。因此也是更难进行的手术，这是修脑术的最后的难点、最高的山峰、最亮的皇冠。如果掌握了这种手术，人类社会将发生彻底的改变。这种修脑术的学名尚未确定，但是类比记忆删除术，我们可以先将这种无与伦比的手术，暂称为记忆植入术。”

记忆植入术！

不用详解，仅从名称，丁学松就知道了手术的内涵。

如果往一个人脑中植入记忆，也就是说，让他相信了他没有经历过的事情，那么，他对自己的认识，对世界的认识，就会改变。那么，他还是他自己吗？

如果用记忆删除术将一个人原有的记忆全数删除，再植入全新的记忆，那么，他将完全变成另一个人，虽然他的外表在旁人看来，跟过去完全一样。这是多么怪异、可怕的手术。

丁学松心想，由唐亚坚、程庆主导的会心公司目前的医疗水平，离完全掌握这种手术还相差很远，但只要一件事情起了头，要走下去就不成问题。

从程庆那“激情燃烧”的样子看，他一定不会拒绝将这条路走到头的。

这种科幻小说里才有的技术，最后竟然是由程庆这样的脑外科医生来达成。可如果不是由医生来达成，又会由什么人来达成？

技术是中立的，只看用在什么地方，只看使用者是天使还是魔鬼，用途是造福还是造孽。看程庆的样子，显然认为自己是天使，是在造福了。

带着面对悬崖般的心情，丁学松继续试探：“记忆植入术开始试验推广了吗？”

“不，完全没有。”

丁学松松了一口气，努力维持表面的镇定。这种维持是笨拙的，因为程庆一望而知。

程庆微皱眉头，说：“不过，已经进行过一例手术，在一个人身上。”

“谁？”丁学松不由自主地脱口问道，声音和身体都有明显的颤动。

这是在两人不久前来过的一家咖啡馆里。这个傍晚，馆内有些不寻常，空空荡荡，不仅没有其他客人，连服务员也没有站在柜台后面。窗边的桌前，虽然拉上了窗帘，但这个城市里少见的火红色晚霞仍然向屋内透进光来。在丁学松的对面，红光顺着程庆的脸侧缓缓滑过，他的脸先是变亮，然后又变暗。一贯滔滔不绝的程庆沉默下来，定定地盯着他，面容也僵硬下来。

沉默持续了近两分钟，墙上挂钟的走时声清晰可辨。如此，丁学松就明白了，这沉默就是对他那个“谁”的问题的回答。这个回答虽然是无声的，却是明确的。

他觉得自己应该愤怒，但看着程庆，他不知为何又愤怒不起来。他觉得自己应当恐惧，但似乎也没有想象中那样的恐惧。已经落入这步田地，他几乎可以克制地接受一切命运的安排。

他要平淡、有尊严地打破沉默：“我究竟是什么时候，在哪里，被动了手术？”

程庆犹如从梦中惊醒，答非所问：“世界上只有一个人，接受过记忆植入术。世界上只有一个人，同时接受了药物配合术、记忆删除术和记忆植入术。”他停顿一下，重新注视着丁学松，“当然，这是同一个人。”

沉默再次笼罩空空荡荡的咖啡馆，这是一次更长的沉默，许久才被打破。

“什么时候？在哪里？还有……”

程庆站起来，一只手不觉中攥成了拳头：“时间、地点，你现在觉得重要，但更重要的是为什么。了解了为什么，时间、地点，还有你的不知不觉，这些表面上可怕的事情，也许就没有那样可怕，也没有那么重要了。”

“那么……为什么？”

程庆像要使出全身力气来表达，以致身体有些微的抽搐：“为什么我们是医生？为什么我们要献身医学？难道我们仅仅为了治好那些无聊又简单的疾病，拿取一份报酬，苟活于世？难道我们不是为了人类的幸福在奋斗吗？难道真正改变这个世界，让人类迈向更高境界的，是那些政客或者那些贪婪的资本家吗？不，是我们医生，必须是我们医生。只有我们掌握着手术刀，手术刀是多么伟大的事物！在为人体做手术的同时，我们还要真正地为社会做手术，为全人类做手术。现在，技术已经发展到了这个程度，所以……”

“所以，要先拿我的脑袋开刀？”

“当然，当然应该是你。”程庆的手臂在空中挥动，犹如被北风吹动的树枝，“难道这不是一个最好的医生最完美的经历吗？我也希望是我，我百分之百地愿意这个人是我。但是，这个世界上唯一的、最好的脑外科医生只有一个，叫丁学松。只有他，配得上享有这种荣耀。真正的医生不仅仅在志愿者身上进行试验，更会在自己身上进行试验。只有你丁学松，在亲历了伟大的修脑术之后，以自己的亲历为开端，才是一个最辉煌的开始。”

“所以，你就在我不知情的情形下，为我安排了我不知道的这种‘辉煌’的命运？”从自己的声音里，丁学松听到不正常的冷静，冷静得陌生。

一丝扭曲的微笑在程庆嘴角掠过：“你怎么知道你不知道？”

丁学松像冰一样僵住了。

5

过去究竟发生了多少他不知道的事情？现如今存在于他记忆里的那些事情，究竟是不是真的发生了？

程庆持续焕发着热情：“一个人当然关心与己有关的事情的真相，会对不明确的、自己记不起来的事情产生恐惧。但是咱们，或者说你丁学松，不只是一个普通的人，你是最好的医生，没有之一。别人没有这个资格成为这个开端，只有你可以，也只有你配得上。想一想，从此以后，只要可以修理人的脑袋，每一个人都可以因此变得更高尚，更有道德，这样的世界将是前所未有、无与伦比的。这是自古以来人类理想中的世界，对于构建这样的一个世界，几千年来那些政客、文科知识分子都只停留在幻想的层面，真正能将之付诸实践的，是我们医生……”

丁学松期望对方能从宏大的亢奋里冷静下来，问道：“那个忘掉了地震的人，要想让他重新建立地震的概念，就要通过记忆植入术，重新植入地震这个概念？”

“是的。”程庆的头微微偏了一下，这个动作使他看上去更像一个掌控一切而又有些不耐烦的人，“除了植入地震这个概念，难道不该植入更多记忆，让一个人变得更好的记忆？”他的臂膀又在空中挥动了一下，“为什么不呢？”

“这个手术，也就是记忆植入术，对这个患者还没有进行吗？”

“没有，记忆植入术目前只进行过一例，成功率是百分之百。”程庆正视丁学松，这个举动再次确定了他所说的“一例”，让丁学松不再抱有侥幸心理，“但是，马上就不会只有一例了，未来会有百例、千例、万例、亿例，成功率也不可能一直是百分之百，失败率也许会很高，但是，一切都是值得的。”

这样，程庆所谓的理想，所谓的修脑术，所谓的软性医疗，就已经在丁学松面前完整地展开了，犹如马蒂斯的一幅巨大的油画。在这样一幅画卷前，丁学松呼吸艰难，像即将溺水的人。他希望抓住一点儿能支撑自己的东西，艰难地问道：“那么，对我实施的手术，我当时同意了？”

“难道不应该同意吗？”

程庆炽热的目光毫不回避。这种没有答案的回答，反而使丁学松的目光不由得避开了。

墙壁上挂钟的秒针嘀嗒嘀嗒，钟在走，时间却像是停了下来。

在静止中，程庆先前一直在空中挥动的手臂慢慢地垂了下来，这表明他已经由炽热的状态渐渐冷却下来。像一个附在他肉体之上的激动的魂灵终于离开，他恢复了常态，有些不好意思地笑了：“刚才有些激动，在你丁大师面前装逼了。”

“你没有装。”丁学松说，“真正不知道装没装的，是我。我都不知道我的脑子里被弄进过些什么。”

程庆蜷缩着坐回椅子，用手掌按着额头：“抱歉，我知道，事情对你来讲很严重。但今天有些累了，脑子里有些乱。我想……明天，或者换个时间再谈，可以吗？”

一个被不知不觉进行过手术，可能整个世界都被颠倒了的人，是多么迫切地想要了解真相！可现在掌握真相的人却说他累了，改天再说，这是多么荒唐的局面！

但丁学松还是接受了这个提议。

他看出来，缩在椅子里的程庆真的累了，被长时间以来积攒的紧张和压力所累，被刚才过度的亢奋所累。他累了，就意味着游戏要结束了，他一定会和盘托出的，何必急于一时呢？

另外，丁学松已经有了新的打算。

这一天，两人从咖啡馆出来，没有同行，而是各自回家。分别前丁学松关心地问程庆有没有问题，程庆说不妨事，只是累，休息一下便好。丁学松还叮嘱对方一路小心，仿佛面临巨大问题的人不是他丁学松，而是程庆。

直到程庆从视线里完全消失后，丁学松才放松下来。这时，他周身的恐惧、犹疑、迷惑、震动才像火山喷发一般，蔓延开来。

他看着街道上矗立的树木、两旁的建筑、穿梭的车辆和来往的行人，觉得一切都不一样了。

这还是自己所认识的那个世界吗？或者说，眼前的这个世界是真实的吗？

他完全是下意识地回到住所，直到进了门他才有了主动意识。他转过身去，小心地锁上房门，把另一道锁也挂上。

他在做出防范的动作，虽然明知没有什么人需要防范，或者说，无法防范的可怕事情已经发生了。但他还是要做出动作，让自己有个密闭的空间，不让人有侵入的机会。

哪怕他的大脑早已被侵入。

他坐在沙发上，用深呼吸来平复自己。

现在可以确定，一切都不对头，或者说，“不对头”这个词组已经不足以形容目前的局面了。

丁学松拿出手机，翻出通讯录，一页页滑动着。身旁无人，他却想尽量让自己滑动手机的动作更从容一些、更漫不经心一些。他希望这样能带来心理暗示，让他在眼前的迷局里有一丝真正的从容。

但手指仍禁不住地颤抖着。

翻看通讯录的动作也是下意识的。在这个过程里，丁学松才明白，他是想找人交流，或者说，“交流”这个词已经不准确了，它太温和了。他是想向人求助，或者说求救。

对，求救，以目前的情形，到了必须求救的地步了。

他已经不能继续信任程庆了，不能信任的原因不是说这个老同学对自己有欺骗和歹意，而是这个人本身已经不对头了，这个人已经全情投入了不对头的事情中。

也许应当等到程庆告诉他被实施手术的真相之后，再向外界求救。他一直相信，程庆不会隐瞒，而是会等到最合适的“时机”，和盘托出。

但现在，他等不及了。

假如等到那个时机，也就是程庆所设想和计划的时机，也许一切就为时已晚了。

翻看着通讯录，他猛然醒悟，他已经处于一种奇怪的封闭状态，或者说是在自闭状态里很久了。

最近，他虽然一直在跟人打交道，却完全是在一个全新的圈子，那是应该以程庆为开端的一个圈子。以前的生活圈子，他已经完全脱离了。因为一次莫名的医疗事故，他几乎不能继续生活下去，几乎完全变成了另一个人。他跑到一个别人找不到的住所，与其说要重新开始生活，不如说是放弃了生活。这个时候程庆出现了，成了他的拯救者，他居然真的就此开始了新的生活，甚至还开启了以前的自己无法想象的新事业。

而这是一种什么样的新生活、新事业呢？

不知不觉中，像有一个巨大的陷阱张开了嘴。现在他已经掉了进去，不但见不到底，而且完全不知道自己是从哪一天、从哪个洞口掉进去的。

他看着通讯录里一个个的名字，有些让他犹豫了一下，又放弃了。这其中，停留时间最长的一个，是成齐。他盯着她许久，食指点了几次，几乎要拨动时，又断然停下。

他要躲避、斩断的过去，不正是以她为中心的吗？

这么久了，她应该已经习惯了没有自己的生活。他这个时候再出现在她的面前，还拉着她一起面对这个不可知的陷阱，即便她愿意，对她也是多么不公平。他又有什么脸面在这个时候去找她？

除了她，还有谁能给予自己这样的信任？如果连程庆都不可以信任。

在清淞医院神经外科主任郭临这个名字前，他也犹豫过，但也放弃了。

他继续在通讯录里滑动，滑到最后几页，有一页已经翻过去了，几个名字在眼前一闪而过。他停了一下，又翻回，一个不大熟悉的名字跃入眼帘——

朱海丛。

九、自首

1

朱海丛？这个名字他似乎没有什么印象，应该不是太熟悉的人。

不熟悉的人的电话号码被存在通讯录里，这对于像丁学松这样的医生来讲，不算稀奇。这个朱海丛不知是什么时候留下号码的。

出于一个医生的严谨，为了备查，丁学松习惯于在将电话号码录入通讯录时，同时录入该号主的身份、单位等信息。如果对方是患者，他还会录入该患者当时所患的病症，所接受的治疗情况等。因此，这个朱海丛也该有其他的信息。

简短的四个字映入眼帘——分局警官。

丁学松恍然大悟，他想起了这个人，与此同时，他不由自主地站起身来。

他明白自己在通讯录里找什么了。

这个人就是朱警官，就是那个险些被误诊开刀的警察。当时，他因为不经手入院手续，所以对“朱海丛”这名字印象并不深刻，只是一直记着“朱警官”这个称谓。

那么，现在他要做的，是报警吗？

目前这种情形，报警绝不是小题大做。虽然他还不能判定，这是否算得上是一起刑事案件。

他毫不犹豫地拨通了电话。

只“喂”了一声，对方就应道：“是丁教授吧。”那种语调让他马上确认了这个人，那种懒洋洋的味道实在太独特了。

丁学松说：“是我，我想找您……”

没等他说完，对方马上应道：“您在什么地方？我马上去找您。”

丁学松没有说出完整的地址，对方已经应声“知道了”，便挂断电话。也就是说，朱警官并不需要从他嘴里听到具体位置。

丁学松坐在沙发上，听到敲门声。房外有电铃，朱警官却用手敲门，这符合丁学松对这个警察的印象。

朱警官进来时，大约是窗外的阳光太刺眼的缘故，眼睛有些蒙眬，说话也有些含混：“这个地方倒挺不错的，一个人过日子挺舒服，蛮好的，蛮好的……”说这话时，他自行从茶几上拿起一只茶杯，在饮水机下接了水喝起来，“丁教授，真要感谢您，上一次，多亏了您。”

丁学松说：“朱警官，我有事情，要……要报警，但不知道是不是该报警。”

“是您自己的事情，还是您看到的什么？”朱警官不紧不慢地问道。

丁学松正待回答。朱警官在大口喝水后，随手将茶杯放在沙发边的角柜上，发出“咚”的一声。

丁学松一时语塞。

他的目光落在那个咖啡色的角柜上。在那里，有着他快要忘记的一件事情。找朱警官来时，他竟然没有想起还有那件事情。但现在，那件事情就在朱警官的手按着的茶杯之下。

怎么办？该不该提起？

短暂的时间里，丁学松需要反复斟酌，但再怎么反复，此刻也容不得他犹豫了。如果不先把这件事情了结，他怎么能继续跟朱警官，或者说跟警方打交道？

他决断了，说："我要自首。"

朱警官让到一边，眯缝着眼，看着丁学松从角柜抽屉里抽出一个银灰色的袋子，看着他将那东西放在茶几上，看着那袋中的白色粉末在阳光下反光。

朱警官抬起头，仍然眯缝着眼："这东西，你怎么会有？"

"买的……"

朱警官的动作像是很缓慢，却又在很短的时间里，有条不紊地戴上了两只薄如蝉翼的白手套，一边将袋子拎起来看着，一边问道："你有没有吸食？"

"没有，但，我本来是想……"

朱警官不知从哪里拿出一个更大的袋子，将那个银灰色的塑料袋放进去，折叠一下，塞在挎包里。他便衣打扮，不穿警服，土黄色挎包也不像个寻常的公事包，倒像个有些粗犷的牛仔包，但要是仔细看，会看到上面印着小小的警徽。

朱警官一边做着这些动作，一边问："还记不记得，是谁在哪里卖给了您？"

丁学松不由得挺直身子："现在，算是审问吗？"

朱警官笑道："哪是什么审问？我是来看老朋友的，还是救过我一命的老朋友。"

丁学松说："我没有救过你一命，只是避免了一次不必要的手术。"

朱警官说："好吧。不管怎么样，您都对我有恩呀。虽然我是个警察，但是也得讲人情，不能翻脸不认人呀。"

丁学松问："像我这样，有多大的罪？"

朱警官的眉头略皱了皱，很快又舒展开，这种舒展让他的眼睛也睁得大了些："您这个呀，怎么说呢，没有吸食，罪肯定要轻些。不过您也有买毒、藏毒的情节……不过，您不是主动跟我讲了吗？所以，肯定还能更轻些……"

"我算是向您自首？"

朱警官有些无奈地点点头："好吧，就按您说的，算自首，虽然我现在不是以警察身份，而是以一个朋友的身份坐在你面前。”

“有自首的情节，会在量刑上酌情减轻吧？”

朱警官又笑了，露出洁白的牙齿：“您的这点儿过失，不能说没事儿，但统共也就那么点儿事儿，何况我也是人，我就不能稍稍变通一下，不追究呀？而且还有一点……”他歪过头，眨了两下眼睛，“如果您还记得那个卖给您的人，讲出来，就更好了。”

丁学松不由得抽动了一下鼻子，深吸了一口气，许久前的一幕重现在眼前：七拐八拐的巷弄，那名叫郝涛的年轻人，被他一眼认出，对方却不承认。

他想到郝涛的姐姐，还有那个他没有见过面，却由他安排了手术的孩子。他们的生活状况一定是困顿的，而接受手术和治疗需要花费一大笔钱。

他该不该说出来？

他微闭上双眼，生硬地答道：“记不得了。”

此时有一股奇怪的空气，弥漫在丁学松微闭双眼的动作和生硬的语气里，两个人都清晰地觉察到，丁学松没说实话。这个事实太过明显，以至于双方心知肚明到有些滑稽，加上丁学松沉重的喘息声，反倒让朱警官有些不好意思。朱警官的语气近乎温柔：“放松，放松呀，没什么大不了的……对了，您叫我来，就是为了……为了自首？”

丁学松长嘘了一口气，说：“自首了，才能放下负担，告诉您真正要讲的事情。”

“真正的事情？”

丁学松又微闭上眼睛：“现在脑子有些乱，我得想一想，怎样才能说清楚。”

朱警官反客为主，帮丁学松倒了一杯水，推到丁学松近旁：“要不，先不急，先跟我去散散心，理理思路再说……”

丁学松霍地站起身来：“现在就走。”

朱警官仍然坐着，拽拽丁学松的胳膊：“不急，不急，你先喝口水，慢慢来……”

几分钟后，丁学松上了朱警官的吉普，听着车子发动时响起的巨大轰鸣声，听着朱警官“这老爷车早就该换了”的咕哝。朱警官哼起了一支曲子，像是一首老的台湾流行歌曲，但丁学松记不得是谁唱的了。

丁学松问：“咱们去哪里？”

朱警官说道：“警局。”

丁学松沉默下来。

朱警官一边用胳膊肘带着方向盘，一边转头冲丁学松笑了一下：“怎么又那么严肃了？放心，是去散心，不是把自首的犯罪分子捉拿归案，是请朋友去做客。”

丁学松继续沉默。

朱警官说：“好好好，现在本警官正式宣布，因丁学松医师主动提供线索，坦白情况，他所犯的小过失不予追究。”

丁学松勉强笑了一下。从后视镜里，他看到自己有些别扭的笑容，跟朱警官满不在乎的咧嘴憨笑并排，像一张别具特色的合影。

2

抵达警局，丁学松跟在朱警官身后，穿过一间长条形的办公室。如今警局内的布置也与国际接轨，颇像一个宽大的写字楼办公室。警察们分坐在各自的办公桌前，对着电脑，样子也都干净整洁，有的还戴着眼镜。如果不是穿着警服，倒像一群公司白领。看到朱警官进来，警员们纷纷起立招呼：“朱队，回来了。”“老朱，又到哪里去鬼混了？”

朱警官一边脚步不停地往里走，一边摆手示意：“别别，别这么列队欢迎，你们这是假装热情，没看我这朋友，本来人家进局子就紧张，还以为你们要摆什么鸿门宴呢。”

丁学松一边跟着走，一边向着两边的警员点头致意。走到尽头，听到身后传来笑语声：“瞧瞧老朱，带来的朋友一看就是知识分子，是他的好基友吧，哈哈哈……”

两人穿过警员办公区，朱警官推开双扇门，进入一个别有洞天的空间。当门在身后合上时，周围就安静下来，只听见两人的脚步声。

丁学松一边走，一边问道：“您带我到这里来，不是真的来散心吧？”

“散心呀，当然是散心。”朱警官不知何时，手里多了一根牙签，在嘴角边捅来捅去，“当然，散心也可以安排一些特别的项目，这也是没问题的。”

又推开一扇门，用一片磁卡刷开一扇门后，朱警官按动墙壁上的开关，打开了灯，说：“到了，就这里，可以歇歇了。”

丁学松面对着一面宽大的玻璃窗，窗外却不是户外，而是另一个房间。透过玻璃，可以看到那个房间里摆着方方正正的桌椅。

朱警官说：“您这样的人，肯定不会大惊小怪了。没错，传说中的透明审讯室，玻璃那边的人，看不到咱们，咱们可以看到他们。”

朱警官拿起挂在墙上的电话，说一声“带人来吧”。不久，审讯室里果然有人进来，是一个年轻的警察带着一个穿着黑色衬衣的人。警察让那个人坐定，面对着这边的窗户，在一旁询问着什么。玻璃这边的扩音喇叭没开，丁学松和朱警官也听不到。

但丁学松的视线马上锁定在那个穿黑衬衣的人的脸上。

丁学松站起身来，他在一瞬间就认了出来。

这个人正是郝涛，一个患病孩子的亲人，一个向他兜售毒品的“犯罪分子”。

他卖给丁学松一包毒品，只要了五元钱。

朱警官慢条斯理，在一旁摆弄着牙签：“看清了吧？”

丁学松的喘息声清晰而不均匀，同朱警官平静稳定的呼吸声混在一起。

朱警官说：“你是讲义气，所以不吭声吧？”

丁学松站起身来，声音变大，使空气发出嗡嗡的响声：“这是个可怜的人，他……他就算不是无辜，也是迫不得已……”

朱警官做出下压的手势：“您别激动，别激动，我知道的比您多。”

“您知道的不会比我多。”

“不，一定会比您多，多一点儿——关键的一点儿。”

朱警官执拗又懒散地坚持，让丁学松听出了弦外之音。

“难道……”

透过玻璃窗，丁学松看到审讯室里的年轻警察离开了，只留下郝涛一个人。

郝涛这时站了起来，两手向上翻卷，脱掉了黑衬衣，露出了白色的T恤。他好像能看到这一边似的，冲着玻璃窗挥了挥手，努力地笑了一笑，就像是在冲着丁学松笑。

朱警官说：“咱们进去吧。”

进入审讯室后，年轻的“犯人”郝涛生硬地向丁学松深鞠一躬：“丁教授，谢谢您上一次帮了大忙，救了我外甥。那一次，我还不知道就是您，后来……后来知道了。”

丁学松又仔细端详了对方，说：“你是郝涛，没错吧？那么，上次在那个小巷子……”

“是我，没错，但当时，我不能跟您相认，我……”

朱警官说：“好了，郝涛该去休息了，别在这里待太久，让人起疑。”

年轻的警察近乎无声地进入审讯室，不发一言，只跟朱警官点头致意。郝涛重新穿上黑衬衣，跟着离去，临走前，又向丁学松鞠了一躬。

丁学松听着郝涛和年轻警察离去的脚步声，直到完全听不见，转向朱警官：“到底怎么回事？郝涛是不是……毒贩子？”

“是呀，”朱警官满不在乎地答道，“一个小毒贩子，他还有老大，他的老大的老大，您可能认识。注意，我说的是可能呀……贵公司董事长唐亚坚可能是个超级老大呀。”

丁学松进入会心公司以来，一般都是跟程庆打交道，跟老板唐亚坚只见过几面，却对他印象深刻。这个瘦削的有着特殊的羞涩的人，第一次相见就让他产生了强烈的似曾相识之感。

“你怎么知道我的老板是唐亚坚？”

朱警官玩世不恭的做派很气人：“喂，兄弟，你别忘了你是在跟警察说话呢！警察想要知道一些事情，不难办。另外，你不想知道郝涛的秘密吗？”

“难道他还有什么秘密？一个可怜的小毒贩子。”

“是是是，他是小毒贩子，罪有应得，不过，他还有一个身份，没几个人知道——他是个协警。”

“协警？”

朱警官一拍大腿，装出夸张的纠结状：“你看我，真是大嘴巴。好吧，反正现在你丁教授不会也没机会去出卖谁了。他是跟我单线联系的协警，没人知道。协警平时挣得不多呀，也就正规警察的四分之一。要是破一个大案，我手里的经费可以给他一大笔。他需要钱，还他外甥医药费的债……”

丁学松又怒又疑：“那么，让他把那东西卖给我，也是你们的授意？你们是警察呀……”

朱警官说：“冤枉。怎么可能是我们警察呀？我们也不知道你在哪儿呀。郝涛既然混在那些人里面，总得做些事情让人家相信吧，不然可能命都没了。你没被拉下水挺好的，要是不小心沾上了，那……那就难说了。幸好有郝涛，还有其他朋友，让我们及时了解了你这个大医生的动向。我还知道，你到会心公司不到半年，已经经历了三个部门呢。贵公司董事长唐亚坚这个人不简单呀……”

丁学松此时还不愿提到程庆这个名字，说："唐亚坚这个人，其实我不大熟。"

朱警官说："你不熟太正常了，一般人也弄不清。就是我老朱，到现在也不能确定。你说说，你知道多少他的来历。"

丁学松说："太多也不知道，好像……是从美国留学回来的海归，带了资金，以及软性医疗的想法，回国内创业。"

朱警官笑道："呵呵，美国留学。他应该去过美国，不知道学了什么，至于资金，多半不是从美国带回来的，没准是从一个比美国穷得多也小得多的国家，一个咱们的邻国。"

"从哪里？"

"不确定啊，现在还不确定。干警察的，确定什么都得证据，也是累呀。就把确定的和不确定的事情掺和在一起讲吧：当年有个人，叫朗亚，原来在中缅边境一带，是个大人物呀，手里有队伍，有枪，是国际刑警组织挂了名的，跟哥伦比亚的大毒枭齐名呀！中缅双方合起来抓了他多少年，都没抓住，后来突然销声匿迹了。"

"你是说，唐亚坚原来是中缅边境的大毒贩？"

"不确定，不确定，只是怀疑，如果确定了，不早就动手了吗？唉，警察就是累，不是身体累，是心累呀！下辈子，不干警察了，还是拿手术刀给人切脑袋吧，当西瓜切。"

3

丁学松不由得笑了一下。最近一直在紧绷的状态里，他都快要忘掉怎么笑了。

朱警官一副如释重负的样子："好不容易呀，终于看见你丁教授笑了。记得那时候在医院里，你倒总是一副笑模样儿，我知道那是为了减轻病人的心理压力。我们警察不一样，总不能笑，得装凶，吓唬犯人呀。不过咱们自己人可以搞搞怪。好了，你自首的事情过去了。热烈欢迎你多讲些别的，最好把你知道的都讲出来。”

丁学松环视一下审讯室，说：“换个地方可以吧？”

在朱警官的一间小办公室里，丁学松理着头绪，从头说起：“我有个同学，叫程庆……”他咬咬牙，说出了程庆这个名字。由程庆起，对于最近发生的一系列事情，他一边回忆，一边述说。还有一些更微妙、更恐惧的感觉，他厘不清，也讲不出来。但从朱警官的样子看，他讲的内容已经足够。

在倾听的过程中，朱警官眯缝的眼睛比之前睁大了一些，眉头时而微皱，时而舒展，到后来竟忍不住一跃而起：“好家伙！真没白盯着这个姓唐的，鸟枪换炮了呀！不光贩毒，还想修理咱们所有人的脑袋呀！”

所有人！

丁学松犹如醍醐灌顶。

朱警官只是信口一说，但“所有人”这个概念，正合程庆的理想。他要“改造”这个世界，他当然希望接受修脑术的人越多越好，而这最高的目标，就是“所有人”。

如果所有人都被修脑，这世界将会如何？

朱警官说起话来，总是三言两语，懒洋洋的，但每个字都像是落在地上的金属锭。

朱警官说：“故事要从很久以前说起……”

“很久是多久呢？”

“像你、程庆、唐亚坚这一代人，年龄不算太大，但也已经大到足以经历过许多事情的地步。另外，唐亚坚可能更大一些，远不是看上去那样年轻。

“唐亚坚确实是他的本名，在这个名字之下，他本来有着跟你和程庆类似的经历，他学业出众，是个高才生，读到很高的学历，毕业后也顺利地在本专业领域里就了业。”

“本专业？”丁学松不禁问道。

朱警官漫不经心地补充道：“应该是一家大型化工厂吧。唐亚坚是学化学的，他在这家公司待了两三年，突然就消失了。消失了的意思，就是突然间毫无道理地离职，而且公司里没有人说得清他去了哪里。”

“有什么原因吗？他是在公司里遇到了什么麻烦吗？”

“可能吧，也可能不是这样，但这个已经不重要了。”朱警官说，“有的人天生就倾向于做一个不安分的人，甚至天生向往一条邪道。这种人，有时候是因为碰到具体的事情，比如挫折之类的，有时候可能什么事情也没有发生，没来由地就对环境不满意，然后走上另一条完全不同的路，甚至是一条反社会的路。如果是有点儿本事的人，这后一种倾向有时会更明显，危害也就更大。

“总之，唐亚坚消失了，不仅离开了公司，而且整个人像是不存在了。当然，这是事后追溯。警方那时候还没有注意到这个年轻的工程师，否则不会出现‘消失’这种情形。

“事实上，没有人会消失。这个人只是在相当一段时间里，逃离了‘唐亚坚’这个名字，逃离了一个名字，也就逃离了一种身份。又隔了些日子，中缅边境一带出现了一个叫朗亚的人，据传是华人。在那一带，是华人没什么稀奇的，不是华人倒值得深究一番。在这个时候，除了中缅双方的警方，以及国际刑警组织，其他人也搞不清这个朗亚的来历，搞不清他究竟是一直在东南亚飘荡的许多华人之一，还是近年才从中国过去的。

“然而，朗亚很快上了国际刑警组织的通缉名单，因为他的事业做得够快、够大。在金三角及北缅‘三不管’地带，朗亚和他的手下成了新崛起的一支势力，这是不容易的，因为多年来那里原有的几大帮派盘根错节，已经很难有新势力的成长空间。朗亚一支虽然没能变成最大的一派，但是他们的存在就已经是一个奇迹，这说明这个人干起坏事来有两下子。他扩张着事业版图，这个事业，就是贩毒。”

丁学松说：“金三角呀！听说那里确实是华人多，好像是当年国民党军队残部的后裔。”

朱警官摇摇头：“我最讨厌历史了，真没想到当警察还得弄清楚历史，费劲死了。你说的是另一个地方，朗亚活动的那地方也是华人多，但他们不是国民党的残部，他们的祖先明朝的时候就过去了，明朝灭了之后，就留在那里。

“在朗亚的事业接近巅峰时，突然间，这个集团就分崩离析了，正像唐亚坚在原来公司里干得好好的，突然间就消失了一样。这次解体的外因是当地华人自治区领导人改变政策，铁腕禁毒——从毒品种植到毒品贩卖，都受到严厉打击。因此，当地原有的大面积毒品种植区全部改种了甘蔗，包括朗亚在内的所有参与制毒、贩毒者都受到了重创。而在这个危急时刻，朗亚集团的内部又发生了剧烈的内讧。

“朗亚是个强有力的人，他有威信，也有手腕；既有办法让帮派短时间内从夹缝中崛起，也有办法在变局中弭平内讧。可是即便如此，内讧还是愈演愈烈，于是就有了一种很像电影情节的说法：挑起内讧的人本身就有问题，是警方的卧底趁势从内部着手，搞垮这个贩毒集团。”

朱警官眨巴眨巴眼睛，继续说：“是不是有这样的卧底？是不是警方的，或者说哪个警方？是中国，缅甸？还是当地华人自治政府的？我不知道。就是知道了，也不能告诉你。

“原因不明的内讧不仅让朗亚集团元气大伤，还让他们暴露了目标和实力。这时，警方只要轻轻一推，这座拔地而起的大楼就轰然倒塌了——朗亚集团解体了，朗亚本人也不知去向。由于见过朗亚本人的人极少，所以国际刑警组织发出的通缉令上也没有他的正面照片，以至于后来有人认为，世界上究竟有没有过这个人，都值得怀疑。

“我们当警察的，最佩服也最头疼的一种人，不是会做大的人，而是会消失的人，消失得越彻底，证明他的智商越高，越难对付。”

存在没存在过都成了疑问的朗亚真的消失了，从此不知去向。隔了一些时日，一个消失了好些年的名叫唐亚坚的人重新出现在中国内地。这是个经过多年海外游学，专业知识比过去更扎实，头脑比过去更灵活，而且拥有巨额资金的全新的唐亚坚，以至于一些旧识一边确认说，没错，这就是唐亚坚，一边又说，唐亚坚完全变了，焕然一新，让人认不出来了。

唐亚坚确实焕然一新，不仅带回巨额资金，还带回极具冲击力的创新理念。他指出，互联网时代只是这次全球巨变浪潮的开始，下一步，是生物技术的迅速发展，是新型医疗科技对人类社会和人本身的巨大改变。他是一个看到了方向的人，一个掌握了前沿科技的人。他要在中国这块最有希望的土地上有所作为，让祖国抓住这次机会。千里之行，始于足下。他不愿意到处吹牛，他要从“软性医疗”这个理念出发，从小事做起，从创办一家不算大的公司做起。

这个时候，没有人会将唐亚坚跟那个消失了的朗亚联系在一起。

除了朱警官。

4

朱警官说：“照理说，朗亚是个坏人，又是个大人物，虽然找不着了，但是我们警察都记得。而唐亚坚是个好人，是个小人物，虽说回国创业开了公司，但像他这样的人太多了，我们根本看不过来，管不过来，甚至有可能根本就没注意到。我现在算是注意到他了，但唐亚坚是不是朗亚，我也不确定。另外，唐亚坚这个人实在是太冷静了，有这么大的抱负，却一点儿也不狂热，这种人真可怕。”

丁学松说，他是不狂热，有个人比他狂热，叫程庆。

程庆知不知道唐亚坚就是朗亚，丁学松不能确定。程庆是在知情的情况下加入并一道创办会心公司，还是不知情的情况下，因为受到软性医疗这种“理想主义”的理念吸引，而开始这个让其醉心的事业？把这个问题换一种问法，就是程庆知不知道他是在跟一个罪犯紧密合作？或者，他是不是知道并积极地参与了犯罪？

如果抛开唐亚坚的来历，到目前为止所发生的一切，究竟算不算是犯罪？

且慢，唐亚坚究竟是不是朗亚？到目前为止，朱警官也还没有确定。他说，连自己注意到唐亚坚这样一个人，都是出于偶然。

“是不确定。”朱警官懒洋洋的，总是眯着的眼睛里偶尔露出锐利的光。丁学松知道，这个警察嘴上说得含糊，其实已经坚定了判断。到了这个时候，丁学松也认可了这个结论，不是因为朱警官说的话，而是因为他的神情。

朱警官说，要证明唐亚坚就是朗亚，确实有一定的困难。要证明会心公司的做法有没有犯罪，是不是犯罪，反而可能更容易一点儿。

丁学松问，针对这种包括记忆删除术、记忆植入术等在内的修脑术，国家有相关的法律规定吗？

朱警官摇摇头说，没有。甭说法律规定了，大部分人对这种手术连听都没听说过，而且这种技术确实也能治病，所以从法律的角度来讲，会心公司的这种研究、试验，存在的问题主要是有没有得到有关部门授权，违不违规，就算是违法，也很难就此定性为程度多么严重的犯罪。

丁学松问，那么，哪一项罪名可以用来指控唐亚坚呢？如果没法子确定他是朗亚。

朱警官说，很简单呀，贩毒，他的老本行。

丁学松想起了郝涛，不由得问道：“你是说，通过郝涛，你们掌握了他继续贩毒的证据？”

“没有。”朱警官仍然摇摇头，“郝涛跟唐亚坚级别差得太多，没办法直接对接上。”

丁学松沉默下来。他一沉默，在朱警官看来，便像是受挫后陷入了不安之中。朱警官连声说：“别失望呀，没有证据，正说明需要找证据呀！要不，要我们警察干什么呢？再说了，尽管唐亚坚这个人很聪明，但他也会露些马脚，不然，我都不会知道这个人。”

“露马脚？”

“是的。唐亚坚做事儿很严密，但他太自恋，对自己的智商太自信。本来，他完全不需要再做过去那种传统的贩毒生意了，但他仍然要沾一点儿。他大难不死，还成功地换回了身份，便有了一种智商上的傲慢，不完全丢掉老本行，算是一种心理上的补偿。他如果不做这些，我们完全不会注意到他。就是这种傲慢，暴露了他。”

传统的贩毒生意——丁学松推敲着这种说法。如果有所谓的传统的贩毒生意，那也就有新型的贩毒生意，有传统的毒品，也就有新型的毒品。那么，会心公司的做法，莫不是……他马上联想到了保健品治疗、药物配合术。

朱警官接着说：“咱虽然是个大老粗，但咱也努力学习，追求进步呀。我学过一点儿法医学，跟您当然是不能比了，但也明白一点儿原理。所谓毒品，就是人对某种物质形成了依赖。如果由于物质本身有被人依赖的特性，像鸦片、海洛因，那当然就是毒品，也就是传统的毒品。另一种情况，是以前没有过的情形，现在好像在唐亚坚他们这里发展出来了，就是人对物质本身没有明显的依赖性，却可以通过接受某种手术，变得对它产生依赖性，这也是一种毒品，一种非传统的毒品。如果确定他们有这样的情节，尽管可能还需要警察和检察官费些口舌，但一定可以认定他们已经构成犯罪。”

丁学松情不自禁：“他们做的，不止这些，还有更严重的……”

朱警官左手比画着往下压的手势：“知道。但那些更严重的，现在反而很难界定是不是犯罪，得先在容易理解的部分解决他，也就是贩毒这个部分，目前我们的证据还不完备，需要您的帮忙。”

丁学松说：“好，需要我帮什么忙？”

朱警官说：“这可有点儿危险呀，你得带我到会心公司里面仔细查一查。”

在带朱警官前往会心公司之前，丁学松又一次化验了那些保健品，或者说是药品。根据朱警官的说法，如果能证实它们会使人产生依赖性，它们就可以算是毒品了。

化验是顺利的，结果却是令人失望的，因为化验结果跟之前的几次一模一样——除了采用一些中西药品的无逻辑搭配，它们没有任何独特之处。

丁学松将药品成分的化验结果记在纸上，盯着看，又闭着眼睛冥想，像是要将那些成分刻在脑子里。

他化验了口香糖、雪茄和牛奶。

口香糖的成分（砂糖、胶质体等非药物成分除外）有——

中药：麝香、地黄、藏红花、柴胡

西药：诺氟沙星、布洛芬、紫杉醇、丙咪嗪

雪茄的成分（烟草、甘油等成分除外）：

中药：当归、桔梗、麝香

西药：红霉素、磺胺嘧啶、艾司唑仑

牛奶的成分（奶液本身除外）：

中药：麝香、半夏

西药：紫杉醇、硝酸甘油、尼莫地平

丁学松睁着眼睛看，闭着眼睛想，还是理不清头绪。他的额头上渗出了汗珠，不由得用手去抹，却发现手上也有汗。他站起身来，想要去拿纸巾，脑门上的汗竟然滴下来，滴答一声，掉落在桌上，还发出了声响。

丁学松不由得低头，那颗汗珠恰好掉在写着化验成分的 A4 纸上。只见那汗珠在纸面上渗了开来，濡湿了两个汉字——麝香。

灵光乍现般，丁学松似乎发现了什么。

他一直觉得这些配方里存在某种规律，却一直找不到。此时他突然想到，似乎麝香是在这些杂乱的配方里最常见的一味药。

是不是这样呢？虽然已经都刻在了脑子里，但他还是又仔细地看了一遍写在纸上的化验成分。

果然！口香糖、牛奶、雪茄，这三种药品中，都有麝香。

那么，其他药品呢？

丁学松迫不及待地拿出一些方便面、饮品等，化验结果笃定证实它们都含有麝香。

问题出在麝香上！

5

作为一名优秀的医生，丁学松有一定的药剂学基础，不过他毕竟不是专业的。对于要不要请专业的药剂师帮忙，他着实犹豫了一番，最后还是决定自己动手。

在目前的情形下，这些事情要尽量少让他人知道、参与，这是朱警官的意思。朱警官强调这一点时，还吊儿郎当地朝他扬了扬下巴，说，他应该明白，知道的人越多，越危险。

丁学松明白，其实他早就陷入危险之中了。他竟然在完全不知道有修脑术存在的情况下，被实施了这个手术，也不知道人家在他脑子里动过什么。这些情况掌握在程庆那里，程庆说会全盘告诉他，但他已经好几天没有见到程庆了。

为了不让会心公司的人看出异样，丁学松照常去上班，每天进入地下 BX 层的手术区，跟那里的同事碰面。他出现在那里的主要目的就是跟同事碰面，让那些医生和电脑工程师看到他，以显示一切正常。事实上程庆和老板唐亚坚等人并没有规定过他必须什么时候上班，甚至连去不去上班都没做规定。

但程庆再也没有出现。程庆不在这里出现是正常的，他是总经理，此前虽然常来看丁学松，但那是为了带他上路，现在他忙于别的事情，不来这里也不稀奇。丁学松也不去找他——虽然有足够的理由去找他，请他说出真相。隔着空气、空间，丁学松向程庆做出沉默等待的姿态。

在等待之外，丁学松不能中断暗中的工作：加紧对会心公司名下的药品进行化验研究，这次他的化验目标明确——是麝香。

丁学松从多类食品、饮品中提取麝香，用坩埚、砂锅、酒精炉等器皿，加上显微镜、化学提取仪等仪器，将提取的麝香混合成一体（不出所料，从各类药品上提取的麝香为同一种），进行分析、化验。

经过一番化验、观测和比对，答案浮出水面：这不是一般的麝香，甚至可以说，这根本不是麝香，因为这种“麝香”是一种人工合成物，是用植物和矿物质重新合成的人造物。

丁学松对作为会心公司总药剂师的唐亚坚深表钦佩，如果这种人造麝香果真由他研发合成，那真是一种高超绝伦的手艺。这种人工制品完全具备天然麝香的一切特征，然而竟是与天然麝香全然不同的一种东西。这应该是一种只有会心公司甚至只有唐亚坚本人掌握配方的物质——独一无二的物质。

既然跟真正的麝香不是同一种东西，那在人的生理上，包括在人脑中引起的反应，也就截然不同了。

那么，关键所在就是这种人造麝香了，之所以要掺杂其他中西药物成分只是为了混淆视听，各种成分的配比看起来没有逻辑也是刻意为之，为的就是不让任何人看出其中的逻辑。

不管什么疾病，或者是不是出于“治疗”需要，都可以运用药物配合术，在患者脑部植入这种人造麝香。由于对脑部的激活作用，患者的症状会减轻甚至痊愈，而从此以后，病人必须终生服用会心公司的保健品，因为他的脑子里被种下了会心公司的独门秘药——人造麝香，那是一种只有会心公司才有的物质，他们将永远依赖于这种物质。

一个庞大的、没有边界的计划显示出它古怪的轮廓，那是代表着唐亚坚（可能还有程庆）的理想的计划。当软性医疗理念被越来越多的病人和健康的人接受后，当药物配合术被广泛施行后，人们记忆里甚至心里所刻下的人造麝香，将会让他们成为会心公司永远的用户。

而药物配合术，只是修脑术中的第一个层次，至于后两种不用任何药剂的毒品，将会把人们带去哪里，估计连程庆他们都无法判断。

丁学松将这个发现和推断告诉朱警官，朱警官说："如果真是这样，那确实是一种毒品。"

丁学松问："能凭这个给他们定罪吗？"

朱警官眯着眼睛说："不能保证，到时候，还得靠你这个医生来说明——这种东西确实是一种毒品，有着比传统毒品更大的坏处。无论如何，我们得展开行动，得先想办法取证。"

丁学松带着朱警官前往药品超市，那是在白天，工作日的时候。两人的盘算是：既然这里算半公开的地方，不如就光明正大地去。当然，朱警官的身份不能暴露。丁学松告诉药品部的同事，这是另一家医院的同行朱医生，来这里参观了解一下，以后也许会合作，甚至成为新同事。

朱警官在货架间来回溜达，懒洋洋地顺手摸一摸饮料包装盒，或者拿起一块巧克力又放下，显得漫不经心。

丁学松在四下无人时，压低声音说："就是这些东西，用不用带一点儿出去？"

"不用。"朱警官卷着舌头答道，"这些东西我又不懂，看起来跟寻常的吃喝没两样。既然你已经化验出结果，就已经足够了。"

这次参观不到一个小时就结束了。丁学松并不担心会碰到程庆，反而期待他的出现，但程庆没有来。

丁学松也不着急，总会碰到程庆的，他已经准备好跟他讲什么，做些什么交流。他要把他一直没有说出的疑问全部讲出来，也要逼程庆把到目前为止他所知道的一切全讲出来。当然，朱警官的身份不需要对他保密。丁学松不相信程庆会对他和朱警官做出什么不利的动作，就算有，有朱警官在，也不足为惧。

但程庆还是没有出现。

丁学松又带着朱警官前往心理咨询部参观，却并没有到总部去拜会唐亚坚和程庆，虽然他们就在同一栋写字楼里的上下层。

在心理咨询部，丁学松刚一现身，柴大夫就迎了上来："好久不见呀，小丁飞刀，什么风把您吹来了？"他打量着朱警官，打量的目光在丁学松眼里有些不礼貌，"哇，又有高人来了，过不多久就该做同事了吧？丁教授找来的，错不了。"

"哪里，人家只是来看看，还不一定呢。"

朱警官在柴医师等人面前也不多话，嘴里哼呀哈呀应答着。后来恰好赶上有医师在用催眠术进行治疗，朱警官看到那些悬空被踩踏的骇人景象，也没有大惊小怪。

离开时，丁学松心里涌起一点儿感伤的念头。

他隐隐地希望能碰到林敏。

但林敏也没有出现。

朱警官说："这个唐亚坚，还有你的这个同学，都是有本事的人，如果肯干正事儿，对社会的贡献不会少。"

丁学松深呼吸了一下，说："他们可能认为，现在这些就是贡献了。"

朱警官说："谁知道呢？什么是好，什么是坏，甚至什么是犯罪，以后也许会变。"

丁学松说："更见他们本事的地方，你还没去。那里，咱们得偷着去了。"

十、陷阱

1

根据程庆的交代和公司不成文的规定，除了接受手术的志愿者、患者，手术部是不能让外人随便出入的。因此，丁学松没法儿将朱警官公然带入，只能偷入了。

“偷入，那不可能。”朱警官懒洋洋地，像兴趣不大的样子，“你自己大概没感觉，贵公司那种地方，尤其这种要紧地方，到处都安装着摄像头，能拍得一清二楚。咱们如果不想让人从监控里认出来，就得像贼一样乔装打扮，那看上去也太蠢了。还不如就像现在这样，你带着我，说是新引进的医生。到时候程庆他们问起来，你再解释吧。当然，就是这样进去，也最好在没人的时候。”

手术部在有患者等待手术或有手术正在进行时，是二十四小时有人值班的。没有手术安排时，也要到晚上十一点之后才会没有人，但那个时候进入显得太突兀。只有周二下午是休息日，那时候没有患者，手术室也就没人了。

丁学松和朱警官选择在这个时候进入，朱警官一出电梯就站住了。

丁学松回头招呼朱警官，看到他在墙壁侧面一个不起眼的招贴画前驻足，注视着上面的logo，丁学松解释道：“这是会心公司的logo，说是一颗心，散发出光芒的样子。有什么问题吗？”

朱警官应道："没问题，没问题……就是这个样子，好像不大像心呀，有点儿太圆了，呵呵。"

"我也觉得太圆，更像是太阳，或者月亮。"

进入手术部，丁学松先后打开操作仪、显示屏，给朱警官介绍手术方法，他主要介绍的是药物配合术，这是他经手过的手术。初见这种手术方法和细节时，他是受到极大震撼的，讲给朱警官听，对方听得认真，却并未显出过于惊诧的样子，只是眯着眼睛点点头。

丁学松说："这种做法，算不算是犯罪呢——跟贩毒相同的？"

朱警官微皱眉头："勉强算吧。从造成人的药物依赖上来讲，这跟毒瘾的原理很类似。但像你刚才讲的，这种手术确实也对一些病有疗效。就跟许多药物一样，要看用来做什么，治病就是药，滥用就是毒品。因此，现在还无法定罪。"

丁学松补充道："可还有另两种更可怕的手术，是记忆删除术、记忆植入术……"

"是很可怕。"朱警官说，"但要直接定罪，还是有些问题。他们完全可以说，这种做法只是医疗领域的一种实验。"

在朱警官身上，丁学松没看到当初这些事情在他自己身上引起的那种震动和惊骇，反而看到一种意兴阑珊。丁学松又介绍了一些手术实施的情况，朱警官认真地听着，并点头表示听懂了。

在这个地下的隐秘空间里，两人的逗留时间远远低于丁学松的预估。走出电梯时，丁学松没来由地略感歉疚，小声问道："是不是收获不大……"

朱警官的语气有些像在搪塞："有收获，还是有收获的……"

这次行程因为要少留痕迹，所以朱警官没有开车。两人走入附近的地铁站，在站口依次通过安检，丁学松没有带包，只身通过安检门，转身看着朱警官。朱警官举起双手，脸却侧过去，像盯着站口墙壁上的什么东西。待到放行，丁学松打算跟朱警官一道刷卡进站，朱警官却站住了，眼睛仍然盯着一侧的墙壁。

丁学松疑惑地看着朱警官，不明所以。这时朱警官说话了，声音幽幽的，却在嘈杂的地铁车站里清晰可辨。朱警官说："看到那上面的东西了吗？"

顺着朱警官的目光，丁学松看到墙上巨大的灯箱广告，是一只手表的图案，虽然灯箱前有进站出站的人流经过，会遮挡一部分视线，但仍然醒目异常。

丁学松疑问道："您是指那个手表？"

朱警官说："看上去好大呀，比实际的一块表大几十倍都不止吧？那是什么牌子呀？"

丁学松说："不认得，对手表不在行，可能是瑞士的牌子吧。"

朱警官喃喃道："是，是……"转脸问丁学松，"你戴什么牌子的手表？"

丁学松说："我？我很多年都不戴表了，自从有了手机，都用手机看时间。"他想了想，又说，"倒是我们医生这一行，许多人都还戴表，因为对时间的精确程度有要求。我是因为医院里的钟都很准，所以到了医院里，就看钟，也不戴表。"

"嗯……"朱警官眼睛又眯得很细，眉头上出现褶皱，"今天晚上，可能还是有收获的，能不能先不坐地铁了，再回去溜达一下？"

从地铁站到电梯，从电梯通地下，朱警官不再说话，丁学松也藏起满腹的狐疑，只听着电梯运行的嗡嗡声，犹如寂静中悠长的虫鸣。

一出电梯，朱警官就不再往里走，而是马上站住，打量着刚进来时就端详许久的那幅不起眼的招贴画，画面上，会心公司的小 logo 很不起眼。

丁学松也停下脚步，陪他看着。

朱警官说："您说这个标签，是一颗心散发出光芒的样子，我怎么还是觉得这个心有些太圆了呢？"

丁学松也看了一会儿，点点头："也许吧，看上去是有些怪。"

朱警官说："这东西，总让我觉得像一种东西，像什么又想不起来。抱歉，刚才您给我讲那些手术，我是有点儿心不在焉，因为一直在想，它像什么？现在，有点儿想出来了：它挺像明朝的国旗。"

丁学松摸不着头脑：“明朝？那时候怎么会有国旗？国旗不是近代才有的吗？”

朱警官说：“是的，叫国旗不大准确，应该叫日月旗。明朝也确实没有国旗，那本来只是一面普通的旗子，后来为了出海航行，遵循所谓的国际惯例，要跟人家外国船一样挂国旗，就挂这个了，这旗子也从此成了明朝的标志。”他眨巴眨巴眼睛，“我这个大老粗，在您这个大知识分子面前掉书袋，有些无耻呀！不过，你知道我为什么知道这些吗？因为明朝是我们朱家的呀……呵呵，开玩笑的。”

丁学松说：“别谦虚了，您不是一般的警察。”

朱警官重新将面孔转向那个 logo：“不一般呀！不是我不一般，是这些事情不一般！你说这东西像吧，其实又不像；说不像吧，又挺像。你说说，你说说……”

丁学松说：“如果真像，我就更不明白了。会心公司的商标，为什么会跟明朝的旗子扯上关系？这里有什么联系呀？太怪异了。”

朱警官点头道：“是，怪异，怪异。”他又侧过脸来，问：“你有没有听到嘀嗒嘀嗒的钟表走时声？”

丁学松屏住气息，凝听几秒，摇头道：“没听到。”

朱警官说：“是了，是了，那种表，就算在走，也不会响。”

丁学松耐心地问道：“什么表？”

朱警官一边嘟囔着：“不知道会不会有？”一边用手指关节敲打起那个贴着 logo 的墙壁。

丁学松一直觉得朱警官是个有些奇怪的警察，从初见面时就是如此看法。奇怪的人身上就会发生奇怪的事情，所以才会被莫名误诊。奇怪的人肯定有不同凡响之处。刚才到了地铁口又不进站，跑回来跟他扯一通明朝的历史，此刻又神经兮兮地用手指敲打墙壁上的标签。丁学松觉得这个人已经不像个警察了，倒像个装神弄鬼的神汉，让他看不懂。

2

朱警官一边继续用手指敲打，一边问道："你听一听，有没有觉得声音有些空荡荡的？"

丁学松屏气听了听，无奈道："没听出来。"

朱警官停止敲打，说："是，可能真没什么特殊的，也可能有特殊之处。我就当猜谜语吧，猜错了，一时也死不了人。就试试吧。"

丁学松还没反应过来"试试"是什么意思，动作一直慢悠悠的朱警官突然像变戏法一般，从身上迅速拿出一把刀具之类的工具，那形状让丁学松想起他常用的手术刀。那工具的锋利程度似乎也不输于手术刀。接着朱警官又用他看不清的变戏法般的速度，切割起墙上那个 logo 来。不待丁学松上前询问或制止，墙皮已被剖开，招贴画掉了下来。

丁学松看到 logo 后面的墙壁，竟然是空心的，里面有一个一尺见方的空间，其中放着一个东西，由于距离和灯光的原因，他一时看不清楚。

朱警官显然对那东西胸有成竹，动作又慢了下来，慢条斯理地戴上一双透明的塑料手套。像是怕丁学松看不懂，他解释道："戴手套不是怕留指纹什么的，今儿个在这里，咱们到处都留指纹了，主要是那个东西金贵呀，得小心拿。"

朱警官伸手进入，将那东西掏出来，轻捻在手中。丁学松瞬间看清，是一块表，但个头比一般手表大两倍，且有一个翻开的表盖。他没有看到朱警官翻表盖的动作，也就是说，这块表放进这个隐秘空间里时，就没有盖上，是打开盖子放着的。

朱警官将那块表擎在手里，又举在灯下，说："好家伙，居然真的被我猜到了，是一块表，定做的，就这么两块。"

"两块？"丁学松一边疑惑道，一边凑过脸去，与朱警官一起打量。

朱警官将表面移到丁学松面前，请他看："看看，上面的东西。"

丁学松这下完全看清了，在翻开的表盖内面上，雕刻着一个标识，和会心公司的logo相像，又不完全相同。朱警官说，那才是真正的日月旗。

朱警官说："如果不是为了办案，咱们俩可发财了，这块表得上百万，奢侈品呀！不过你好像不懂表，牌子说了你也不知道。这是那个瑞士公司专为他们定制的，一共只有两块。"

朱警官有时说话懒洋洋的，听上去似乎很不着调，但其实很有语言概括能力。三言两语间，就让丁学松了解了一些比较复杂的事情。

中缅边境的半自治区域的聚居者或者武装割据团伙都是有来历的，有的可以追溯到很久以前。曾经有一群明末遗民逃离中原，到那一带边陲繁衍生息。后来他们不断分化，从近代开始，有的团伙贩毒。直到20世纪后半叶，还有社群以明朝的日月旗为号召，从事合法和非法的生意，其中包括贩毒。有一个武装集团的首领定制过两块手表，带有日月旗的标志，就是朗亚所在的那个团伙。

朱警官说："我运气好，见过另一块表。前两年，有个案子轰动一时，是一个贩毒头子叫般猜，杀了十几名中国援建人员。后来案子破了，般猜被引渡到中国来，他的东西被罚没了一些，其中包括一块手表。我当时正在关注朗亚的案子，因为般猜就是朗亚那一支的两个头领之一，就比较留意。般猜犯下这起杀人案时，他们的团伙其实已经没落了。当时，我记下了手表的样子，也问过般猜，他说还有一只。"

朱警官对当时与般猜碰面的情形印象深刻，那个矮矮的毒枭咧开嘴，冲他挑衅地笑着，露出一只镶金的门牙："你永远看不到那另一只表了，因为你永远也找不到朗亚。"

朱警官说："朗亚和般猜都是很厉害的黑帮分子，他们的唯一弱点，就是太骄傲了，总觉得自己智商高，别人都不是他们的对手。比如这块表，他不放在什么隐秘地方，就藏在这个地下室电梯旁的墙里，还贴上个logo，你看看，连个表盒子都没有，就这么敞开着。他是觉得，最不隐秘的地方，就是最隐秘的地方。没想到还是被咱们发现了。”朱警官说这些时，语气里带着惋惜，像替朗亚遗憾，但在丁学松听来，有些别扭。

丁学松问：“现在咱们怎么办？”

朱警官说：“不怎么办，咱们走呀，拿着这块表，可以了。”

“要不要……把这个现场，墙呀什么的，恢复一下？”

“不用了，咱们不怕他们知道。本来以为没法儿证明唐亚坚就是朗亚，现在可以了，起码能立案了。咱们也不用纠结你的这些手术呀、药物呀什么的，也不用纠结算不算毒品、犯罪什么的了，直接抓朗亚就是了，就算一时不能对上号也没问题，朗亚被全球通缉，追诉期还远远没过。”

朱警官一边将怀表用布包起来，放入怀中，一边按下电梯按钮：“这趟回头路没白走，咱们先上去吧，这个点儿还有地铁。”

电梯按钮没有亮。

丁学松上前又按动几下，电梯仍然没有反应。他拿出钥匙卡，在感应器下刷了刷，再按电梯，仍然没有反应。

“怎么回事？看来是电梯坏了。”丁学松一边说，一边向楼梯方向走去。

“好像不是。”朱警官幽幽地答道，没有跟着丁学松挪动方向。

走到接近楼梯口处，丁学松想推开玻璃门，门纹丝不动。丁学松又用钥匙卡刷了刷，门仍然毫无反应。这时，丁学松想起，冲着楼梯口的玻璃门平常都不关闭，刚才他和朱警官一起进出时，门也是敞开的。

丁学松又向另一侧的门走去，那一扇门也关闭了，同样无法用钥匙卡刷开。这样，整个地下 BX 层的三个出入口，包括电梯、两端的两个门，都无法出入了。

丁学松知道不妙，一边下意识地拍打着玻璃门，一边回头喊道：“朱警官，你有没有带枪，把这门轰开。”

朱警官已经走过来，说：“没用，我早就发现了，这个地下室真舍得下血本，所有门窗都是防弹玻璃的。”

丁学松还想跟朱警官再多说几句，好确定一下当前的处境。左侧墙壁的空白处突然闪动起一片亮光，亮光之处，出现了一块原本不存在的屏幕。

丁学松没有注意到这个屏幕是墙壁上原有一块不起眼的液晶屏，还是空白墙壁上突然出现的一个长方形投影。他也无暇细究了，因为屏幕上出现了一个人。到目前为止，这个人他一共没见过几面，但他不用辨别，只看个模糊的轮廓，就认出来了。

倒是朱警官，明知故问般用胳膊肘碰碰他，像是仍然在警局或在其他能掌控的局面中一样，半醉半醒般问道：“这个，应该是唐亚坚老板吧？”

屏幕上，唐亚坚向前欠了欠身子，让后背沙发上的会心公司图标露了出来：“是我呀，警察先生，您有什么指教吗？”

朱警官说：“我认得你，你不认得我。”

唐亚坚微笑着，仍然带着一点儿南方人的羞怯，口音却是标准的普通话：“那您小看您自个儿了，朱海丛警官，久仰了。”

朱警官轻轻叹了口气，说：“你是从什么时候开始知道的……”

唐亚坚说：“从头到尾。”

“原来是这样呀。”朱警官转过脸，冲丁学松咧嘴笑笑，“对不起呀，看来还是我保密工作没做好，咱们掉入人家的陷阱了。”

3

丁学松仰头看着屏幕上的唐亚坚，觉察到自己胸膛上的骨头和肌肉都绷得很紧。他知道情势危急，却也跟朱警官一样，没有显出多少恐惧紧张，只大声说道："程庆在哪里？我想见他。"

"程庆呀……"唐亚坚像嘴里含着东西一般，模糊不清地咕哝着这个名字，"程庆当然在，当然好好的，你会见到他，但不是现在。"

朱警官摇摇头，冲丁学松说："没用了，不必跟他废话了。"

唐亚坚笑了几声，说："幸好不是被您朱警官带到局子里，那样的话，我不想废话也不行呀。我要去忙一会儿了。去之前，送给两位一个小礼物。最近这段日子，两位都没睡好觉吧？就请两位睡个好觉吧，很好很好、很深很深的觉……"

丁学松并不觉得恐惧，只是有一大堆想了解的问题。他尚未厘清从何问起，用什么措辞，屏幕闪动了一下，熄灭了，墙壁上空空如也。

丁学松转向朱警官，想商量一下该如何应对当前的危局。朱警官没有吭声，向他身后向上的方向耸了耸下巴。顺着朱警官无声的示意，丁学松转头仰视，在刚才屏幕的斜上方位置，那个原本像中央空调出风口的百叶窗处，正向外飘出一缕缕烟雾。

几乎在看到烟雾的同时，丁学松闻到了气味，这是一种淡淡的香气，使他想起一个词语——暗香，这暗香不仅迅速充满他的鼻腔、口腔，而且很快地沁入脾肺，遍布全身。在这种暗香里，丁学松感到了愉悦，犹如前段时间初见程庆时那种莫名的舒适。另一方面，他觉得头晕目眩，四肢无力，全身陷入绵软无力之中。在最后的清醒中，他用力冲朱警官喊道："那气体有问题。"

"是的，不过不是毒气，不会要咱们的命，只是熏昏过去……"朱警官的声音像从遥远的山谷传来，后面几个字变得细若蚊鸣。

丁学松看不清眼前的一切了，眼睛也完全睁不开了。他身体瘫软地倒了下去，像确实掉进了山谷。

但他并非完全失去知觉，只是离开了眼前这个狭小分明的世界，掉入了另一个混沌广阔的世界。在不知坠落了多久之后，他似乎着地了，脚下却软绵绵的，甚至连自己是不是仍然有脚，都感觉不到了。他像是睁开了眼睛，又像是仍然没有睁开，却看到了四周模模糊糊的风景，像是些山林和水流，很美，又不是常见的样子，有一种奇怪的暗红或灰黄的颜色。天空一直是昏黑的，也可能根本没有天空。他在那些奇怪的、曲折的路上走着，有时走到山峦的近处。他伸手去摸那山壁，居然真能摸到，但他摸到的不是坚硬的石土，却是柔软的有弹性的物体，在他触摸时，那山壁还有韵律地咚咚地微微跳动了几下。

“啊！”他轻呼一声，声响却在这个世界里引起了轰鸣般的回声，引起脚下一条溪流的哗哗翻滚。他蹲下身，掬起一捧溪水。这时，他的手掌里一清二楚的，不是寻常的水，是褐红色的、散发出甜涩腥味的血液。

他醒悟了，震惊了，但也没有多少恐惧。他懂了，现在他行走的世界，正是他多年行走的地方，是人的大脑内部。那些山是脑组织，河和溪是血管。他真的是多年在这里行走，只不过这一次是真的进入了，实实在在地踏入了这里。

那么，他此时不再是一个医生，而是一个微型手术机器人？

他变异了吗？

刹那间，世界又消失了，周围那些“山”和“水”，那些脑组织、血管像被狂风卷走一般，消失了。他双脚踩着的地方也成为虚空。这时候，他看到另一个世界，这个世界空无一物，连他自己也像是不存在了。

然而，前方还是有一个物体，他看不清，像个小黑点。

他不由自主地向前追寻，他不知道那算不算是走路，他的脚没有挪动，脚下也没有踩到什么坚实之处，却向着那个小黑点逼近。也可能，是那个东西在向他逼近。这是一种相对运动。

这种相对运动带来了惊喜。那不是一个黑点了，甚至不是黑色，而是绿色。更近一些的时候，那不是一个点，是一个有形状的物体。在一步步的靠近中，那个物体完全清晰起来，那是一个人，一个面向他的人，那个人还伸出了双手。

他看清了，那是他在记忆里永远搁置，逃避，却永远抹不去的存在——绿色女孩。

但是，一种更大的、完全意外的景象同时呈现了，让他震惊！

他看到了不可思议的一幕。他确实看到了绿色女孩，但同时，他也看到了另外一个人，另一个他不久前见过的人。

绿色女孩和那个人，竟然是同一个人！

他不敢相信，也不敢印证，绿色女孩真是那个人。他不愿、不敢、不忍唤起那个人的名字。

不管是不是那个人，她无疑是绿色女孩。绿色女孩跟十几年前一样，一点儿变化都没有，还是那么楚楚动人，让他有飞蛾扑火般的冲动。绿色女孩向他伸出手来，说："是我，不要怀疑，我一直在，从来就没有离开过。"

他哭了，让泪水任意奔流，他不再抑制，不再理会长期以来对这个世界的疑惧。他向着绿色女孩伸出手去，握住她早已伸出的手。在肢体相触的一刹，他不由得闭上了眼睛，让不知哪里来的带着暗香的风，在脸上拂动。

但肢体相触的事情没有发生。

再睁开眼时，绿色女孩不见了，像刚才绕在周围的肉山血水一般，没了踪影。

而世界也不是一片虚空。世界成了一个病房，准确地讲，是一个手术室。

他马上认清了，是清淞医院的脑外科手术室，正是他手术失败的那一间。甚至连他的助手们都还在，只是他们在四处站立着，像是看不到他。

但有一个人，他看得一清二楚，那是他的前女友成齐。

他真的看清了，没错，那是成齐。可是，他又看清了另一种让他难以置信的景象。他在看到成齐的同时，还看到了另一个人，是他在会心公司的同事——林敏。

成齐和林敏是同一个人！

成齐，也就是林敏，跟手术室里的那些助手不一样。她看得到他，只是看着他，不说话。他想跟她说话，却张不开嘴。

倒是有另一个人说话了，顺着声音，他看到了那个人，那正是接受了他失败的手术的那个患者，是那个死去的人。他重回了这间手术室，说话时仍然带着那时的别扭和羞怯："丁教授，小丁飞刀，谢谢你给我动手术，现在，可以回报你了。"

4

丁学松现在真的睁开了眼，真的身处手术室中，手术床、器械架和天花板上的无影灯是那样熟悉，又是那样陌生。不过，刚才他看到的四散在各处的那些助手都无影无踪了。

除了他，这手术室里还有两个人。

稍远一点儿的，斜着身子站着，面无表情地看着他的，是他的女友成齐。他有好久没见到她了，因为出事之后，他就再也不愿见到她了。但是，他又是不久前才见过她的，因为她不仅是成齐，还是林敏。

为什么她既是成齐，又是林敏？

在近处，离他不足三米处，还有另一个人，另一个他又熟悉又不大熟悉的人。因为这个人也同时是两个人。

这个人刚才跟他说了话，说谢谢他的手术，说要回报他。

丁学松看清了，也明白感谢他的手术是什么意思了。这个人给他留下的印象太深了。这个人有浓重的眉毛，羞怯而略显别扭的表情。只看一眼，他就认了出来，这就是那个患者，那个他在清淞医院最后一例手术的接受者，那个手术莫名地失败了，也改变了他此后的人生轨迹。照理说，这个人应该已经不在人世了。那么，眼前站着的，究竟是人是鬼？他不知道，或者说，一切仍在梦中。

但一切是如此清晰、真切，不容置疑，眼前这个人，有着比死而复生更令他无法置信的特点，他知道这个人正是会心公司的老板唐亚坚！

是的，这个人既是那个应该已经死掉的患者，也是唐亚坚。

丁学松看到了有生以来最奇怪的事情，他想站起来，他向上挺身，却难以动弹。原来，他被牢牢地固定在手术床上，双臂、双脚、颈部和腰部被皮胶带紧紧地缠绕。他知道，这就是手术床上原有的标准配置，完全没有用到其他绳索之类的东西。

患者，也就是唐亚坚微笑着，是略显羞涩的微笑：“怎么样，对这里的环境还满意吗？”

丁学松徒劳地挣扎了一下手臂，问：“这里是清淞医院吗？”

“哦，不是，”唐亚坚清瘦的脸上流露出真诚的歉疚，像是为对方的不满意而抱愧，“这里是复制了贵医院的手术室，为了让您有亲切感，但不是医院，是咱们的写字楼里。不过，要想在医院里，本来也是可以办到的，只是没有这样安排。”

这时，在唐亚坚斜后方，恰好是丁学松视线所及之处，成齐，也就是林敏换了个站姿，把双手食指在胸前交叉在一起。她不回避丁学松的目光，直视着他，仍然面无表情。

但丁学松分明看到，她的嘴唇在微微翕动。

丁学松的手动不了，只有偏着头，努努嘴示意道：“我想跟她说几句话，可以吗？”

“好，好，当然可以。不过，我不能回避到太远的地方呀。呵呵。”唐亚坚有些不好意思地翕动几下鼻子，却没有退到更远处，牢牢地站定了。

林敏（成齐）跟唐亚坚互换位置，向前几步，离丁学松的手术床更近了，她站立着，身体笔直，只为了继续跟丁学松的目光相接，头颅轻微地向下低垂了一点点。

丁学松说：“你……对我有没有过真心？”

成齐（林敏）像听到了很奇怪的问题，眉头微皱地想了想，说："不知道呀，可能有过吧。可是，真心不真心的，重要吗？"

"你对程庆呢？"

"程总是个不错的人。不过，他跟我……我们可能更无所谓真不真心吧，我们可能压根儿就没有心吧。这个，也不重要呀。"

"在你的心里，你究竟是成齐，还是林敏呢？"

林敏（成齐）无辜地睁大眼睛，琢磨着，微咬着嘴唇说："我不知道了，可能一开始还知道吧，后来时间长了，就忘了。有时候，我也想知道我是谁，有时候就觉得，是谁也不重要了。其实，世界上没有什么重要的事情非知道不可。您说呢，丁教授？"

"是，是，不重要，不重要……"丁学松闭上了眼睛，感觉到深深的疲劳，也感觉到鼻孔里的酸楚。他不再挣扎，任由周身缠绕的皮箍将自己牢牢捆绑。

成齐（林敏）温和地问道："丁教授，还有什么要问我的吗？或者，还有什么要跟我说的吗？"

"没有了，有，也不重要了。"

"您知道我为什么是两个人了吗？"

"知道了，我被手术了。"丁学松没有睁开眼睛。

"好，唐总的意思是，如果您还想知道什么，就都让您知道。"林敏（成齐）温柔又有分寸，"当然，只有在这个阶段，在您完成下一次手术之前的这个阶段。"

丁学松明了，将自己固定在这张手术床上，不仅仅是一种拘禁束缚，还是一种准备，是对他进行下一次手术的术前准备。而在他醒来之前，他已经接受了一种手术，这又是会心公司到目前为止可能只实施过一次的手术，程庆还没有来得及介绍给他，或者原本就没打算介绍给他。

屡经危险，就无所谓危险了；总处在濒临绝境的时候，也就无所谓绝境了。他在心里排列着、命名着，在药物配合术、记忆删除术、记忆植入术之后，他最新接受的这种修脑术，应该被称作记忆恢复术吧。

在记忆恢复术之前，他接受过药物配合术，现在他确定，他还被施行了记忆删除术，都是在他完全不知情的情形下。药物配合术是他初见程庆时奇特反应的原因。记忆删除术删掉了他的一些记忆，现在他了解删除的内容了。

是有关几个人的内容。

那个手术在他脑子里删除了成齐这个人的样子，所以，尽管他想念着成齐，在见到她时，却完全认不出来，只觉得眼熟，只能接受她的新身份、新名字——林敏。

那个手术也删除了他最后一位手术患者的样子，所以，他再见到这位患者时，尽管似曾相识，也只能接受他的新身份、新名字——唐亚坚。

那个失败的手术之后，这个人应该死了，却仍然以唐亚坚的身份继续活着，现在就站在离手术床不远的地方。那是因为，除了药物配合术和记忆删除术，他当时还接受了另一种更复杂、难度更高的修脑术——记忆植入术。

到目前为止，药物配合术、记忆删除术已经有不少患者、志愿者体验或被实施过了，而这种记忆植入术，根据程庆的暗示——只有他一个人接受过。

记忆植入术在他身上成功了，所以，他有了一些记忆，一些与当前所见相矛盾的记忆。

因为那些记忆内容是些没有发生过的事情。

林敏（成齐）站立着，像个没有感情的冰美人，而从她的呼吸和脸部的细微动作看去，丁学松知道，她不完全是冰的。

但是，这又有什么重要呢？

成齐（林敏）又追问一句："您还有什么想问的吗？"

丁学松闭上眼睛，重复地答道："没有了，可以了。"

林敏（成齐）有风情又有风度地点点头，转身向后退去，高跟鞋踩在地上，发出嗒嗒的声响。

5

像换岗一般，唐亚坚走上前来，站在那个正好可以跟躺在床上的丁学松迎面相向的地方，他抱歉地笑着，说话时显出了一份体贴：“她……您不愿跟她讲得太多，是吗？”

“是。”丁学松很痛苦，不想掩饰。

“想开些吧，她不是真的。”

丁学松克制着，说：“我想知道，从哪里开始是真的？”

唐亚坚点点头：“是是，我也是个医生。作为医生来讲，我最喜欢的，就是病人的过渡状态。在这个时候，人最真实，也可以了解什么是真实。”

“过渡状态？”

“是，过渡状态，就是病人在接受一半或者一大半治疗，但还没有完成完整的治疗，疗效还未突显的中间状态。那时候，病人的病没好，也没坏到最终结局，下一步，不是痊愈，就是死亡。那是最能体现一个人本质的时候，也是他对世界和他人最敏感的时候。还有一种过渡状态，比较少见，就是手术做了一半，还有另一半要继续做，病人在这之间的清醒期，这更是一种极致的过渡状态，比一般的过渡状态更完美。”说到激动处，唐亚坚脸颊发红，像为自己的激动有些难为情，“现在，您就是在这样的过渡状态。祝贺您刚才又第一个成功接受一种修脑术——记忆恢复术，虽然这个手术的难度并不大。而且，对您来讲，这个手术也只是整个手术进程的一半，使您处于现在的过渡状态，在下一步的修脑术之间清醒一段时间。您有权利在这个时候了解所有的事情、完整的真相。当然，只是在这个时间里，之后，您将继续手术，也就是修脑术，您的记忆，包括想法，还会变。”

丁学松的颈部被固定在手术床上，不能大幅度点头，只微微摇动下巴颏儿示意。等对方的陈述告一段落，他问道：“那么，从哪里开始就不是真的了？”

唐亚坚声音轻飘飘的："直到你看着我被推进手术室，手术开始，一切都还是真的。之后，美妙的气体麻药，强劲的麻药，您的一切，您的全世界就被改变了。"

在记忆里（不知道有多少真、多少假的记忆），丁学松回到了在清淞医院最后一次手术的现场：在一切就绪、一切正常的情形下，他突然莫名地晕眩了一下，感觉只有一两秒钟的时间。后来在看到助手在脑骨上钻孔，将脑颅打开后，他突然间人事不省，清醒之后，一起重大医疗事故已经发生，无可挽回。

唐亚坚说："事实上，失败的手术没有发生。我的脑颅根本没被钻孔、打开，而是您被麻醉了，您的助手们也都被麻醉了。您第一次头晕后，就完全昏睡过去。"

丁学松已经可以想象那些匪夷所思的事情：他晕过去了，根本没有进行手术，之后的手术失败及随后的种种，都是只存在于他脑子里的记忆，都是被修脑术植入的种种。

唐亚坚说："事实上，我根本不是病人，从那一刻起，我就连个假的病人都不是了。"

丁学松说："从那一刻起，你是个医生，对吗？对我施行手术，实施药物配合术、记忆删除术、记忆植入术的人，就是你，对吗？"

唐亚坚不好意思地笑了，像得到他人赞赏的孩子，骄傲又腼腆："是啊，程庆不在，只有我自己上了，我们借你女朋友的光，才装了病，有了那样的机会。"说着，向成齐（林敏）站立的方向斜睨了一眼，"有一个这样的女友，值得骄傲。在对您的手术里，她担任了我的助手。"

稍远处的林敏（成齐）笔直而从容地站立着，没有躲避丁学松的目光。丁学松不知道，他看到她眼中的晶莹水分是不是他的幻觉。

唐亚坚还是那样腼腆："我是学化学的，后来又学了一点儿药剂学，不是外科专业科班出身，脑外科完全是自学的呀。可有什么办法呢？那时候程庆又不在，只有靠自己了。好在现在仪器和机器太先进了，好在还有您的女朋友——美丽又精干的助手。”他说着，又向成齐（林敏）的方向投去目光。这一次，丁学松没有追随他的目光再向那边看。

唐亚坚说：“如您所说，就在那么一段时间里，我同时进行了三种修脑术，尤其是记忆植入术，此前只是有理论，有模型，在电脑上模拟过，从没有在真人身上实践过。您太了不起了！不仅是个最好的脑外科医生，还是第一个亲身接受这种尖端手术的实践者。那时候也不知道会不会成功，如果不成功，您也许会变成一个脑子完全乱掉的深度精神病患者，甚至连生命也不保，那样的话，我们的计划也就完全失败了。但失败的风险我们必须有勇气承担，否则，医学、科学和人类社会怎么会有进步？您说呢？”

在唐亚坚有些不够自信的口吻里，丁学松听出了类似于程庆的狂热和激昂，反问道：“你要的不是人类的进步，而是继续你过去的毒品生意吧，朗亚先生？”

唐亚坚怔了一下，像眼前出现了一个突如其来的物体，他沉吟了一下，说：“不知道您是从哪里听来朗亚这个名字，我不能回答您。我说了，现在是您的过渡状态，要让您知道完整的真相，但那只是关于您自己的真相。我说出来的，一定是真的，但与您无关的事情，就不一定会说了。朗亚的事情，离您太远了，不在让您明白之列。”

丁学松说：“是，您是不是朗亚，不重要了。那个手术，您想把一切弄得圆满，跟现实接轨，也跟我的前后记忆接轨。很不容易吧？”

唐亚坚说：“丁教授真是知音呀，程庆对您的评价，一点儿也不夸张。真的，接轨可以，关键是要做到无缝。做到无缝太难了，这个世界上，本来就到处都是缝。”

像医生在心中勾勒手术示意图一般，丁学松在脑海里勾勒真相。真相是难辨的，真相常常被记忆遮掩起来，正常的人，也往往会被自己的脑子欺骗，甚至被自己的眼睛、耳朵、鼻子欺骗。有过修脑术这样的怪异经历后，真相更像摔碎在地上的玻璃瓶，难以还原。

但真相仍然存在，并且只有一个。

在那致命的一天，在那个致命的手术里，在那个本来就是一场骗局的手术里。丁学松在被“患者”及其同伙私藏的气体麻醉剂放倒后，当场就没有醒来。他的所有医疗助手也都集体晕倒了。就在这家最有名的医院里，在封闭状态之中，发生了最匪夷所思的事情。

正在接受手术的患者翻身而起，成为实施手术的“医生”。

原本的医生成为“患者”，接受前所未有的手术。

医生的“女友”本来借着便利进入离手术区较近的区域陪伴患者，这时变换成另一个角色，成为这起复杂“手术”的助手。

真相在这一刻被拉扯变形，被篡改了。

在丁学松的记忆里，让他作为医生终生痛悔的那一次失败手术，其实并未发生。真正发生的，是另一起手术，另一起当时的他无法想象的手术。

6

在医院里，一旦手术开始，就需要医护人员注意力高度集中，需要环境的高度安静、清洁，因此手术室必须处于全封闭状态，只留下通讯设备用以跟外界保持联系，而如果手术顺利，没有与外界联络的需求，通讯设备也不会启用。

因此，当丁学松和患者进入手术室，助手也都就位后，手术室里的一切也就基本上与外界隔绝了。当丁学松和助手们被麻醉，“患者”唐亚坚翻身而起，和助手成齐（林敏）一道展开手术前，又进一步切断了手术室里所有通讯设备与外界的联系。在手术室外面能看到的，只有门楣上“手术中，勿扰”的红灯字样，也没有谁会因为担心小丁飞刀的手术出问题，而特地通过可视通讯或内线电话了解手术室内的状况。

在与外界隔绝的手术室里，在唐亚坚和成齐的密切配合下，失去知觉的丁学松被施以三项修脑术：

一、药物配合术。目的是使其此后接触到会心公司的保健品（药品）时——包括与程庆会面时，产生应有的反应。

二、记忆删除术。删除丁学松对几个人的记忆——包括女友成齐、患者唐亚坚，还包括另外一个人，一个丁学松一时想不起来，但对他重要程度很高的人。目的是使丁学松在见到这些人时认不出来——对面相逢不相识。这种针对有关人的记忆的删除相对简单，且之前又在粉色女孩谭一青等患者身上试验过，因此失误率比较小。

三、记忆植入术。即植入新的记忆，在丁学松的大脑里存入一段实际上从未发生过的“经历”，并和他所处的现实无缝对接，让他对自己有一个全新的认识，从而开始另一种人生。在三项手术中这项手术最复杂也最困难，在丁学松之前，也只进行过电脑模拟，还没有在真人身上施行过。手术前，唐亚坚等人做好了两手准备，一旦手术失败，也都有相应的应对措施。结果一切顺利，手术成功。

手术成功，就意味着丁学松的世界被完整地切割成两半。一半是他自己的一段特殊“记忆”——是被植入的记忆，其实是并未发生过的虚假故事；另一半是真实的现实世界。这两个世界并不完全相悖，只要做到所谓的“无缝对接”，对丁学松来讲，两者间也就并无矛盾之处。除了那段被植入的经历之外，丁学松的记忆跟现实是完全一致的。所谓的“无缝对接”，是指被手术植入的那段记忆，要跟之前的现实和之后的现实毫无破绽地连在一起，构成一个完整的没有漏洞的世界。这是手术中最难的地方。

无缝对接成功了！当时，在手术室里实施这场阴谋的唐亚坚和成齐（林敏）虽不能完全确定，但看到脑部摄像仪上显示的信息图形时，有了基本的判断。

他们不能在手术室里欢呼庆祝，只能用眼神交换兴奋之情。

丁学松熟悉成齐的那种眼神，那是一种深入过他的内心的光亮，他的胸中痛了一下。

但他曾经被实施过手术，现在彻底清醒的脑子正飞速地转动着，拼接着两个世界。

丁学松所要面对的现实是简单的，也是残酷的。

现实是，丁学松在晕倒之后，并未如他所记忆的那样，马上苏醒，马上面对一起手术事故，而是在气体麻醉剂的作用下沉沉地、长久地睡着，他的助手们也都昏睡过去了。在这期间，他被反客为主的“患者”唐亚坚施行了修脑术。

修脑术完成后，唐亚坚重回病床，充当等待手术的病人。丁学松被还原成医生，却仍然没有清醒。这时候，苏醒过来的助手们发现丁教授晕倒了。

助手们也沉睡了几分钟，就在这几分钟里，一个他们毫无察觉的手术在手术室里进行完毕。但在助手们的感知里，他们只是稍稍晕眩了一下，这晕眩短暂到可以忽略不计。待他们从这种晕眩中醒来的时候，眼前的情形是手术还未开始，病人还躺在手术床上，而主刀医生丁教授可能是最近不堪劳累，在术前晕倒了。

唐亚坚在丁学松和助手们昏睡期间施行的修脑术虽然复杂无比、风险巨大，却是一套早已设计好的程序，一旦开启，运行并不需要多长时间，不到五分钟就结束了。虽然有这样的时间差，但因为过于短暂，助手们和医院内外的人也没有发觉。

是不是真的没有一个足够细心的人，发觉这短短的五分钟时间差呢？

助手们赶紧向院方，尤其是神经外科报告。由于主刀医生意外休克，这起手术不能匆忙换人进行，病人被重新推回病房，等待重新安排手术。医院、科室的领导收拾了残局。

而丁学松在被进行相应的医疗处理后，仍然昏迷不醒。经神经外科主任郭临亲自检查，可以确定生命无虞，并无大碍，可能确实是劳累所致。郭临拍板决定，丁教授虽然没有苏醒，但就不在医院里拖着了，由其女友成齐护理，由医院派车，送回家中休息。

现实是，根本没有发生丁学松记忆中的医疗事故，病人唐亚坚当时没有进行手术，被推回了病房。在经过其他医生的“治疗”后，顺利“康复出院”了。

在丁学松的记忆中，自己找到并租住的新的住所，其实是林敏（成齐）及其他会心公司成员早已准备停当，直接将其带去的。

站在手术椅旁，唐亚坚又不好意思地笑了一下：“那地方，其实是你的铁哥们儿程庆选定的，他真是了解你。”

现实是，丁学松的痛楚、灰暗、酗酒，有一大半是植入脑中的，直到有一天，按照原来的麻醉设定，他醒了。他以为是从前一晚的酒醉中醒了过来，其实是他从长久的睡梦中重新回到了现实世界。醒来后，被植入记忆中的住所、环境、物品，包括被喝光的空酒瓶，都在他的面前。

在那一刻——丁学松对发生在自己身上的一切一无所知的那一刻，无缝对接在他的脑子里，也在他的现实世界里完美实现了。他重新成为一个正常、清醒的人。

然而，他却成为人生被偷走的人，成为世界上绝无仅有的人生经历被篡改的人，成为一个生活在谎言中的人，一个比精神病患者更不幸的受害者。

十一、竞争

1

“您不该把自己当作一个受害者，您是一个伟大的先行者，亲身证明了这种伟大手术的可行性。”唐亚坚说，“而且，您，在这个手术前后所展现的很多品质，也是超乎我们的预料，让人钦佩和感动呀。比如，您放弃了您的女朋友，不再见面，却又痛苦万分，证明了您是一个多么重感情的人。”唐亚坚往侧后方林敏（成齐）的方向瞥了一眼，“您当时想不到，在您真正见到女朋友时，您却认不出她来。这种情形真是让人感慨万千。当时，我也被深深打动了，不知您当时有没有感觉呀？”

林敏（成齐）笔直地站立着，由于此时屋内光线的原因，在丁学松的视线中，她的眼睛是看不清的。

胸膛内升起的疼痛让丁学松再次闭上眼睛，他回想起第一次跟随程庆抵达会心公司总部，在董事长唐亚坚的办公室里，他对唐和林两人都有似曾相识之感。他想不到，这种眼熟之中，埋藏着这么多和他有关的骇人故事。

但是，所有这些事情里，有明摆着的大漏洞。

丁学松睁开眼睛。他没有绝境中的恐惧，只有更深的疑惑，不由得问唐亚坚：“当时，在我晕过去，被你施行修脑术后，你重回病榻，继续当病人，被推回病房。但你这一次没有做手术，还是会被当作需要手术的病人。你所谓‘经过治疗康复出院’，这治疗里究竟包不包括手术？你后来到底有没有动过手术？如果没有，你是怎样离开医院的？”

他不指望从唐亚坚那里得到真正的回答，唐亚坚却显得大方起来：“丁教授，这么明显的漏洞，自然瞒不过您现在已经完全恢复的那么有智慧的大脑。漏洞确实很大，却不在于我有没有做手术这么简单，或者说，漏洞不在我这一边。”

漏洞不在他那一边，什么意思？

丁学松未及细究，另一个记忆却真切地浮现出来。在脑海里，这个记忆本来只是一朵不起眼的浪花，现在却像海面上浮出的一头鲸鱼，巨大而醒目。

至于那个电话，不是他主动打往医院，而是从医院里打来的，是医院的人事办公室。那个电话明确地告知丁学松：因为那起事故，他被解职了，而且还被吊销了医师资格。

这个电话可能是真实的，也可能是被植入的记忆。它是如此逼真，以至于丁学松无法忽视。

丁学松暗暗排列一件件事情的时间顺序，推算着哪一次酒后清醒是第一次真正的苏醒。从那次苏醒之后，他就重新回到了真正的现实世界。那么，在这之后的事情，也就都是真实发生过的，而不是记忆植入术植入的假事实。

他推算出来，那个电话的发生时间，应该是他真正重返现实之后，在他一次真实的醉酒清醒后，那么，这个电话，这个来自医院的所谓“通知”，就是真实的。确实有人从人事办公室来电，以医疗事故为名，通知他被医院解职，通知他被吊销医师资格。

但那起医疗事故只存在于丁学松的记忆里，事实上并不存在。那么，那个电话本身就绝对是有问题的。电话会不会根本不是医院打来的，而是唐亚坚他们伪造的呢？

从头几位数字看，电话号码确实是清淞医院的，虽然丁学松对人事办公室的号码并没有记得很清楚。当然，造一个假号码对唐亚坚他们来讲，也不是难事。但在那个电话里，对方的口吻、言谈内容，都显示了对清淞医院的了解，对他丁学松本人和医界也都非常熟悉，尤其对方一说话，丁学松就能听出同一个单位的味道，那更是难以言传、难以造假的。因此，当时和现在，他都确定确实是单位来电，是单位来了一个正式的电话，告诉他一个关于他本人的决定——一个建立在根本没发生过的事情上的决定。

也就是说，医院方面在配合这个巨大的谎言！

也就是说，清淞医院在配合唐亚坚他们对他个人实施的整个阴谋！

如果有医院方面的配合，不要说唐亚坚没有做手术就"康复出院"不会穿帮，连同丁学松在医院里被施行修脑术，想来也不那么匪夷所思了。哪怕他就是真的跑回医院去办离职手续，他也仍然会被瞒得严严的。

如果有医院方面的配合，后来那些他觉得蹊跷的事情也就不难解释。在他清醒后，在现实和植入记忆实现无缝对接后，他并未听到多少有关清淞医院王牌医生发生重大医疗事故的新闻，后来进入会心公司，在跟一些医疗圈的人交谈时，基本上也没有多少人知道这件事情。当时，他认为这是清淞医院为了声誉，成功实行了公关，封锁了消息。现在他知道，那是因为在现实中这起事故根本没有发生，只有一起主刀医生突然晕倒，被送回家休息的小事情。所谓的重大事故，只存在于丁学松的认知和"配合"他这一"记忆"的人的口头上。

如果是这样，院方的一些奇怪态度也就有了答案。在那个电话之后，医院就基本上不跟他联系了。在现实中，他明明是晕倒后回家休养，正常情况下应该在恢复健康后回单位上班。他一直没有回去。对于他的长时间与医院疏离的行为，医院方面竟连一个电话都没有打来，保持着一种奇怪的冷淡态度。这样对待一个医院的王牌医生，这是非常不正常的。

这就是唐亚坚所说的不在他那一边的漏洞——一个可怕的漏洞。

不，不能把账算在整个医院头上。

清淞医院是一个有深厚传统的医院，其专业水平和业界口碑不是一天两天形成的，丁学松在其中工作十几年，对这个单位有充分的了解和足够的信心，他绝不相信它会一夜之间变成一个邪恶的机构。医院是不会有根本上的问题的，但是，医院里一些个别的人可能会出问题，会走邪路，或者从来就是伪装的魔鬼。

丁学松在脑子里勾画着医院的一些人和事，那是些纷乱复杂的内容，他需要更多的时间才能厘清头绪，看出端倪。然而，在这个让他动弹不得的手术床上，留给他的时间不多了。

唐亚坚完全丢掉了一贯的南方人式的羞怯："在这个过渡状态下，确实应该让您了解一切。反正下一步的手术后，您会彻底再失去一切。但所谓'一切'，是无穷无尽的，正像这个世界——有所保留，才会更有兴味。您本人也有着让我们更有兴味的事情，比如会去碰毒品，却还能克制。您的朋友程庆说，您最终不会碰那玩意儿的，还是他了解您。"

"程庆现在在哪里？我要见他。"

"他呀，现在不方便见，该见的时候，会见。"

2

丁学松脑子里千头万绪，但有一个问题，是当前最紧要的："你们把朱警官弄到哪里去了？"

"朱警官呀，他很安全，会被安排接受一个手术，一个很美妙的手术。他真是个好警察，应该有个更好的头脑，更愉快的心情。手术之后，他会忘掉许多烦恼，也会忘掉一些人，比如一个叫唐亚坚的人，比如……一个叫朗亚的人。"

"你们如果敢对朱警官的脑子做手脚，是不会有好下场的，你们……"

唐亚坚优雅地笑了："您小丁飞刀是个有格局的大医生，泰山崩于前而不变色，这会儿急得气喘吁吁的，为一个警察——一个以前根本不熟的人。好吧，跟您讲，对这个警察，我们只做记忆删除术，不会加新作料，我们要考虑成本……"像说到一种美食般，唐亚坚吞咽唾沫的声音清晰可辨，"真正要上大菜的，是您呀，您现在已经接受了一次记忆恢复术，所以能认出您的这位女朋友，还能记起一些其他的人和事情，但我说了，这是一个过渡状态。随后您将再次接受手术，去掉一些经历，再增加一些经历。那时，您的想法会彻底改变，或者您会完全变成另一个人，也未可知。您能经历这么曲折、复杂、奇妙的头脑旅行，让我都羡慕。只有您小丁飞刀能有这样的幸运，配得上这样的幸运。您的铁哥们儿程庆说，您是这个世界上独一无二的人……"

丁学松不想再面对唐亚坚了，在固定绷带留有的狭小空间里，他努力将关节稍稍侧动，脸庞转向了林敏（成齐）。他像在对她说，又像在自言自语："程庆其实跟我算不上多铁的哥们儿，但是，他为什么要害我呢？"

"哈哈，"唐亚坚不管丁学松是不是愿意面对他，"这个世界上，不只是男女呀，就算不是Gay，男人和男人间的感情也是复杂的呀。同样的关系，两个人的认识不一样。您说他不算多铁，可在他的眼里，您是最重要的一个人。"

"是的。"在许久默不作声之后，林敏（成齐）突然从嘴里迸出两个字。

"最重要的，最重要的……"丁学松喃喃道，"可他为什么要设这样的圈套，将我置于这种境地？"

"圈套……"唐亚坚耸耸肩膀，"好吧，是他和我们设了这个圈套。他会当面向您承认的，他其实已经向您承认了许多，就差最后的结果了，不是吗？"

丁学松没有回应，算是默认了。

"你对他最重要，所以，他也最恨你。"这是林敏（成齐）在说话，"在他看来，他的整个人生，就是跟你之间的一场竞争。"

四壁很突兀地响起机器的嗡嗡声，空调通风口的合页来回闭合摇动。

唐亚坚说："您喜欢这个地方吗？我知道，现在这个时候，您是不大喜欢的。不管这里多么好，毕竟是地下室呀，要注意通风……"他用手指在空中摁了几下，像操控一只看不见的遥控器，那嗡嗡声变小了。接着，他又动作稍大地摁了一下，在丁学松面对的墙壁上，豁然闪动出一块发亮的屏幕。丁学松看着那屏幕，突然开了句玩笑："怎么，想请我看电影吗？什么片子？"

"小丁飞刀确有胆色，这种时候也够幽默。"唐亚坚说，"我确实要把电影种进您的脑子里，让您变成电影里的人。我相信，以后咱们的共事一定是非常愉快的。要是有机会，可以请您看看法国片子，好莱坞太俗了，还不如看看老港片。看电影不急，以后日子还长着呢，现在请看看您自己的过去，美好的青春呀。"

"我的过去？难道你们拍了下来？"

"我们哪有那个本事呀？只是一些东西，过去的东西，跟您的过去有关的东西。"

随着幻灯片闪动的咔嚓声，屏幕上出现了一个小方框，随后小方框被逐渐放大，调整方向，变得清晰起来，那是一本杂志。

"程庆重视您，因为他是您的铁哥们儿，也是您的冤家。现在请您看看，为什么我们都对您有兴趣，看得清吗……看不清再放大点儿。"

屏幕上的杂志骤然变大，像是直冲着丁学松压来一般。丁学松看清了杂志的封面，黑体字杂志名被放大——《生物技术通讯》。

那是一本专业杂志，在业界的地位和权威性不算太高，他在学生时代常看到。后来，随着他自己的学术水平的提高，他的一些研究成果在比这本杂志更权威的国内外刊物上发表，他就很少再看到这本杂志了。

"是不是有点儿青春的记忆？"

丁学松轻咬几下嘴唇，说："你不是要跟我讨论青春吧？"

"哦，我忘了，总说青春残酷，其实不是所有人的青春都那么残酷的。有的人的青春呀，就是春风得意，一帆风顺。”唐亚坚的声音像是退到了远处。屏幕上的杂志被翻了开来，翻了几页后停下来，字迹再度放大，向丁学松压了过来，使他看清了那一篇论文的标题——《大脑记忆信息的产生、储存和遗失初探》。

一些久远的、快要被他自己彻底遗忘的事情重新被记了起来。丁学松确认，自己真的被施行了记忆恢复术，一切过往都可以被更清晰地忆起了。

屏幕上的画面镜头稍向下移动，证实了他的记忆，那篇论文的标题下面是署名：丁学松。

“小丁飞刀真是个少年天才，大学三年级就有这样的成果。程庆在私下里跟我讲，其实，您也可以算是会心公司的创始人之一，公司的一切，都来自您年少时就有的头脑。”

年少时的那件事情，丁学松多年来不再记起，不是因为记性不好，而是此事在他的行医生涯里太不重要了。

那是大学三年级的时候，在其他同学还在继续苦读临床医疗的基本知识之际，有一段时间，丁学松对脑外科和脑神经科学产生了兴趣，整天沉迷其中，不能自拔。

同学程庆提醒他：“小丁呀，正经功课太紧了，就是神仙，不用功也得挂科呀！您老人家收收心吧，不要整天都待在幻想里了。”

丁学松嘴上答应着：“是，是……”却仍然忍不住沉浸在“歪门邪道”里。

唐亚坚说：“从今天的观点看，您那时就是医学界的乔布斯、比尔 · 盖茨呀，年纪轻轻，就有着可以改变世界的创新思想。”

在那个时候，丁学松没想着要改变世界，也没想发明什么新的生物技术。他就是上了瘾地，深深地迷上了人的大脑。

他里三层外三层地研究着那个世界，那是个人类既熟悉又陌生的世界，那只是每个人头颅里的一点儿方寸之地，其中却埋藏着堪比于整个宇宙的秘密。他夜以继日地攻读着、观察着，钻图书馆、钻实验室、钻化验室，还想法子去还不允许大三学生前往的医院脑神经科、脑外科，通过临床取得信息和知识。一开始，他不知道自己究竟要找出什么，得到什么，直到有一天，他开了窍：人脑虽然更复杂，但它在某些方面跟电脑差不多，电脑不就是模拟人脑的一种产物吗？那么，人脑内的信息，也可以像电脑一样，产生、输入、储存、删除。

3

在大学三年级，丁学松把自己的奇怪想法跟同学程庆讲，程庆猛推他一把："拉倒吧，别忘了咱是医科学生，不是科幻小说家。再说，您这科幻水平也太幼稚了，把人脑像电脑一样操作，小朋友都想得到，瞎想瞎玩呗。"

丁学松赌气道："你不信，我弄得扎实一点，证明给你看。"

所谓证明，也只能是纸面上的。丁学松没有条件拿活人做实验，也不会那样做。他当时的想法是：对于一个成熟的、接受过医疗科技训练的专业人士来讲，只要论证严密，逻辑通畅，纸上的模拟就相当于实际的操演，成功还是失败一目了然（多年后，他放弃了这种想法，因为人体和人脑太复杂，纸面模拟不一定能跟现实对应上）。

丁学松花了两周的时间，写了一篇五千字的文章，题目叫《醒脑》，拿给程庆看。

程庆一见题目，嚷道："这叫什么东西？看题目像小说呀！"

丁学松一想也是，科学文章该有个更严谨的样子，嘀咕道："题目我再想想，你先看内容，看内容……"

那个时候，一切简陋，并非人人有电脑、手机。丁学松的文章写在稿纸上，示意图都是直接用手绘的。在那个夕阳照进食堂的时刻，程庆将没洗的饭盆推在一边，将一本厚厚的稿纸摊在桌上，草草看了起来。看着看着，慢慢瞪大了眼睛。

丁学松问："看到什么了？里面有女生吗？"

程庆抬起头，用奇怪的眼神看着丁学松："我的天……感觉像是真的。"

丁学松得意道："怎么样？"

程庆向两边张望一下，确定附近吃饭的学生离得不近，但仍压低声音："想不想找个地方，发表这个东西？"

丁学松高兴地一拍桌子："好呀，要是发表了，同时署咱们俩的名字吧。"

程庆跳起来说："好呀。"

那个年代，同学之间的感情如此纯真，没人在意知识产权的问题。

程庆皱皱眉头说："要想发表，这题目真得改改，哪能叫《醒脑》呀？一点儿学术味道都没有。"

两人斟酌一番，改定的论文名叫《大脑记忆信息的产生、储存和遗失初探》。

程庆说："一定要加上'初探'两个字，显得谦虚。"

接下来，丁学松四处投稿，然而却通通石沉大海，连退稿通知都没有收到。他打过几个电话给杂志的编辑部，对方有的不待他说完，就答道："等通知吧，有消息会通知的。"有的直接就挂断了电话，再打过去便一直占线。有一个最耐心的人，听他报出文章的题目后，便突然间在电话那头迸发出一阵大笑，笑得上气不接下气，对着电话气喘吁吁道："小同学……你太可爱了，哈哈哈……"后来仍然是挂断了电话，事情便不了了之。

丁学松其实已经不期望论文能发表了，他只希望听到那些学术刊物的编辑老师的意见，期望看到一封有内容的退稿信，或者接到一个耐心讲解的电话。然而时间一天天过去，直到大四，也没有收到任何消息。

年轻时的丁学松是倔强的，他认为任何事情都要有个结果，不能不了了之。在一个工作日，他从实习医院请了假，直奔一所同城的国家一级学术期刊而去。

跟门卫老头儿的一番求情之后，他得以用传达室内线电话与里面取得联系，但仍然未能获准进入。终于，一位编辑在传达室里见了他一面。那位编辑有些岁数，目光如电，从眼镜上方看着他："小同学，你该大四了，听我讲一句，国家培养你，是当一个医生，不是一个幻想家，不要再做这种没价值的研究了。"说罢，扬长而去。

丁学松受了打击，当场僵立在那里，连门卫老头儿喊他的声音都听不到。与此同时，像被闪电击中一般，他一下子明白了另一个影响他一生的道理。在传达室门口，他恨恨地说："好，我就去当一个医生，当一个全天下最好的医生。"

自那一刻起，丁学松对那些关于大脑的幻想彻底没了兴趣，他把精力全部投入到外科医生的专业上。而医科大学的临床医学专业是本硕博连读——他已经将前路看得一清二楚。

然而过了一阵子，有一天，程庆拿来了一本杂志，是《生物科技通讯》。

程庆说："你猜猜，我拿来了什么？"不待丁学松发话，他已经急不可待地翻到了那一页，"你看看，你看看，登出来了！"

程庆期望看到丁学松的狂喜，丁学松确实也笑了起来，说"太好了"，却相对平静，已经没有了那股疯狂、热情的劲头。

程庆有一瞬间的落寞，但又马上被另一种热情振奋了，他向后扬手，说："给你介绍一个新朋友，大一新生，文章能登出来，多亏了她家里的关系。"

丁学松这时才看到，宿舍门口还有一个笑眯眯的女孩，正双手握在一起，垂在身前。女孩名叫谭一青，后来，他在心里叫她粉色女孩。

粉色女孩谭一青站在门口，说："大男孩，我早就听说过你了。"

岁月无情，人事变幻。此时，被固定在手术椅上的丁学松想，粉色女孩再也不会记起大男孩是谁了，再也不会有那种难以摆脱的痛苦了。他是应该为她高兴，还是为自己悲伤？

他看着那屏幕上的杂志、文章，叹口气说："程庆那时候还是够哥们儿呀，说是署我们两人的名，结果他帮我发表，还是只署了我的名字。"他像是自言自语，又像是对着在场的两个人。

林敏说："你既小看他，也高看他了。他这是恨，也是骄傲。从那个时候起，他就恨死你了。他真的很有眼光，一眼看出了那时候没人能看出的价值，哪怕你自己都把这个价值扔掉了。但他还是恨，因为天才不是他，是你。他再有眼光，也只是个能识别天才的人。"

唐亚坚笑道："果然还是你学心理学的女朋友更懂心理呀，能够洞察一个人的内心。当然，她了解程庆，也是因为她跟程庆先生……我这样说会不会有点儿伤害到您小丁飞刀呀？毕竟她也是成齐，是您中年遭遇的一次火热的爱情。你和程庆，可以叫那个什么？'同情兄'，对，'同情兄'，哈哈……"唐亚坚的笑声干涩起来，"您的这位'同情兄'，也同样够杰出的。虽然原理是您发明的，但是他能深入下去，经过十几年钻研，终于将它们一一落在实处，才有今天这样的成就。这可以算是创造了一个新学科，叫脑记忆整理学，或者简称为修脑术，对，修脑术，这个称呼更精练，也更有力。这样，一个新职业也被创造出来，叫修脑师。这一切，都起源于杰出的脑外科医生、脑科学专家丁学松年轻时的天才构想。一眼看穿这个价值，又在这么多年里一直坚持实践的，是另一个杰出人士程庆。"

4

"可程庆永远也不能从对你的恨中解脱。"林敏（成齐）说，"当然，他既恨你，又爱你。"

"爱？"丁学松瞬间回想起自己初见程庆时的那种迷醉和愉悦。

林敏说："他当然爱你了，虽然他不是同性恋。但是因为爱，也因为恨，在理想、事业和命运上，他不能放过你，他要跟你竞争一辈子。"

"他把我弄到这件事情里来，就是为了……"

"为了让您在他手底下做事情，以此来征服你。"唐亚坚说，"不仅在事业领域，还有您的女朋友，他也要……"唐亚坚用有一点夸张的头部动作，示意着林敏（成齐）的方向。

林敏（成齐）冷冰冰的："当然不止我，还有……你的记忆恢复了，过去的人都能认出来了，所以你该知道……"

"别说了！"丁学松吼道。他一直维持镇定，此时不由得闭上了眼睛。

一个最不愿面对的事实摆在眼前，那个事实和一个人有关。

如林敏所说，他的记忆恢复了，他认出林敏正是成齐。他还想起了另一个人，那是一个此刻不在眼前的人，但他绝望地想起来了。

他不愿想起那个人，但这由不得他。

唐亚坚朝着林敏微嗔道："瞧你，总说这些儿女情长的事儿，让丁教授痛心了。"他向前微探身子，关切道："还好吧？"

丁学松努力让自己平息，说："我好不好没什么。有你这样的人在，这个世界不会好。"

唐亚坚完全丢掉了天然的羞怯，更像个自信满满的男人："这样讲真是高抬了我，好像我真能改变这个世界似的，又好像这世界现在就是好的似的。我没那么大的志向，我不过是个商人，做些生意。"说着，他显出一点儿忧戚之色，"不过，您的铁哥们儿程庆倒是想改变世界，狂热呀！理想主义者总是狂热的。他是理想主义者，我是现实主义者。"他向墙上的屏幕瞟了一眼，"所以，我们不会单单为了陪程庆玩儿，就花这么大工夫把您拉进来，您要来完成关键的任务。"

"我对你们发疯的任务没兴趣。"

“这是您现在的想法，正常。”唐亚坚说，“手术之后，您的想法会变的。这么美妙的手术，出自您，现在又要再次在您身上实施了，这是多么壮丽、完美的事业呀！弄得我也有点儿理想主义了。”唐亚坚深吸了一口气，“我本来没什么出息，只想停留在药物配合术阶段。那样，随着软性医疗的推广，会心公司的各类产品会在人们大脑记忆的辅助下，源源不断地销售出去。”

“你这是直接把毒品种植在人们脑子里，以便低成本持续不断地贩毒，阴险卑鄙的生意。”

“可能吧。但生意有多少是完全不阴险、不卑鄙的呢？这种理论问题咱们不讨论了。咱们都是理工科出身，说技术问题吧。在跟程庆的磨合、争论里，我渐渐认同了修脑术的更深入发展，这其中就包括记忆删除术、记忆植入术。程庆是想改变世界，而我……谁不想把生意做得更大呢？”

“如果能控制所有人的脑子、记忆，就肯定能牟取更大的利益，这是没有物质载体的毒品——毒品！”

“您不要总对一个您注定要加入的事业有偏见。现在在某些国家对某些毒品的使用也已经合法化了，世界总是在变的。程庆说，总有人要走在大多数人的前面，还说，您就是最有可能会走在前面的人。”

“如果前面是个火坑，我会回头，还会把该下去的人一脚踢下去。”

“意气，这是意气用事的话。真佩服您，现在这样子，架子还不倒。您说您被固定在这个椅子上，腿都伸不开，怎么踢呀？等您从这椅子上下来，就更不会踢我了，还会跟我们一起，并肩向前的。”

丁学松沉默了几秒，问：“既然你和程庆已经搞定了一切，那你们还要我做什么？难道……难道只是程庆要把我弄到身边来折腾。如果只为这样一个目的，你们会同意吗？”

唐亚坚面色阴沉下来，变得严肃，地下室里的空气仿佛也凝固了，林敏也不由得低下头。唐亚坚又摁了一下看不见的遥控器，屏幕上的杂志和论文被翻了两页，然后被放大，一个小标题呈现在丁学松的面前——关于脑记忆整理对性格影响的探寻。

丁学松完全记了起来，记起了他当年写下这个小标题的兴奋、紧张，还有一股淡淡的恐惧。

“这是程庆搞不定的事情，也是最高的、最闪耀的成果。”唐亚坚有了不同于刚才的沉重，“现在，药物配合术、记忆删除术、记忆植入术，都已经研发成功，并且实施过了。这些都只是简单的记忆整理，脑信息的整理，不涉及一个人的本质。”

“本质？”

“就是说，人的本性呀、性格呀，就像您在这篇论文里提到的。比如人会怕死、父母会爱自己的子女、人会有私欲等。而您在这篇论文里已经提出了修正设想，不但可以改变人的记忆，而且可以改变人的性格。比方说，把一个人变得不爱自己的孩子，但爱别人的孩子；把一个贪财的人变得乐善好施；或者让一个人爱上他本不爱的人。”

“所以，也可以把母亲变得想杀死自己的孩子，把一个普通人变成罪犯……”

“您为什么不往好处想呢？程庆一提到这最后一步，就激动不已，自己又无法达到这种境地，就想要用一切方法请您进来，加入我们。”

“他知道如果直接谈这些，我是绝不会答应的，于是你们就搞了这么一场阴谋和圈套，用手术来试图改变我，让我觉得我在医院没有出路了，只有到这里来跟你们一起做事？”

唐亚坚垂下了眼皮：“本来没想到还需要现在这次手术。程庆希望请您进来后，让您慢慢地了解，慢慢地说服您。他总觉得，您是跟他一样的人，会对这项事业狂热，最终您会接受，和我们一起奋斗。”

“然后，我也就永远认不出被你们删除的人，不知道你是那个用阴谋进入医院的病人，不知道他的情妇就是我的女朋友，不知道……”

“是的，这听上去有些残酷，可是，假如您始终不知道，这些事情对您来说也就不存在。程庆除了暗暗满足于他对您的征服和战胜外，也会一直善待您的，他不一直是这样做的吗？连您被实施手术的事他都准备告诉您了，他是那样天真，认为只要是为了科学，为了人类的幸福，您会接受并释怀，只不过这需要经过一个耐心的说服过程，他也准备好了那样的耐心，并认定您也有着同一种耐心。最终，大家可以一起工作，攻克科学难关，共享成就，那对您来说也同样是一种美好的人生。可惜，他对您的预期有问题，您虽然被改了记忆，可是本性没变，现在还跟警察混在了一起……”

5

丁学松闭上眼睛：“我说了，虽然跟他有不少交往，但算不上至交，他不了解我。”

“是呀是呀，在同一层关系里，当事人的认知也是不同的，人和人之间很难有真正的平等，他把您当作至交，当作嫉妒、竞争的对象，您却没有平等看他，您的表现也不如他的预期。这更证明了攀登最高的那座山峰的必要性，人的记忆的改变，不能带来人的本质的改变。所以，更需要请您出山，攻下这最高的山峰。”

“我不会做的。”

“您会的，因为您马上会接受手术。您没有被程庆说服，但会被手术改变的。”唐亚坚轻咬下唇，样子憨厚，“对了，我该告诉您，程庆仍然反对对您进行再一次的手术。所以，在今天这个重要的时刻，他没有来，我们请他休息了。”

丁学松凝望着大屏幕上年代久远的杂志，望着那个小标题——关于脑记忆整理对性格影响的探寻，想起了当年的更多情形。那个时候，所有的杂志社都把这个东西当作无稽之谈，当作年轻人的幻想和疯狂，后来甚至连他自己都这么认为。他成了一个走在标准轨道上的青年才俊，还是程庆用走后门的办法，让它发表在这本在业内影响力不大的杂志上。

当然，真正为他打开了后门的人，是另一个人，一个女孩子，一个被他在心里称作粉色女孩，现在已经将他从脑中完全删除了的女孩。

丁学松记起了那个女孩站在门口的样子，她脸上略有些羞涩的表情，她垂在身前的手，那画面像放电影般，如在目前。他记起此后她一次次地出现，一次次被他冷淡，一次次满不在乎的笑容……

他记起了那篇发表在那份影响力不大的杂志里"学生科学园地"栏目的论文，论文前还加了编者按。编者按说，虽然这篇论文有许多空想和不切实际之处，但体现了青年学子对科学的追求，以资鼓励而发表，等等。

他还记起了另一个人，另一个他最怕想起的人，但他还是难以逃避地想起了……

他突然想到了"回光返照"这个词语。他为什么会在短短的时间里，想到这么多、这么清楚地记起以前的人和事？这应该是一种濒死前的症状。这就是他要面对那个魔鬼修脑术前的情形——那个手术竟然是从他自己的理论中生发出来的。

他的身体不会死去，但是，在接受那样一个手术之后，他就变成了另一个人。那么，现在的这个人跟死去有什么区别？

从这个意义上来讲，他其实已经死去过一次了，被眼前的这两个人和他们的同伙谋害过一次（上一次正是这两个人亲自操刀）。在那次之后，他有了虚假的记忆，他的生活被完全颠覆了。那是一个险恶的阴谋，他从头到尾不知情，他以为自己还是原来的那个人，因此也就没有濒死的体验。

现在，他是完全清醒、完全知情地，面对着这一刻。所以，他面临的，是死亡的考验。

唐亚坚宽慰道："放心吧，丁教授，您现在的痛苦、绝望都会过去。您会睡着，醒来后，痛苦就消失了。之后您会有另一种心情，我们会有一致的想法。"

明知无望，丁学松也不放弃抵抗，他绕着圈子："你们怎么能保证手术后我就一定会合作，会改变想法？改变一个人性格的设想，修脑术不是还没有实现吗？现在我的记忆变了，但人不会变，我不会接受那个研究任务。"

唐亚坚夸张地皱皱眉头，又舒展开来："您说得确实有道理，手术确实是有风险的。我们评估过，这一次，比上次实施的记忆植入术风险更大。不好意思，所有的风险都让您一个人承担了，您真是献身医学的楷模呀！其实，如果您本来就愿意合作，能被说服，像程庆希望的那样，就不用这次手术，可是，现在连警方都惊动了，所以不仅您得接受手术，警察也得接受手术，局面有些复杂，但还好，没有失控。"

"你们别想得到我的合作。"

"好吧，把手术的方法告诉您，看看有没有风险。手术分为两项内容，这只是一种区分，但实际上是融合在一起的，仍然是记忆删除术，你今天恢复的记忆会再一次被删除，就是说，您现在认出来的几个人，包括我、您的女朋友成齐，还有……您会再一次认不出来。另外我们会植入一些新的，更精彩的故事到您脑子里，比上次更丰富，更复杂。我口才不好，一下子讲不出那么多的故事。总之，当您醒来，在您的记忆里，您已经因为故事里的遭遇，参与并领导这项研究一段时间了，您会自然接受下来。您被植入后的记忆将会跟您醒来后面对的现实无缝对接。而无缝对接的技术已经成功了，这一点上一次在您身上已经证实了……"

"但你们仍然改变不了我的本质，我的价值观，我会在那个世界里醒过来的。"丁学松大声叫喊着。其实，他的内心已经很难相信自己的这些话了，这是他最后的抗争。

"是的，"唐亚坚欠了一下身子，这时候他很像一个医生，很有风度，"风险确实很大，谁也不知道这个手术会不会成功。如果失败，您可能会精神失常，或者……或者为科学献出生命。但是，什么样的进步不需要人类的献身呢？越伟大的科学技术，越要把最优秀的人送上祭坛，像您这样的优秀科学家，就算为此疯了，死了，难道不也是死得其所吗？”

丁学松闭上了眼睛，不再说话。

唐亚坚优雅地问道：“您准备好了吗？可以开始了吗？”

这种流氓般的体贴，是对丁学松的一种侮辱，但在这个时候，侮辱又算得了什么？丁学松看到不久前他还深爱着的一个人——他的女朋友成齐（林敏）走上前来，从他身旁的器械架上摘下一个透明面罩。那是寻常的氧气面罩。丁学松知道，其中喷出的不是氧气，而是曾经暗算过他的空气麻醉剂。

“亲爱的，你要听话。”成齐这时完全变成了那个热恋中的人，用那种让他甜蜜感动的声音跟他讲话，“你最好不要挣扎，要放松，这样会更顺利，也会降低手术的风险，在这之后，我们还会对你进行全身麻醉，和脑部的深层麻醉。这些都需要你的配合，放松……”

他当然要挣扎了，但是此刻竟连头颅也只能微微扭动。面罩被成齐温柔地罩在口鼻上。他马上感到一种沉重，一种从身体到脑子的沉重，像是被压上了厚厚的棉被。

他知道无望，却仍用残存的意识抵抗着，睡眠和逃避的愿望像大山一样袭来，像海浪一样一波波泛起。他终于抵挡不住，要沉下去了。

如果沉下去，就再也不会是原来那个他了。

6

他就要彻底沉没了，沉到一个令他恐惧的、全然不同的世界里去了，他连挣扎的意愿都要消失了。

但这个沉落突然中止了，他像是僵在了半空。

周围出现了奇怪而强烈的响动声，像鞭炮一般噼噼啪啪，又像许多玻璃掉落在地上的碎裂声。

那响动声是删除和植入记忆的声音吗？是那种邪恶的声音吗？

不对！

他突然间能睁开眼睛，能看见四周了。

他已经被完成了手术，被删除并植入了记忆，变成了另一个人，从而醒过来了吗？

好像不是！

还是那间大手术室，环境和陈设模拟清凇医院手术室。他还是躺在手术床上，天花板四周，空调风口的合页依然张开着。对面稍高的墙上，那块屏幕依然在闪烁，上面是翻开的杂志。

但这时手术室里不止三个人了。

丁学松向四周环视，唐亚坚和林敏（成齐）仍在，但姿势跟刚才不大一样了。

林敏仍然笔直地站立着，还像刚才一样冷冰冰的，面无表情，只是双手有些僵硬地下垂着，两手并拢之处，有闪闪发亮之物。

丁学松定睛细看，那是一副手铐。

林敏两侧，站着两个不认识的人，跟林敏没有身体接触。但显然，林敏已处于两人的看管之下。

在手术床另一侧更远处，唐亚坚跟人发生了身体接触，有两个更强壮的人从两边扭住他的胳膊。唐亚坚左右扭动，做着象征性的抵抗。林敏喊了一声，这声音是丁学松熟悉又陌生的，在空气里有着极大的穿透力。

林敏喊道："唐董，算了，没用了。"

唐亚坚不再挣扎，垂下头，又使劲地扬起了头，脸庞上重现南方人特有的羞涩。在这羞涩的表情下，他发出了一种怪笑，他笑着说：“十年之功，毁于一旦呀！”两颊上掉下泪来。

丁学松看到了一个他认识的人。虽然此时背对着他，却一眼就认了出来，是朱警官。

朱警官仰头打量墙壁上闪现的屏幕。画面已经不稳定，正闪烁不止。看了几眼后，他回过头来，冲着丁学松：“弄了半天，这害人的玩意儿，是你发明的呀！”

丁学松正要搭腔，另一个认识的人走上前来，伸手帮他解开脖颈和手腕上的固定绷带。

丁学松使劲地眨眨眼睛，确认了：是会心公司的同事柴医生。

柴医生做出“嘘”的声音手势，还是那种夸张的样子：“说话没问题，身体先不要乱动，这种绷带设计得很邪恶，容易受伤。”

丁学松说：“怎么才能知道现在的事情是真的，还是手术植入记忆呀？”

“哈哈，理解理解，的确有人生如梦的感觉呀！其实，有多少事情是真的呢？”柴医生停下手，卷卷本来并不长的袖子，将一只被扯断的塑料面罩在手里扬一扬，“你刚才被这玩意儿熏了一下，不过时间不长，不至于完全昏死过去，唐老板他们只有一男一女，很容易搞定，主要是他们想不到我会进来。”

“您，不是妇产科医生吗？”

“是，是，是学的妇产科，不过，是在警官医学院。”柴医生蹲下身，解开丁学松脚腕上的绷带，“后来学了法医学，还学了自由搏击、自动步枪射击，这些倒不属于医学……我没有学过脑外科，否则没准安排我给你动手术。”

朱警官看了看表，冲唐亚坚说：“别哭了，你的人生已经够精彩了，得知足。要不是我们有人，现在我就认不出你了，好悬。”

唐亚坚扬起头，由于双手被人反执在后，有些吃力，冷笑道：“你只是个警察，懂什么？你以为你在维护法律，伸张正义，其实你在毁掉人类最壮丽的事业，真正有罪的是你。”

朱警官不耐烦地挥手：“好好，我有罪，行行，下去吧，大善人……”示意将两人押出。唐亚坚走在前面，林敏跟在后面，高跟鞋踩在地板上的嗒嗒声一下一下响动，又突然停了。

她在门口停了下来，回过头，向丁学松投来深情的一眼，又无辜地笑笑，在押送者的催促下，继续向前走了。

丁学松已经从手术床上站了起来，目送林敏的背影离开，有些怅然。

“我就说呀，男人呀，最难过的还是情关。”朱警官走过来，用手指碰碰丁学松的肩膀，动作有些轻佻，“醒醒吧，大医生，她是骗你的，明白吗？你们的美好爱情是假的。”

“是……”丁学松有些惭愧，暗忖：她当然是骗我的，可是，她对我就一点儿真情没有吗？她刚才投来那最后的目光，也是假的吗……

这时候，柴医生走到丁学松的另一侧，声音压低：“不一定所有的爱情都是假的，有时候可以回忆一下更早的日子……有人在外面等您。”

丁学松的心脏提到了嗓子眼儿上，他知道他即将见到的人是谁，他害怕见到这个人，但又渴望见到这个人。

他们一道走出这个手术室。这是一间宽敞的手术室，内部环境完全跟清淞医院的手术室一样。走出后，丁学松才确认，仍然是那个深层的BX地下室。唐亚坚倒是没骗他，程庆却对他仍有保留，没有将这个秘密房间展示给他。虽然他在这里“工作”过一阵子，也无从发觉这个广阔而秘密的空间还有多少玄奥。然而这一切都不重要了，这一切在此刻都终结了。那个人站在电梯厅里。身后的电梯门闪闪发亮，远远望去，能映出丁学松和朱警官及他们身后一行人被扭曲的面容和身躯。

丁学松需要鼓足勇气，才能正视那个人。此前，他的目光留意到了电梯门旁边那个贴logo处，在那里，朱警官凭着敏感，找到了一块手表。丁学松想：

这个警察怎么会这么敏感，像有狗鼻子一样？

但朱警官这时将柴医生——其实是柴警官拉进了敞开的电梯，转头向丁学松挤眼睛：“我们先上去了，留出空间。呵呵……”电梯门关上，电梯上升。此时，包括电梯厅在内，整个地下室里只剩下两个人。

丁学松终于不得不抬起头，正面看着这个人。

对方穿着一件风衣，双手插在口袋里，笔直地站着。对方的长发顺着耳际缓缓地垂下来，那垂下来的样子，让丁学松感到自己好像回到了从前，回到那个青涩的年代。

对方说：“好久不见了，哦，其实，前不久就见过，只是……”这说话的语气，让丁学松也像是回到了从前。从前的标记还有许多，尤其是对方风衣领口上，用丝线挂着一个饰物，是一个小小的银色圆环。

不用凭借那个银色小东西，丁学松也能认出来，站在他面前的人是他青春中的痛和梦，在心里，他管她叫绿色女孩。她当然有真正的名字，叫曾小微。

是的，曾小微就是绿色女孩，她一直叫着这个名字。但是，当丁学松多年后再次见到她时，却认不出她来了，也记不起这个名字了。

这是一种多么可怕的手术，能够通过物理的方式，把心中最重要的东西生生地割除掉，让你就算痛还在，源头也杳无踪迹。

丁学松克制着，勉强地露出笑容：“他们把你……把你从我这里删除了。”

“他也把你从我这里删除了。”曾小微抿着嘴，笑着，眼睛里泛着泪光，“但他没想到，我会自己修回去。”

十二、最爱

1

时间是一条长河，许多人、许多事情是石子，把石子扔进河里去时会激起浪花、波澜，但是浪花和波澜很快就会平息，石子也很快就会沉底，只有河水不停地奔向前路。

而那些沉底的石子，有时候也会泛出水面，显出当初未能全部展现的姿容。

曾经有两个年轻人，一个叫丁学松，一个叫程庆。两人是多年的同学，很要好，或者说，看上去很要好的样子。

后来，丁学松的女朋友、心理学研究生成齐（林敏）说：“任何关系都有着跟恋爱关系相同的道理。一般来讲，总是那个付出更多的一方、更弱的一方，更执着也更怨恨一些。”

丁学松不知道这是成齐的结论，还是她的老师万启教给她的。

没错，成齐的老师是万启，凭着万启跟他丁学松的关系，成齐才能以一个心理学硕士生的身份，进入清淞医院，在专业并不对口的脑外科实习。丁学松本来记不得这件事了。在跟成齐开始恋爱后，不知是有意还是无意，他忽略掉了这件事，因一起不存在的“事故”离开医院后，丁学松的记忆里更是彻底删除了成齐这个人的样子，以及她的来源。

现在，他记起这件事；现在，他记起很多事。这些事情里好像还包含着更多他没有看清楚、想清楚的事。有的事情，正在面对时是非常可怕的。

他害怕面对一个叫曾小微的人，他怕想起曾小微这个名字，多少年来，就是在心里，他也只称她为绿色女孩，就像他将另一个人称为粉色女孩。

现在，他得拿出全部勇气，面对活生生的曾小微——活生生的绿色女孩。

曾小微问："程庆是一开始就是那个样子，还是后来慢慢变了？"

"不知道，可能连他自己都不知道吧。"

一个人成了让他人难以置信的、可怕的样子，是过去那一个完全消失了，还是现在这个原本就潜伏在他体内，一直在慢慢寻找机会破土而出？这谁能说得清呢？就算是后来变了，变成了与原来截然不同的人，在两个不同的人之间，界限又在哪一天呢？

青春时的恋爱总是美好的。分手虽然痛苦，但在以后的追念中，它也是美好的，散发着清纯的光晕的。

然而，对于丁学松来说，这一切美好只是最表面的一层。

在曾小微跟丁学松热恋时，程庆作为丁学松的铁哥们儿，有时候会跟曾小微打交道。到了后来，他也会在丁学松不在场的情形下，跟曾小微打交道。在曾小微最初的体验里，那是跟男朋友的哥们儿之间单纯的、毫无邪念的交道。

有一天，程庆远远指给她另一个女孩子的背影，那背影有着修长的身体，就是从背后看去，也有着跟正面一样的活泼。程庆说，那就是谭一青。

曾小微默默地点头。

程庆叹息着，程庆矛盾着。程庆说，他跟丁学松是最好的兄弟，但现在跟曾小微同样是好朋友，所以有的事情很纠结，但仍然觉得有必要说出来。

程庆说，丁学松跟她曾小微确实是真心相爱的，但是，他不会跟她长久，他最终一定会跟谭一青在一起，因为他是个事业型的人，他的事业需要谭一青。他的第一篇论文，在大三时发表，就是依靠谭一青。以后，他要在生物和医疗界发展，还得依靠谭一青的关系。

曾小微说："那时候太傻了，也太骄傲了，就决定找个人来气你，来报复你，其实，最后报复的还是自己。程庆太了解你了，比我更了解你，他知道你的性格。你就是看在眼里，也永远不会挑明，就那样，让我们的关系不可逆转。"

丁学松想到年轻时对爱情的绝望，想到那一次马蒂斯画展，想到那时的种种痛楚……

曾小微说："其实，程庆说得没错。你以为你年纪轻轻，成为名噪一时的小丁飞刀，全是凭自己的本事，你以为那些机会都是天上掉下来的，其实那是因为有人罩着你。一个有权力的人，从只有掌控一个杂志的权力起，到有更大的、越来越大的权力，他一直都在把这些权力和影响力用在你的身上，因为他最宠爱的外甥女要求他这样。那人见都没见过你，你对他只是一个名字，却是他心里的外甥女婿。许多年来，谭一青为你死过不止一次，她一直在你看不见的地方关心着你，为你付出。你最该在意的，永远欠着情的人，是她。"

面对曾小微，面对着绿色女孩，丁学松重新回顾人生。

即便他从来没有被修脑，他也并不是一个清醒的人。即便他恢复了所有被删除的记忆，他仍然需要一次全面的醒脑。

他其实是一个沉睡多年的人，他要让自己醒过来。

他以为过去那些学习机会、实践机会都是因为他自己的优秀得来的，他以为他一帆风顺成为声名显赫的小丁飞刀，都是他本人的才华体现。他确实够优秀，但优秀的人太多了。他现在知道了，那是因为有人在他不知情的情况下，着意地关照，甚至是那个对某大学校长的手术，那个成为他整个职业生涯的里程碑的手术，也是有人来电说："可不可以让小丁试一下？"才有了后来的事情。

许多重要的事情一直在发生，当事人却毫无所知。这是生活本身的修脑术，这比那种医学意义上的修脑术的威力更巨大。

他以为他的青春、他的恋爱里之所以有欢欣有创伤，只是自己的性情和命运所致。他不知道，一直有人在他看不见的地方影响着他，操控着他。

曾小微说："你一共休克三次吧？"

丁学松想了想，说："算上最近的这次，是三次，后两次都是唐亚坚、程庆他们搞的。"

"第一次呢？"

丁学松不情愿地回忆道："那次早了，当时谭一青自杀了一次，我听到消息……"

"你以为是受了打击、刺激，让你这个优秀的医科生休克了？"

"不是吗？那时候还是程庆把我弄回了宿舍，他那时候……对我不错。"

"他当然对你不错，他……你是受了刺激、打击，但不至于休克。你确实是个天才，程庆虽然不如你，但也是另一种天才。那时候，他已经自制了一种无预警、无迹象的快速空气麻醉剂，你三次休克都是由此而起，而这种麻醉剂的第一个使用者，就是你，就像记忆植入术的第一个被使用者也是你一样。"

"可那个时候，他为什么要麻醉我呢？"

曾小微的喉咙起伏着，像吞咽着过往的时光："丁学松呀，你这个人，多少年没变，对有的事情，你清楚得不得了；对另外一些事情，你却茫然无知。这个世界上，最爱你的人不是我，甚至也不是谭一青，不是你那真真假假的年轻女朋友，而是你的铁哥们儿——程庆，最恨你的人也是他。当然，他可不是同性恋……"

2

丁学松想起程庆的许多样子，年轻的时候、中年以后、最近的一次……在这些样子里，他慢慢拼凑出一些自己以前未曾觉察的事情。他想起休克时的那些梦魇、幻觉和快感，那是因为用了同一种麻醉剂，使他脑体里的残留记忆反应发挥作用，从而带来后两次昏迷中的舒适和接受。

是的，程庆要在他身上试验成果。年轻的时候，要试验空气麻醉剂；多年后，要试验修脑术。假如有机会，还会在丁学松身上试验其他。

曾小微说："何止如此？"

何止如此？他还要占有丁学松的爱情，把丁学松年轻时的女友变成自己的妻子，把丁学松中年时的女友变成自己的婚外情人。他要在所有方面都战胜丁学松。他还要把丁学松变成为他工作的人，让丁学松的聪明和专业都成为他的财富。他甚至想不再动用第三次手术，仅凭着友谊、理想、说服，就让丁学松就范。不这样，怎么能算战胜他呢？不这样，怎么能倾泻出他胸中满满的爱和恨呢？

曾小微说："他几乎要达到目的了，但他有个大盲点，有一个最简单的事实，他没弄清楚：这个事业其实不是他的，他也不过是别人的一颗棋子。所谓的创出来的事业，并不属于他。他都想不到，他有一天也会被人修脑。"

丁学松问道："上一次到你家，你认得我吗？"

曾小微说："认得，但我得装作不认识的样子。跟你一样，我们都经历了可怕的事情。他修了我的脑，却没想到被我发现，又修了回来。"

曾小微说，程庆作为一个丈夫，其实对她是很不错的："他很体贴，甚至还会跟我讲一些隐秘的事情，比如他从事的事业。他还跟我讲过学生时代的事情，讲他曾经偷偷地在一个同学身上试验过空气麻醉剂，讲他犯罪式的快感、成就感。那时我不知道是你，我连你这个人都不记得了。等我醒了之后，我就知道一定是你。"

在青春时的分手之后，曾小微没有跟丁学松有过联系。许多年里，她经历了几次感情生活，都不成功。她无法去掉心里的一个影子，那个影子本是一种美好，后来变成一个阴影。

曾小微说："年轻时真的太傻了，如果不搞那么蠢的试探，可能一切都会不一样。”

丁学松说：“那是程庆一手导演的吧？”

曾小微说：“如果不是自己的心魔，谁又能导演得了你的人生呢？”

这心魔不是被抚平的，而是被删除的。多年后，一个旧人出现在曾小薇的生活里，不是丁学松，是程庆。对绿色女孩曾小微，程庆使用了后来用在粉色女孩谭一青身上的方法，但不是为了治疗。

曾小微当然不知情。没有哪一个正常人愿意删除自己的记忆。像对丁学松一样，程庆是暗中做手脚。删除的内容很单一，就是丁学松这个人。这个手术程序后来直接在一个真正的患者身上使用，也是一个女子，叫谭一青。

被暗暗施行过修脑术的曾小微接受了程庆的追求，成为他的妻子。程庆对妻子呵护疼爱，然而，曾小微总觉得有另一种不是爱情的力量左右着他们的婚姻。似乎总有另一个看不见的人夹在他们中间，程庆对她所做的一切，总像是建立在对那个看不见的人的一种态度上。这让他们和谐美满的生活蒙上了一层诡异的阴影。

直到有一天，曾小微发现了问题。

曾小微去俄罗斯旅行，回国后凭借当时的素描笔记，参照国内的仿作，临摹了一幅马蒂斯的名画《红色的和谐》。程庆张罗着，将那幅画挂在家中的墙壁上。

这时，曾小微看到了怪异的情形。

被挂在家里的，确实是她的临摹作品，却不是她从俄罗斯回国时新画的那一幅，而是一幅她多年前的作品，应该是她在学生时代的作品。她能确定那绝对是自己的画作，却完全记不得什么时候画过这样一幅画了。

照理说，她曾经临摹过这幅名作，一定会留下深刻的印象，但她毫无记忆。

丁学松说：“你知道的，我也喜欢马蒂斯的画，那时候……”

“是的，那一次画展，当时我知道你一定去看了。那时候，我每天都去美术馆看真迹，再回去画，完成了那幅画。那时候，我带着一点儿年轻时顽皮的想法。原作中女子的右手是被桌上的盘子挡住的，我却把她的手画在盘子之上，因此，我一眼能看出是我画的，而且跟新的这一幅不一样，新的这一幅在这个细节上是忠于原作的。但是，我那时完全记不得画过这幅画，如果记得，就没有兴趣再画一幅了。"

曾小微说："程庆虽然是个细致的人，但他跟你丁学松不同，他没有艺术上的爱好和洞察力，因此也难以分清两幅画有什么区别。在我画完那幅画后半年多，我们才有了现在的新家，他跑到我的旧住处，从我的那些画里找到《红色的和谐》，挂在客厅里，却一点儿也没发现，那不是新画的那一幅。"

曾小微说："我的那些画一共没几幅，堆在一个地方很久了。如果不是挂出来，我也完全不知道了。是的，不是记不得了，是不知道我画过这样一幅画。"

当曾小微看到那幅画时，一个谜团就摆在了她的面前。

"事实上，这是删除你的附带结果。"曾小微说。

艺术以及马蒂斯，是曾小微和丁学松恋爱时的共同话题。那次观展时，他们的关系已经处于危机之中，但曾小微画那幅画时，心中所充满的，仍是对丁学松的感情。

记忆删除术的程序发挥作用，将与丁学松相关的记忆一并删除，那幅画也就从曾小微的记忆里消失了。

那么，当它挂在墙上，每天晃动在曾小微眼前时，也提醒她一个事实：她的某些记忆不翼而飞。

这个时候，程庆和曾小微夫妻感情好，程庆会告诉她一些事业上的进展，渐渐地，有关修脑术的一些情况，她也有了一定的了解。

"程庆这个人很奇怪，他做着一些诡秘的事情，也有一定的防范意识。另一方面，他总认为他的作为是对的，认为自己所做一切是为了理想。他对一般人会严守秘密，可对他重视的人，却常一厢情愿地吐露一些，且一厢情愿地认为这个人哪怕被他算计过，最终也一定会认可他。”

丁学松点点头。从他跟程庆打的交道来看，确实如此。在他身上，程庆实施了巨大的阴谋，却又一直跟他沟通，表达并肩奋斗的愿望，还相信他最终会接受。这其中也不完全是算计，还包含着扭曲变异的真情。

3

曾小微一发现问题，就被巨大的恐惧笼罩了。经过一阵子内心的煎熬，加上了解了有关会心公司的种种，她确认自己身上一定发生过什么，但又不知道发生的究竟是什么。她得想法子自救，又不知从何入手。如果直接去找警方，她根本说不清楚她出了什么问题，很可能还会被当作精神病患者。

因此，她只能表面上装作一切正常，暗暗等待机会。

曾小微到现在也无法相信自己居然能从那个阶段挺过来，到现在也无法回首那种噩梦——她跟程庆仍然是夫妻，得维持正常的婚姻生活。

那是怎样的艰难、恐惧和屈辱啊！

曾小微说：“那时撑着我的，就是希望，希望等到一个机会，等到一个人。”

曾小微等到了一个人。

曾小微对丁学松说：“这个人当然不是你。等你出现时，我已经恢复记忆了。我当时看到你，从你看我的眼神里，就马上知道你也被施行了修脑术，认不出我了。我就在程庆面前做戏。当他看到我和你见面不相识时，心里一定无比满足。他不知道，我已经不是那个被修过脑子的人了。”

曾小微等到了一个人，程庆的一个同事，姓柴。

曾小微说：“柴医生到家里来做过两次客。其实仅一次，我就发现他跟其他同事不一样，跟唐亚坚和林敏这些人不一样。当然，我知道这种不一样只是我的直觉，其他人不会看出来，如果看出来，柴医生就不会这样安全了。其实我也不知道这完全是我的直觉，还是柴医生在我面前有意无意的暗示。”

曾小微决定冒险了，她知道，如果不冒险，就只能永远等待下去，永远不可能找到合适的人。在柴医生第二次到他家做客后不久，曾小微给他发了一条短信，只有两个字：救命。

这次冒险做对了。曾小微说：“那时我也没想到他是警察，只巴望着他是一个既不会把我当精神病，也不是跟程庆和唐亚坚他们沆瀣一气的人。没想到，柴医生虽然在心理咨询部，却已经暗暗掌握了修脑术。”

柴医生说：“你确定自己要恢复那些失去的记忆？”

曾小微说：“当然。”柴医生说：“我不知道你究竟丢失了哪些记忆，但不排除其中可能会有一些可怕的事情，关于你本人的一些可怕的、难以接受的真相，一旦恢复，有可能你现在的生活就彻底过不下去了。”

曾小微说：“我宁愿面对残酷的真相，也不愿意生活在虚假的幸福里。”

柴医生实施了偷学的记忆恢复术，为曾小微恢复了被删除的记忆。

曾小微对丁学松说：“没想到，真相也没有什么太可怕的，只是删掉了你这个家伙。程庆对我也不算太狠。”曾小微淡淡地笑了一下。

那笑容让丁学松心碎。

丁学松说：“你恢复记忆后，还继续跟程庆一起生活，那……太难了……”

曾小微侧着脸，眼里闪烁着晶莹：“柴医生叫我再坚持一段时间。那当然很难，但也有一个有利条件。那时候，程庆跟林敏……他们在一起，这在一个小圈子里几乎是公开的秘密，他们以为我这个当老婆的不知道，其实，我只是装作不知道。程庆基本上不碰我了，我们成了无性夫妻，那么，我需要做的，就是装糊涂、演戏，反正已经演了好久的戏了。”

丁学松说：“你知道程庆现在在哪儿吗？”

曾小微说：“不知道，好多天没回家了，说不定被唐亚坚他们……”说着，眼角涌出泪水。

丁学松说："不会的，他不会有事的。"

丁学松和曾小微刚在会心公司的写字楼地下室见面时，是一时无语的。后来的大部分交谈是在公安分局的会客室里进行的。朱警官和柴医生让他们暂时待在警局里，避免在外遇到危险，并为他们单独辟出一个房间，以免其他人来打搅。

但在黄昏时分，有人不敲门便径直进来了，是朱警官。

朱警官眯着眼睛，因此两人一时无法辨认他是看着他们中的哪一个说话。

朱警官的声音有些小，两人要仔细听才能听清："你们的朋友程庆已经找到了，就在那个地下室里，最小的一个房间。"

"他现在……怎么样？"

"人没问题，身体也没问题，但是，脑子好像……"

丁学松和曾小微明白这个意思，陷入沉默。

"不过，事情还没完，"朱警官说，"朗亚还没找到。"

丁学松诧异道："唐亚坚不是已经……"

朱警官摇摇头："他不是朗亚。"

对于会心公司，对于唐亚坚，警方的行动迅速而低调。首先将公司人员进行区分，同谋者和知情者被拘捕，不知情的普通工作人员经过甄别后不予惊动。这种甄别是复杂的、秘密的，又是快速的。柴医生在这个过程中起到关键性的作用，丁学松也凭着在公司里短暂的从业经历予以协助。朱警官和柴医生一再强调，要低调再低调，避免消息泄露到社会上，引起一些不良后果。

社会上确实没起多大波澜，然而据朱警官说，还是有一些相关的人得到消息，有所动作。

丁学松问朱警官："你怎么判定唐亚坚不是朗亚的？"

朱警官说："在一段时间里，我们一直将他定位为朗亚，这一次，他也很乐见我们把他当作朗亚。但是，一些生活习惯暴露了他。在他进看守所的第一餐里，他吃米粉时皱起了眉头，还咳嗽几声，虽然后来还是很勉强地吃了一碗，却显出明显的不适。

“那碗米粉只是微辣。因此唐亚坚明显是怕辣，而朗亚是江西人，又多年在边境湿热地带生活，吃辣椒不成问题。”

柴医生补充说：“唐亚坚在药剂、毒品方面是行家，对美国的各种情况也很清楚，但当提到中缅边境的一些事情时，就出现张冠李戴、模糊不清的情形了。他应该就是一个从美国回来的海归，可能是被朗亚推到前台，在会心公司主持局面的一张牌。”

“那么，朗亚又在哪里呢？”丁学松已经从自己的困境中解脱出来，但如果整件事情不落幕，他还是无法释怀。

朱警官戏谑地看了他一眼，说：“放松，说一个有关你的好消息。回清淞医院后，你肯定要升官了。”

丁学松不解地看着朱警官。朱警官不紧不慢，半开玩笑地告诉他，清淞医院的神经外科主任郭临已经很多天不上班了，家里也找不到人，家属已经报警。

朱警官说：“郭临不见了，你回医院，还不得马上当神经外科主任？”

就在丁学松被唐亚坚和林敏捆绑在手术床上动弹不得时，他回想起医院方面的一些疑点。那些异常没有动摇他对医院的信心，但是，他确定医院里的某些人一定有问题。

现在郭临出了状况，与他估计的方向差不多。

4

在清淞医院，与郭临有深厚关系的两名医生被警方带走“协助调查”。一名是神经外科的日常值班医师，另一名是院人事办公室的机要科员。但郭临本人却不见踪影。

朱警官幽幽地说，医院里也就这两个人了，其他医生、护士、院领导，应该都没有问题。

郭临确实有问题。

如果不是医院内部的人，如果没有类似于神经外科主任这样的职位，谁能有那样大的权力和资源，设计那样严密的一个圈套，使丁学松本人在院中被暗算，又能在之后两头布置，既通过人事办的电话向丁学松传达关于他被除名的假决定，又在医院方面安排丁教授回老家长期休养的假象。

这一切也都建立在对丁学松性格的把握上。做出这种安排的人判定，一旦发生重大医疗事故，丁学松本人一定会远离医院，躲避所有医院圈子里的人，更不会主动到医院去查个究竟。

做出这种安排的人还确定，丁学松在接到医院人事办的解职通知后，即使在电话里请他回院办手续，他也暂时不会回去，更不会去看个究竟。他会沉浸在自己的失败里，短期内无心也无暇再回医院。

如此了解他的人，在医院里，除了郭临之外，再无他人。

这些安排的成功，是建立在对他性格的把握上。程庆、林敏（成齐）、唐亚坚的举动，又何尝不是基于对他的性格的了解？他们知道他的骄傲、他的洁癖、他的敏感，甚至他内在的社交恐惧症。如果他是另一种性格，许多事情的发展都不会是现在的样子，阴谋可能不会发生，或者早被拆穿。

不，他们还是会行动，还是会布置圈套，但会有另一套剧本。他们也已经准备好应对各种不同的情形，他们是不会放弃的，直到有人站出来，凭着警觉、勇气和智慧，拆穿和摧毁他们的阴谋。

确实有人仅凭自己莫名的警觉，就拆穿了不可思议的阴谋。丁学松想到曾小微。他想，她还是那个他认识的绿色女孩。

但现实远远不是绿色的。

他不相信整个医院有问题，不相信多年辛劳的院长有问题。现在，证明来了。

如果是郭临配合操控医院，以郭临的智商、院领导对他的信任和他在整个医院的活动能力，要做到为那起阴谋手术提供环境，在丁学松清醒之后安排配合谎言的所谓人事办电话，让“病人”唐亚坚在未实施手术的情形下，以转院治疗的名义蒙混出院，都不在话下。

丁学松回想起跟郭临共事十几年的点点滴滴。对这个参与谋害他，差点完全毁了他的科室领导，他竟莫名地没有一丝恨意，甚至有点儿没原则地暗暗期望他能够逃脱。望着朱警官满不在乎的样子，他知道，这个可能性不大了。

郭临是在离境前的最后一刻被截留的——他用假护照已经蒙混过关，在飞机就要起飞时，他被警方从座位上带走。

丁学松和朱警官一起见到他时，他坐在椅子上，闭着眼睛，一言不发。

丁学松将一个瓷杯推到他的面前：“郭主任，喝点儿水吧。”

郭临睁开眼睛，仰头看他，像看着一个陌生人，随后端起杯子啜饮一口，说：“谢谢你啊，丁小刀。”

只有郭临简称他“丁小刀”。

丁学松和朱警官一起步出郭临所在的房间，在走廊里，丁学松说：“郭临不是朗亚。”

朱警官说：“他当然不是。我没说他是呀。”

郭临在被拘捕后，多数时候闭着眼睛，警方对他的讯问所得有限。后来，朱警官带着一个人走进那个房间，走进去时，郭临的眼睛仍然是闭着的，直至朱警官走到他的面前，站在离他很近的地方，自上而下地打量他。

朱警官打量了一会儿闭着眼睛的郭临，侧过身体，让到一边，和蔼地说：“郭主任，您看看，这个人——这个美女，你应该不陌生吧？”

郭临缓缓地睁开眼睛，显然，他对眼前的人不意外，也显然，他更绝望了。他叹了口气说：“终于到了这个地步，我其实早就知道，会这样的，会这样的。”

站在他面前的人身体笔直，面无表情，双手被闪亮的手铐固定。

她正是当初的清淞医院实习生成齐（林敏）。

成齐当初的男友丁学松没有看到这一幕。他没有那么强健的心脏面对这一幕。

丁学松跟朱警官说，郭临不是朗亚。朱警官说，当然，他不仅不是朗亚，而且与会心公司，与过去的贩毒集团完全没有瓜葛，他就是一个医生，一个好医生。

丁学松判定郭临不是朗亚，并不困难。实际上，郭临虽然比他年长，但是其人生履历也一直在他的眼前，顺着一个正常的节奏走到今天，他没有分身术——一边经历朗亚那样的江湖生涯，一边在国内医疗体系里成长。如果这个郭临是假的，真正的郭临中途被朗亚或其他人易容替换的可能性也趋近于零，因为就算容颜可以复制，但是一个有如此医术和医疗管理经验的人，也是不能随便被复制的。

正如朱警官所说，郭临一直是个好医生、好的管理者，没有劣迹，更谈不上犯罪。

直到医院里来了一个实习生，叫成齐。

这个实习生是通过丁学松的关系进来的，此前跟郭临素不相识，跟丁学松其实也不熟识。在医院实习期间，她成了丁学松的女友。

但这些只是她的一个身份——最表面的生活。她还同时有着另一层身份。暗地里，在丁学松和医院其他人毫无所知的情形下，她跟神经外科主任郭临发展出一种特殊关系。说特殊，其实也不稀奇——作为男人和女人，他们有染了。

郭临有家有室，本是个忠诚顾家的丈夫，此前也毫无劣迹。但面对成齐这个不一般的女子，他抵挡不住。

丁学松怀疑成齐使用了程庆他们善用的“保健品”，被朱警官否认了。

朱警官说，世界上确实有一种人，特别是有一种女人，是不用借助药物或其他什么外力的，仅仅是她本人，就够了。

朱警官带着一种可恶的调侃。他说，有的人，多少年对男女之情心灰意冷，还不是一见到某些人出现，就重新燃烧爱情火花？

丁学松顾不上惭愧，只觉得痛和后怕，追问道：“郭临是不是从此就成了他们一伙了？可是他……”

朱警官说，当然不是，郭临一直还是做他的医生、科室主任。但是，有一种女人一旦跟一个人建立了关系，也就有了控制对方的能力。郭临被控制了。

丁学松说：“付出这么大的代价，就是为了把我……”

朱警官说：“对付你当然算一个目的，但不光是为你，或者说你还算不上首要目标。对于哪个目的更重要，唐亚坚和程庆有不同的看法。控制了郭临，也就在清淞医院最重要的科室——神经外科安排进了内线，这样，就可以形成跟这种权威医院的合作关系。他们的软性医疗，他们的修脑术，也就有了源源不断的病患资源，源源不断的‘志愿者’。”

丁学松说：“那么，他们肯定不只是在清淞医院下功夫。”

朱警官说：“当然，他们几乎要四面开花了。之所以对清淞医院格外重视，还是因为你，因为重视你小丁飞刀呀！”

5

郭临被拉下水，算是一世英名毁于一旦。拉他下水的是成齐。尽管丁学松已经明了成齐的真面目，但心里仍有说不出的别扭。

朱警官不管不顾，继续分析：“其实，要真正控制郭临这样一个人，不是那么容易的，除了色诱、利诱和威胁外，还有，就是程庆那一套——谈理想。你想不到，你的女朋友对这种精神控制方法的掌握，已经到了像是得了程庆真传的程度。她一方面让郭临处于欲望和饥渴之中，一方面给他威胁和压力，还有一方面就是不断强调软性医疗事业和修脑术对于人类前途的好处，即所谓创造未来幸福生活的前景。这一招真奏效，郭临完全被她诓中了。不管心中是不是真的相信，人一旦有了一个合理化自己的行为的理由，便会像找到救命稻草一般，紧紧抓住。在那个阶段，郭临一定觉得他跟成齐是秘密的'革命伴侣'，怀着热情做了许多事情，这其中就包括安排你的手术。"

"这才是最可怕的修脑术，"丁学松说，"把欲望和罪恶包装成理想，这个世界上的许多不幸，都是这样来的。"

在欲望、罪恶和理想之外，丁学松胸中还埋藏着一个不愿挂在嘴上，但更致命的词语——爱情。

如果爱情是虚假的，那摄人魂魄的一刻心动，是否也全是虚妄？

在被成齐打动的第一个瞬间，源自一个装饰在她身上的银色圆环，那是他半生珍藏的秘密。在跟成齐相处的那些日子里，他甚至带着一种愧疚，他和她已经无所不谈，却一直隐藏着这个唯一的，也是最重要的细节。他对年少时发生的事情不后悔，更不会背弃。那个圆环所代表的，是他心中永远的绿色女孩。那时的他不知道，一切都是有备而来。

现在，不用跟曾小微确认，他也已经知道，那小小的银环正是一个大大的圈套。年轻的实习生表面上不明就里，实际上是暗暗拿出撒手锏，这种撒手锏，只有最了解丁学松的人知晓。那个时候，他的同学程庆正在谋划，他的绿色女孩曾小微已经是程庆的妻子。曾小微一直保留的一些习惯、一些小饰物、一些最能打动丁学松的地方，都在十分了解他的过去的程庆的掌握之中。于是，复制不成问题，爱情火花也不成问题。

有多少表面的美丽，背后其实是刻意的谋划，甚至是秘密的肮脏。

但这一切还没有结束。

“还没有结束。”朱警官说着，语气里没有一丝焦虑，只是懒洋洋地陈述。

丁学松像受到他的影响，也懒散地、满不在乎地说：“不过，快要结束了。”

朱警官说：“什么意思，你？”

“我知道谁是朗亚了。”

朱警官诧异了一下，微皱眉头：“不知道我跟你想的，是不是同一个人？”

丁学松突然想到另一件事，同时也想小小地“逼迫”朱警官一下，于是岔开了话题：“朱警官，我发现了，你是个不次于朗亚的阴谋家。”

“我，阴谋家？”

“当初，你压根儿就没病。所谓生病入院，查出脑瘤，又被发现是弄错了核磁共振底片，其实根本就是你的阴谋。你是想进来查一查清淞医院。”

朱警官不作声，只是挠着头笑，像个做错事被大人抓到的小孩子。

“要是我没有发现底片的问题，难道你打算挨我一刀？”

朱警官仍然笑着，那语气像谈着一件不妥当但轻松的事情：“当时，不知道医院里到底有没有问题，是什么问题。真不好意思，一开始我们最怀疑的人是你，因为你的目标最大呀。我还是通过郭临走后门，安排进院手术的。如果你没看出来，我会坚持到进入手术室的最后一刻，再看看怎么脱身。当时，总感觉秘密就在手术室里，但想不到是这么匪夷所思的秘密。”

“你们一直盯着我，却没有阻止发生在我身上的事情。”

“有的事情，不发生是不会显露的，警察不是神仙，”朱警官说，“也有一些事情，虽然不是好事情，但发生了比不发生好，因为这可以防止更不好的事情发生。”

“你真是个可怕的人。”

“唉，我有什么可怕的？一个老警察。还是把真正可怕的人找到吧。”

“我确实知道朗亚是谁了，你不一定认识他。”

"我也不一定不认识他。"

这个周末，心理学教授万启没有回家，在办公室里写文案。他已经连续在办公室里待了许多天了，忙于完成一个新的研究项目。他的助理感动于他的忘我，也自愿留下来协助。时近黄昏，助理正打算去采买晚餐，门铃响了。

万启从写字桌后抬起头来，一缕晚霞的光芒由窗户射入室内，他微微眯起眼，喃喃道："终于来了，该来的……"

助理问道："万老师，要开门吗？"

万启说："开吧，让他们进来。然后，你就回家吧，我要……会朋友了。"

助理向着可视对讲机走去，在要伸手按动之前，突然回过头，眼含热泪："你要保重呀。"

万启点点头，默不作声。

走进屋来的是两个人。一个是他的朋友，神经外科医生丁学松；另一个他不认识，向他欠身，礼貌地直陈身份："敝人姓朱，是分局的警察。"

万启点点头，没有起身，仍然沉默着。

在沉默中，没有询问、争执、抵赖、辩诘，一切在无言中得到了印证，一种默契在空气中形成。

这是大势底定的氛围。

朱警官先开了口，他客气地问道："万教授呀，你应该是知道消息了，为什么不走呢？"

万启抬起头："走？不，我不想再走了，累了。待着，看看你们和我谁更有运气吧。一切，总有个了结的时候。"

朱警官说："好。"

丁学松说："好。"

万启说："我可以再坐一会儿，也请你们坐一会儿吗？"

朱警官同丁学松交换了眼神，说："万教授，或者，朗亚先生，您可以再坐一会儿，我们不用，我们站着就行。”

万启摘下老花镜，用双手揉动着眼皮，问道：“我倒是想知道一下，你们是怎么……怎么发现我的？”

朱警官瞟了丁学松一眼，又看了万启一眼，说：“我呀，其实基本上是猜的，你问问他吧。”

6

丁学松说：“老万，咱们有四五年的交情，但在四五年前，我们不认识，你所说的经历，我并没有亲见过。”

万启说：“嗯。”

丁学松说：“您的专业水准让我佩服，甚至吃惊。尤其上一次，您为我检测，那样的设计和方法，得既懂心理学，又懂药剂学，还有神经内外科，这样的专业水准，就算是不贩毒，也一定能名利双收，可惜呀。这也让我想到，可能只有朗亚那样的少数人才有如此的知识和能力。”

万启说：“嗯。”

丁学松说：“成齐，或者林敏，是您的研究生，是您向我推荐她到清淞医院实习的。当然，您现在也可以说她只是您的学生，真正具体做些什么，还有什么身份，您不了解。总之，这个人同时……同时跟我们三个男人有关系，深深介入了清淞医院和会心公司两个机构，靠着她的能力和魅力，形成了一定控制力。假如她真是您的弟子，那么，这种控制力也就同时是您的控制力。”

万启说：“嗯。”

丁学松说：“万教授，或者朗亚先生，其实您不可能那么笨。您的智商不是我们这种只专长于某一方面的人能比的。您要是再谨慎一些，就很难被看出任何蛛丝马迹。但您有一个缺点，一个跟我的同学程庆、您的替身唐亚坚共同的缺点，就是骄傲，在专业上的骄傲，在智力上的骄傲。因此，您还是留下了一些痕迹。在回国洗清身份重新开张后，您不可能那么笨，自己冲在前面。您一定会找个唐亚坚那样的人，充任会心公司的头儿，撑起这样一个摊子。您自己则会打造出现在这样一个身份，在幕后操纵。但是，因为您的骄傲，您在做一些安排时，又太直接，比如成齐。"

万启说："嗯。"

丁学松说："还有，最关键，其实也是最不重要的一点。"

丁学松请万启伸出左手，万启若有所思地停顿了一下，把手扬了起来。

丁学松又请他挽一下袖子。

万启不动声色地问道："要挽多高。"

丁学松说："露出手腕就行。"

朱警官远远地盯着万启的手腕，没有什么异常，又不忌唐突地向前走了几步，凑近看了一阵子，恍然大悟道："我明白了，医生的眼睛呀，真是鹰眼。"

万启将左手放下，说："我想确认一下，您究竟看到了什么？"

丁学松说："您手腕上的印迹，不细看，是看不出来的，因为跟周围皮肤的颜色区别并不大。可是，确实有印子。"

万启将左手腕放在自己眼前晃动、翻动，像是在寻找什么痕迹，在他停下的时候，三个人都可以看清了，确有一块钱币大小的圆形印迹，像是镶嵌在他略显灰黑的手腕上。

丁学松说："我虽然早就注意到您手腕上这个东西了，但是它不特别明显，所以我以为是胎记之类，一直没在意。最近我明白了，那是另一种东西，是一块手表。您曾经长期佩戴一块特殊的手表，留下了痕迹。"

朱警官说："那手表可够特殊的，所以，留下的痕迹形状也独特，不仔细看，看不出来。"

丁学松说："那块表比这个印子大，但由于是表的背面接触皮肤，所以留下痕迹的部分，比表面要小，而表的背面细致的雕镂，在长年累月里，逐渐深入了您的皮肉。虽然不深，但是持久。"

朱警官说："不知道是您还是唐亚坚的主意，将那块手表封在那么一个位置，还真不好发现。"

万启像在思考，又像在看着远方的什么东西，说："我是比较迷信，觉得那个东西在那里，会有暗中护佑的作用，一开始确实也是如此，到后来……"

朱警官说："那么，咱们该走了。"

三个人一起起身，并肩行走。万启没有被戴上手铐，朱警官也没有特别在意地看护他。这样，三个人像三个边走边聊的朋友。

万启对丁学松说："一旦恢复了正常，你简直不只是个医生，还是个心思细密的魔鬼。"

丁学松说："哪里呀，我是那么容易陷入迷乱，在被你们修脑前，我其实就已经……"

万启说："这个真不是你的问题。得告诉你一件事情，你的那个女朋友——我的那个学生成齐，她其实不是中国人，更不是一般人。"

成齐，或者林敏，是整件事中最不可思议的人，她究竟长着一颗什么样的心，在随时变换的身份、表情甚至感情里，哪一个才是真正的她？她又怎么能如此自如地操控他人的感情？直到落网，她仍然没有卸下武装。那是看不见的武装。

丁学松、朱警官和万启都知道，不管怎样挣扎延宕，不管他们是否留恋，这场大戏都已经到了该谢幕的时候。这个时候，万启，也就是朗亚，愿意像个好演员那样，心平气和地揭开一些谜底。不管剧情多么扑朔迷离，谜团一旦被揭开，事情就会变得简单。

丁学松的女友、程庆的情人和万启的学生，这个谜一般的女子不是成齐也不是林敏，或者说，她不是一切人，也是一切人，但她有另外一个名字，叫原谷诚子。

她不是中国人。

她不但不是中国人，而且她扮演的角色跟她的实际年龄相比，也相差很远——与丁学松心目中的成齐或林敏相比，她的实际年龄至少要大出二十岁。

朱警官说，真可怕，她可能比我这个老头子还大。

原谷诚子是日本“原谷医会”的成员，那个组织自称医疗组织，但在日本被定为邪教，其宗旨跟会心公司类似，他们声称用医疗手段帮助人类找到幸福，实际上却做了许多杀害和残害病人、志愿者的事情。原谷医会的头目有军方及情报机关的背景，对组织成员的训练犹如特工。原谷诚子正是其中的佼佼者，因此，她要对付丁学松这样的男人，完全不是问题。

万启说：“她连你、郭临和程庆的生理习惯、性癖好都研究得清清楚楚，再加上还有了解你过去的人帮忙，拿出一些小东西之类，你没办法的。”

朱警官说：“你们跟日本人合作，是你回内地后才开始的？”

万启摇摇头：“早在边境时，我们就在想，毒品生意应该转型，于是就跟日本人，包括全世界有特殊医疗思想的人、组织做了很多交流。这个世界上暗地里一直在发生各种各样的事情，那些事情不是你们这些普通的医生、警察所能看到的。不过，朱警官，你这次可以立大功了，不但破获了一个国内的大型犯罪团伙，而且意外抓到一个国际犯罪组织的成员，她可算得上是个美女特工呀。真该恭喜了。”

朱警官仍是淡淡地回道：“那得谢谢您了。”

在万启等人被收押后，丁学松连续几天住在警局内的招待所里，没有回家——他现在也不知道哪里算家了。直到有一天，朱警官跑来跟他讲：“好了，告一段落了，你可以回去休息休息了。”

尾声

丁学松起身，朱警官说："送送你。"丁学松也没有客气，跟他一道往外走。走着走着，丁学松突然说："其实，我也成了犯罪分子。"

"什么意思？你杀人越货了？"

"我买了毒，还差点儿吸了毒。"

"哦，你还记着那件事儿。"朱警官不以为意，"就算吸了，也算轻罪，法律也不是死的嘛。那你说，卖给你毒品的郝涛该怎么算？协警呀！"

"我在想，如果当时我真的吸了毒，会怎样？"

"这还不简单？剧本肯定不止一套。"朱警官说，"即便你吸了毒，程庆也会如期出现，帮你戒毒呀，这也是他们的所谓软性医疗能做到的。然后，再加上老同学情谊和所谓的理想，拯救了你之后，他们再拉着你一起去拯救更多的人，拯救世界，那样，没准你真会跟了他们去。"

丁学松说："是呀，你说一个普通人或者好人，跟罪犯间的区别到底有多大？有没有明确的界限？还有，一种罪恶，跟所谓的崇高理想之间，又如何分得那么清楚？"

朱警官笑道："你这个医生，经历这么一场大难，快成哲学家了。别想太多了吧，想多了，不用人家修脑，脑子就已经坏了。赶紧回去休息休息，见见你想见的朋友，我倒是挺好奇，你究竟第一个会见谁？"

丁学松没有回答，不是为了隐瞒，而是他并不认为朱警官会猜不出。

他要去那个他只去过几次，却已经非常熟悉的地方。

抵达时，他觉得，建筑物外表，园内设施，林木花草，都是熟悉的。

他摁了门铃，来开门的人，也是他熟悉的。

他认识这个人已经几十年了。但在一段时间里，他认不出她了。他曾经为这个人万分痛苦过，现在，他庆幸，他还能认出她来。

曾小微站在门口，淡然地做了邀请进入的手势。

丁学松走进去，说："我以为，你再也不会在这里待着了，你会……像逃跑一样，离开这里。"

曾小微说："可能过一阵子会搬走吧，但不是逃跑。我也以为，这里的一切对我来说是一场噩梦，等到事情完了却发现，其实不完全是……"

丁学松看到墙上的油画，那幅缩小的仿作——马蒂斯的《红色的和谐》。

"还挂着这个？"

"再挂一阵子，收起来……过去许多事情，现在想起来都不是太坏，包括程庆在内。"

"你们夫妻一场，肯定不都是假的。"

"除了那些我原本不知道的最可怕的事情，程庆对我，是一个好丈夫。"曾小微说，"他弄出这种修脑术，其实是从你那里学来的理论，也有真心的、理想主义的想法。"

"为像谭一青那样的人修脑，确实是救了她。"

曾小微说："我们要不要去看看谭一青？"

丁学松说："应该去吧。是不是也该去看看程庆？他想不到因为反对再对我实施手术，他自己会被林敏暗算，这是一次破坏性比较大的记忆删除术。"

曾小微："有你陪着，我就有勇气去看他。"

丁学松和曾小微前往的地方，是清淞医院，这是丁学松许久之后又一次回到他的原单位。有人跟他打招呼："好久不见。"有人擦肩而过，只点头微笑。

一切跟以往一样普通、正常。除了他因为某种原因（这原因大家可能都不一定真正关心）离开了一段时间之外，什么都没有发生过。

在秘密的时空里，到底发生过多少普通人所看不到的惊心动魄？

丁学松要带着曾小微前往一个秘密的地方，那里也是医院里的普通医护人员看不到的。

那是一处秘密的病房，需要打开三重铁门，通过长长的曲折走廊，才能到达。那里是与外界完全隔绝的。

刚刚进入走廊，他们听到一个熟悉的声音。

"我不认识你。"

"我是一个修脑师。"

在病房门口，一个护士对两个来访者说："他现在只会说这两句话了。"

丁学松和曾小微进入。病床上躺着一个人，身躯瘦小，但两人都可以清楚认出，那正是程庆。

程庆睁开眼睛，想要起身，却被绷带固定，动弹不得。他一脸疑惑地看着丁学松，看了许久，说："我不认识你。"又转脸看着曾小微，说："我不认识你。"

曾小微有些哽咽。丁学松伸出手，轻抚了两下她的肩部。

程庆说："我是一个修脑师。"

丁学松叹了口气，轻声对曾小微说："修脑师这个行业，应该永远从世界上消失。但是，要不要再做最后一次——只用记忆恢复术？"

"不知道，我不知道。"

"我知道。"程庆突然说。原来，他不止会说两句话。

"我知道一个秘密，你们，其实都已经被修脑了，你们现在所看到的世界，是不真实的。"

图书在版编目（CIP）数据

修脑师 / 亢霖著 . —杭州 : 浙江人民出版社，2016

ISBN 978-7-213-07643-5

Ⅰ . ①修… Ⅱ . ①亢… Ⅲ . ①科学幻想小说–中国–当代 Ⅳ . ① I247.5

中国版本图书馆 CIP 数据核字（2016）第 238659 号

修脑师

亢霖　著

出版发行　浙江人民出版社（杭州市体育场路 347 号　邮编 310006）

责任编辑　张世琼

责任校对　戴文英

封面设计　尚书堂

电脑制版　冉冉设计

印　　刷　北京嘉业印刷厂

开　　本　700 毫米 ×980 毫米　1/16

印　　张　18

字　　数　245 千字

版　　次　2016 年 11 月第 1 版

印　　次　2016 年 11 月第 1 次印刷

书　　号　ISBN 978-7-213-07643-5

定　　价　39.80 元